TOM WOLF

SCHWEFELGELB

Mörderische Kälte

Preußen-Krimi

berlin.krimi.verlag

Die Personen und Handlungen dieses Romans sind frei erfunden.
Ähnlichkeiten mit tatsächlichem Geschehen
sind zufällig und nicht beabsichtigt.

Die Deutsche Bibliothek – CIP-Einheitsaufnahme

Ein Titelsatz für diese Publikation ist bei
der Deutschen Bibliothek erhältlich.

Originalausgabe

KulturBrauerei Haus S, Schönhauser Allee 37, 10435 Berlin
info@bebraverlag.de
www.bebraverlag.de
Lektorat: Gabriele Dietz, Berlin
Gestaltung: Hauke Sturm, Berlin, unter Verwendung eines Ausschnitts
des Gemäldes »Ansprache Friedrichs II. an seine Generale vor der Schlacht
bei Leuthen 1757« von Adolph Menzel, 1859–1861 (unvollendet),
Bildarchiv Preußischer Kulturbesitz, Berlin
Gestaltung: Magde Blues, Berlin
Satz: psb, Berlin
Schrift: Stempel Garamond 9,5/13,5
Druck und Bindung: Elsnerdruck, Berlin

ISBN 3-89809-019-1

Cognata ad Sidera tendit

für Ursula

Verzeichnis der historischen Personen und *fiktiven Hauptakteure*

Abramson, Mendele Mocher – Gemmen- und Stempelschneider; Spross der berühmten Berliner Kunsthandwerkerfamilie Abramson
Amelang, Victor – Münzarbeiter aus Sachsen
Becker, Adalbert von – Polizeichef von Berlin
Beeren, Adrian Graf von – Langustiers Schwiegersohn; Generallieutnant und Gutsbesitzer
Beeren, Marie Gräfin von – Langustiers Tochter; Inhaberin des Berliner »Delikateß-Comptoirs«
Bloch, Markus Elieser – Berliner Fisch-Forscher
Chodowiecki, Daniel – Kaufmann und Nebenerwerbskünstler
Eller, Johann Theodor – Charité-Direktor, Pathologe, ehemaliger königlicher Leib-Chirurg
Fleck, Wilhelm – Hofmeister bei Hamanns
Fredersdorf, Michael Gabriel – Geheimer Kammerier und Schatullverwalter Friedrichs II.
Friedrich II. – »der Große«: König »in« (später, ab 1772, »von«) Preußen
Goltz, Bernd Henning Freiherr von der – Major und Flügeladjutant Friedrichs II.
Hamann, Abraham Jeremias – Sohn und Nachfolger Joseph Israel Hamanns
Hamann, Joseph Israel – Geldverleiher und Münzunternehmer; Generalpächter der Königlichen Münzstätten
Hamann, Judith – Tochter Joseph Israel Hamanns
Happenwalde, Moritz von – Kabinettssekretär Friedrichs II.

Herrschel, Frommet – Tochter Levin Elias Herrschels; Verlobte von Abraham Jeremias Hamann

Herrschel, Levin Elias – Hofjuwelier und Münzunternehmer; Generalpächter der Königlichen Münzstätten

Hildebrandt, Georg Heinrich – Wirt der »Ribbe« und Pächter der Magistratsmeierei im Schlesischen Busch

Kapellen, Eduard von – Wardein in der Berliner Münze

Knöffel, Egidius – Münzdirektor der Berliner Münze

Langustier, Honoré – Zweiter Hofküchenmeister Friedrichs II.

Maupertuis, Pierre Louis Moreau de – Physiker, Mathematiker, Philosoph; Präsident der Physikalischen Klasse der Königlichen Akademie der Wissenschaften zu Berlin

Mendelssohn, Moses – Philosoph und Schriftgelehrter; nebenberuflich Buchhalter im Kontor des Tuchfabrikanten Isaak Bernhard

Nicolai, Friedrich – Buchhändler und Schriftsteller

Puttkammer, Wernher von – Premierlieutnant i. R., Feuerwerksraketenfabrikant

Retzow, Wolf Friedrich von – General-Kriegs-Kommissar und General-Münz-Intendant sowie Generalmajor Friedrichs II.

Ries, Raphael – philosophisch interessierter Tagelöhner

Rosenblüth, Samiel Aaron – Goldmacher im Dienste Fredersdorfs

Wille, Friedrich Georg – Hausvogt; Direktor der Hausvogtei

Wir erklären recht gut das Vergangene,
weil dessen Ursachen offen daliegend,
doch irren wir stets über das Kommende;
denn die Ursachen zweiter Ordnung
entziehen sich unsren verwegenen Blicken.

Friedrich II.

Dienstag, 4. Januar 1757

I

Er lebt, Er kömmt mit Ruhm zurück,
Des Höchsten Huld war Ihm zur Rechten.
Das für Ihn wachende Geschick
Hieß Ihn schon wieder Lorbeern fechten!

Ein erster Flaum von Schnee hatte sich über das Land gelegt. Der König, in schmutziger, aber eindrucksvoller Bläue in einem kleinen Kreis von Offizieren stehend, schlug enerviert mit der behandschuhten Rechten gegen das Doppelblatt der »Berlinischen Nachrichten«.

»Encore? Schon wieder?«

Er hatte in einer Dorfschänke bescheiden und schlecht gespeist. Nun warteten seine Begleiter darauf, dass er endlich zur Weiterfahrt in seine Kutsche stiege, damit sie es ihm gleichtun könnten. Doch es gab eine Verzögerung. Ein Meldereiter war eingetroffen und überbrachte dem König neben Korrespondenz und amtlichen Berichten auch die neueste Ausgabe des heimischen »Staatsanzeigers«, in der seine siegreiche Rückkunft aus Sachsen mit einem vielstrophigen gereimten Willkomm besungen wurde. Der Monarch hatte Mühe, sein schnaubendes Temperament über die Eingangszeilen zu zügeln. Das Weiterlesen sparte er sich und gab das Blatt einem Adjutanten zur Ablage.

»Das siehet den Gazettenschreibern in der Kochstraße ähnlich – sie rühmend nur die Reprise, nicht Blut, nicht Schweiß noch Tränen, mit denen wir den neuen Sieg errungen! Auch seindt mitnichten göttliches Geschick für uns auf der Hut gewesen, sondern nur die eigene Geschicklichkeit! Niemals haben meine Truppen

ähnliche Wunder der Tapferkeit getan als gegen den General Maximilian Ulysses von Browne und seine Österreicher!«
Und er setzte, nur für den seitlich stehenden Generallieutnant Graf Adrian von Beeren hörbar hinzu:
»Kreuzelend lang hat's ja gedauert …«
Von Beeren musste innerlich in diesen königlichen Stoßseufzer einstimmen, wenn er der sechs Stunden Nahkampf in den Rebhügeln am Lobosch gedachte, wo sich Blut und Traubensaft im Aufspritzen vermischt hatten. Seiner Frau Marie war damals ein Brief mit einer drastischen Beschreibung zugegangen:
»Itzt avancierten wir bis unter die Kanonen. Potz Himmel! Wie sausten da die Eisenbrocken ob unsern Köpfen hinweg – fuhren bald vor, bald hinter uns in die Erde – bald mitten ein und spickten uns die Leute weg, als wenn's Strohhalme wären. Unsere Vordertruppen litten stark, allein die hinteren drangen nach, bis zuletzt alle die Höhe gewonnen hatten. Und nun ging in der Ebene das Gefecht von neuem an. Wer wird das beschreiben wollen; wo es krachte und donnerte, als ob Himmel und Erde hätten zergehen wollen; wo das Rumpeln vieler hundert Trummeln, das Rufen so vieler Kommandeurs und das Brüllen der Adjutanten, das Zeter- und Mordiogeheul so vieler tausend elender Opfer dieses Tages alle Sinne betäubte! Se. Königliche Majestät befinden Sich, Gott Lob! so wohl, als nur möglich ist. Wir leben hier auch ziemlich vergnügt, dieweil uns Dein honoriger Papa mit sächsischen Leckerbissen umwickelt wie mit Speck! Obgleich des Schießens jetzt glücklich ein Ende ist, so ist es, da es aufgehört, doch, als fehlte einem etwas. So kann man der Gefahr, der man beständig ausgesetzt ist, gewohnt werden; wo man doch sonst zu Friedenszeiten, wenn von ohngefähr ein Pistol losgehet, sogleich erschrickt und ohne Not zusammenfährt.«
Von Beeren erfreute sich nach seiner glänzenden Attacke eines vermehrten allerhöchsten Wohlwollens. Sein unterstützendes Eingreifen als Befehlshaber des Infanterieregiments Vierunddreißig

unter Feldmarschall Keith hatte schließlich die entscheidende Wende gebracht und selbst die österreichische Kavallerie zum Rückzug bewegt – bald nach Mittag war kein Schuss mehr gefallen, kein Bajonett mehr stechend vorgeruckt. Tags darauf hatte in schönstem königlichen Tone bekannt gemacht werden können: »Der König lassen sämtlichen Regimentern für ihre erwiesene außerordentliche Tapferkeit vielmals danken und werden sie Gnade und Auszeichnung nach Möglichkeit erweisen lassen.«
Was die Angelegenheit für die Ordenskammer verbilligte, war die Tatsache, dass hundert Offiziere und ebenso viele Unteroffiziere sowie zweieinhalbtausend einfache Soldaten bei diesem glorreichen Sieg auf der Strecke geblieben waren.
Anfangs hatte sich der Krieg noch recht zügig angelassen. Vom preußischen Hauptspion, dem Dresdner Kanzlisten Menzel, war der geplante Überfall der österreichisch-russisch-französisch-sächsischen Koalitionsarmee verraten worden, so dass der König sich – mit England in eine Art Stillhalteabkommen eingetreten – zu raschem, zuvorkommendem Handeln entschlossen hatte: Im Juli war er in Sachsen einmarschiert, alle Planungen der Alliierten über den Haufen werfend, die angesichts dieses Tempos mit ihren Zurüstungen nicht Schritt halten konnten. Der Sohn Augusts des Starken, sowohl sächsischer Kurfürst als auch polnischer König, hatte Dresden samt Gattin und Kindern preisgegeben und sich mit seinem Lieblingsminister Brühl, der es vom Pagen zum Minister gebracht, auf der Festung Königstein verbarrikadiert. Das Sachsenheer war derweil auf das Hochplateau nach Pirna hin zurückgewichen.
Kampflos hatten die Preußen alle sächsischen Städte besetzt und unter ihre Zwangsverwaltung gestellt. Am 9. September waren sie in Dresden eingezogen, wo der König selbst im Schlosse den Briefwechsel der antipreußischen Verschwörer sichergestellt und sogleich Anweisung gegeben hatte, eine Auswahl der Dokumente zu veröffentlichen. Jenes »Mémoire raisonné«, eine profunde Ar-

beit des Geheimen Legationsrates Ewald Friedrich von Hertzberg, erregte Aufsehen in ganz Europa – war es doch die Zeit der politischen Kannegießer, die sich am Stammtisch zu Schiedsrichtern der staatlichen Händel machten –, indem es die Rechtmäßigkeit und zwingende Notwendigkeit des preußischen Einmarsches aufzeigte. Das österreichische Erzhaus fand sich mit seiner Intrigenpolitik bloßgestellt.

König August III. von Polen, als Kurfürst von Sachsen auch Friedrich August II. gerufen, hatte sich standhaft geweigert, mit den Eindringlingen gemeinsame Sache zu machen, und bot nichts außer Neutralität, was dem Preußenkönig nicht genügen konnte. So war die Belagerung bei Pirna fortgesetzt und nur für Friedrich August, an Maßhalten nicht gewöhnt, weil er nach seinem Vater ausschlug, ein täglicher Proviantwagen auf den Königstein bewilligt worden. Die dort vertilgten Spezereien waren jedoch scheinbar auch dem Widerstandswillen des Königs zuträglich, denn sie beseelten seine schlaffe Hand, die Österreicher mehrfach brieflich um Beistand gegen den eingedrungenen fürchterlichen blauen Landfriedensbrecher aus dem Norden anzuflehen:

»Zu Hilfe, ich bin in Räuberhand!«

Zwei österreichische Armeekorps waren daraufhin gegen die Grenzen von Schlesien und Sachsen abgegangen, wogegen die preußische Seite erst wenig hatte unternehmen können, da die Belagerung bis dato alle Kräfte festhielt. Als der preußische König vom Näherkommen der Österreicher gehört hatte, war das Sachsenlager in noch engeren Griff genommen worden. Höchstselbst hatten sich Se. Königliche Majestät dann mit zwei Bataillonen und zwanzig Schwadronen aus dem Hauptquartier Groß-Sedlitz über den Pass von Peterswald-Nollendorf nach Aussig begeben, wo man mit Feldmarschall Keiths Armee fusionierte. Über die Paschkopol-Straße nach Süden vorrückend, waren schließlich zweiunddreißigtausend Mann bei Lobositz, dessen Schloss dem Markgrafen von Baden gehörte, den Österreichern unter Maxi-

milian Ulysses von Browne begegnet – im Nebel erst der irrigen Ansicht, es nur mit einem winzigen Bataillon zu schaffen zu haben! Unversehens fanden sie sich jedoch der Hauptarmee gegenüber und vollbrachten das Wunder, die Österreicher zum Rückzug zu zwingen.
Die Kapitulation der belagerten Sachsen zwischen Pirna und Königstein, denen der flüchtige »Max-Ulysses« keine große Hilfe mehr hatte leisten können, war erst geschlagene zwei Wochen später erfolgt. Vergeblich hatte der Preußenkönig das sächsische Kabinett bis dahin aufgefordert, die Segel zu streichen und sich samt Truppen seiner Sache anzuschließen. Nun sollte, wo die Diplomatie versagte, der Hunger das seine tun. König-Kurfürst August saß schmatzend auf dem Königstein und sah auf seine hungernden Heerscharen herab, es mögen um die fünfzehntausend Mann gewesen sein, deren Lage immer verzweifelter wurde. Er hatte es den Darbenden sogar verboten, Hirsche, Rehe, Hasen oder auch nur Tauben zu schießen, welche auf dem Plateau etwa anzutreffen wären, da Wildbret allein dem König reserviert sei! Zweiundsiebzig Stunden, von denen es achtundvierzig unaufhörlich regnete, hatten die verzweifelten Soldaten unter freiem Himmel in voller Montur Puder und vertrocknete Wurzeln gekocht, den ungenießbaren Brei mit Schießpulver gesalzen und hinuntergewürgt, während sie den Pferden Holzspäne zu fressen gaben. Wie angenehm war es da, einfach zu kapitulieren! Dem dicken Fresser wurde gnädig die Ausreise nach Polen gestattet, auf der ihn der speckige Brühl begleitete.
Sachsen musste sich zu einer ansehnlichen Kriegssteuer sowie zur Lieferung von Rekruten und Nahrungsmitteln verstehen. Die Gehälter der Beamten wurden in die preußischen Kassen umgeleitet, die unvorstellbaren Porzellanlager der Meißener Manufaktur in Gold verwandelt, die vollen kurfürstlichen Kassen mit Beschlag belegt, ebenso die Prägestätten der Münzen in Dresden und Leipzig. »Sachsen ist wie ein Mehlsack. Man mag darauf schlagen, so

oft man will, so kömmt immer etwas heraus!«, hatte der König gefeixt und es sich auf diesem Mehlsack im vergangenen Vierteljahr bequem gemacht.

Der belagerten Armee vergalt der Sieger, dass sie seinen Angriffsfeldzug gegen Böhmen so lange verzögert hatte. Er retournierte die Fahnen und Standarten der besiegten Armee an den Hof in Dresden, ließ Offiziere nach gegebenem Ehrenwort, in diesem Krieg nicht mehr gegen Preußen zu ziehen, frei und verteilte die Reiter auf die preußischen Kavallerieregimenter. Das Gros des Fußvolks musste ihm dagegen unter Peitschen- und Knutenzwang den Eid leisten, fortan nach seiner Pfeife zu marschieren. Doch hatte er den sächsischen Patriotismus unterschätzt: Die meisten der Gezwungenen desertieren bei nächster Gelegenheit.

Das verkniffene Gesichtsprofil des Königs sprach Bände. Waren er und seine Offiziere vielleicht zu alt, waren sie seit dem letzten Einsatz etwa schon zu klapprig geworden, um mit diesem Krieg fertig zu werden? In der Regel hatten bereits die Fähnriche zwischen fünfundzwanzig und fünfunddreißig Jahren auf dem Buckel, die Premierlieutnants stellten honette Enddreißiger vor, Kapitäne waren um die Vierzig, während alle Ränge, die darüber lagen, von Methusalems und Tappergreisen bekleidet wurden.

Verstohlen lugte der Graf von Beeren – mit seinen achtunddreißig Jahren der jüngste Generallieutnant in preußischen Diensten – zu seinem Schwiegervater, dem Zweiten Hofküchenmeister Langustier, hinüber, dem man sein verflossenes Halbjahrhundert nicht im Geringsten ansah. Wie er da gerade beherzt und voller Esprit einen ersten, noch recht zierlichen Schneeball formte und seinen Küchenjungen entgegenschleuderte, wirkte er viel jünger, ja alterslos – und kerngesund, trotz der Leibesfülle. Der Schwiegersohn wandte seine Aufmerksamkeit wieder dem König zu, der mit seiner Suada gegen die törichten Journalisten zum Ende gekommen war und nun zu der Frage überging, wie man die kriegerischen Operationen forcieren müsse, sobald der unliebsame und

Zeit verschwendende Abstecher nach Berlin absolviert sei. Die Zuhörer bibberten.
Dann hatte er geendet und blickte den Generallieutnant blinkenden Auges an, denn er stand für einen der wenigen erfreulichen Momente im trüben Beginn dieses Krieges. Und da er, wenn er von Beeren anschaute, unweigerlich an dessen Schwiegervater Langustier und die Belange des Gaumens während der Okkupationszeit denken musste, besserte sich seine Laune. Das Farbenspiel in den Augen des Königs verstärkte sich. Das Mittagsmahl, das ihm heute bereitet worden war, hatte ihm über Gebühr gemundet. Es war wie ein schmerzlicher Abschied vom besetzten Schlaraffenland an der Elbe gewesen, denn die eingemachten Leipziger Lerchen stammten noch aus den Reserven, die man aus den Speisekammern des vielrundtürmigen Jagdschlösschens Moritzburg auf die Heimfahrt entführt hatte. Nicht von ungefähr galt diese Spezerei für das Nonplusultra der sächsischen Lebensart. Es schien dem König in der Tat, als wehte ihm im Geschmack dieser kleinen, gebratenen und auch konserviert noch vorzüglichen Vögelchen der raffinierte Geist des starken, wohlgenährten Augusts nach. Die königlichen Gedanken nahmen kühne, resolute Bahnen: Waren die eroberten Küchen und Keller Sachsens nicht ohnehin das Wichtigste bei dieser zurückliegenden Operation gewesen? Mit philosophischem Tonfall bemerkte er zu von Beeren:
»Mon dieu! Die Philosophen mögen behaupten, was ihnen wollen, die Sinnlichkeit verdienet doch, dass wir sie täglich ein paar Stunden schenken; denn, alles recht überlegt, was seindt wir wohl auf dieser Welt, wenn wir ihr nicht hättend?«
Für den König bedeutete Sinnlichkeit: Musizieren, Lesen, Schreiben und das Genießen edler Speisen. Folglich ärgerte es ihn, eine ganze Woche in das kulinarisch beengte, unterentwickelte Berlin verbannt zu sein. Seine Küchenmeister hatten mit einem dumpfen Schmerz in der Magengrube erkennen müssen, dass die vermeint-

liche Vollversorgung in Berlin nichts war gegen den Überfluss, der im sächsischen Kurfürstentum und seiner Metropole herrschte. Auf den Märkten und bei den Messen in Naumburg oder Leipzig konnte man fast alles bekommen.

Nicht genug, dass die gütige Natur hervorragende Gerste zu erstklassigen Bieren, wie etwa dem Leibbier des starken Augusts – dem Duckstein –, hervorbrachte; auch der Wein, der um Dresden und Meißen herum wuchs, war nicht verächtlich, er kam, lange genug gelagert, beinahe dem Rheinischen gleich. An Feld- und Gartenfrüchten gab es keinen Mangel, sei es, dass der gute Boden, das Klima oder der Menschenfleiß das ihre hierzu taten. Schmackhafte Rinder, Schafe, Hammel, Schweine und junge Ziegen, welche gern in Sachsen verspeist wurden, waren ebenfalls so häufig, dass einige benachbarte Provinzen, wenn sie fettes Vieh haben wollten, es aus Sachsen holen mussten.

Den Zweiten Hofküchenmeister Langustier, der im Hintergrund dünnen Schnee zu Bällen zusammenkratzte, plagten die Gedanken an den Wochenplan vielleicht noch mehr als den repräsentierungspflichtigen Monarchen. Man würde die Karnevalslustbarkeiten dem verstaubten, verfrorenen Heimkehrer zuliebe zwar etwas reduzieren, von Absagen war dagegen nicht die Rede. Langustier blickte voraus:

Am heutigen Dienstag, des Abends spät: Ball bei der Königinmutter im Schloss, morgen, am Mittwoch: Französische Komödie im Schlosshof (bei diesen Temperaturen!), Donnerstag: Maskenball im Opernhaus, Freitag: Italienische Oper ebendaselbst, Sonnabend: Redoute bei Ihrer Königlichen Majestät, der Königin in Schönhausen, Sonntag: Redoute beim Prinzen Heinrich, Montag: Redoute bei der Prinzessin Amalie, Dienstag: Redoute und Abschlussball bei der Königinmutter.

Der Gourmand und Lebemann Langustier hatte in Sachsen Feuer gefangen, war entflammt für die schönen Küchen der Schlösser, die edlen uralten Tropfen in den unendlich tiefen Weinkellern, die schönen Frauen auf den Straßen. Obzwar er sich nicht weniger auf das Wiedersehen mit seiner Tochter Marie freute als sein Schwiegersohn von Beeren, so rief die Aussicht, eine Woche in der schnöden, unwirtlichen, verarmten Spreemetropole verweilen zu müssen, gelinde gesagt, reichlich untertemperierte Gefühle bei ihm hervor, die von der in natura herrschenden Eiszeit noch unterstützt wurden.

Man stieg erneut in die frostigen Kutschen. Die indigoblauen Wolken am nördlichen Himmel verhießen ergiebigen Schneefall für den Nachmittag oder Abend über der Mark.

II

Dass der Monarch die harmlosen Wörter des Lob- und Preis-Gedichts, welches nicht Journalisten, sondern Mitglieder des Magistrats in gemeinschaftlicher beschwingter Sitzung verfasst hatten, so auf die Goldwaage legen würde, ahnte in Berlin niemand. Auch die einfachen Menschen freuten sich aufrichtig über die schier endlose Kette der Siege, die ihr König schmiedete. Wie wenig effizient seine Kriegsführung war und wie viele sinnlose Todesopfer unter den eigenen Truppen sie forderte, scherte kaum jemanden, denn in Berlin durften die Werber keine Beute machen. Blut, Schweiß und Tränen auf den fernen Kriegsschauplätzen waren hier nur Fußnoten der Geschichte.

»Fluchzettul! Fluchzettul!«, hatten halbwüchsige Burschen im Oktober geschrien und die neuesten Nachrichten feilgeboten:

»Friedrichs des Einzigen sechste Viktorie bei Lobositz!«

Jetzt wollte man den Sieger trotz der bitteren Winterkälte mit zünftigem Aplomb empfangen: Vor dem Schlesischen Tor, zwischen Akzisemauer und dem eingezäunten Areal der Magistratsmeierei, in einem von Wacholdern, Schlehensträuchern und Eichbäumen bestandenen Gelände, hatten sich zahlreiche Einwohner zu einem eigenwilligen Begrüßungsgelage versammelt. Selbst viele, die sich des Torgroschens wegen abends kaum je vor die Palisade begaben, waren da. Vor vier Stunden, gegen sechs, hatte es zu schneien begonnen, in einer Stärke, wie man sie selten erlebt, um dann nach zwei Stunden ebenso unvermittelt wieder aufzuhören. Jetzt leuchtete vornehm der Silbermond, dem noch ein Tag zur vollkommenen Fülle fehlte, und die Sterne glitzerten wie Eiskristalle am schwarzblauen Nachthimmel. Schneeweiß überkrustet standen die Apfelbäume im Garten der Meierei in drei aufeinander folgenden Reihen zwischen den Beeten. Durch die Bäume sah man in einiger Entfernung die starren Flügelrippen der Hildebrandtschen Windmühle, die auf einer kleinen Insel wie von einem kreisförmigen Wassergraben umgeben an der Spree stand.

Die Jubelgemeinde machte sich vergnügliche Bewegung. Einige Herren bauten Schneemenschen, denen sie sich spaßhaft mühten, österreichische Attribute zu verleihen, etwa indem sie ihnen alte Hüte mit Gamsbärten aus Wacholderzweigen auf die unförmigen Köpfe und ungestalte Knollen- oder Spitznasen aus mitgeführten Teltower oder gelben Rübchen in die kugeligen Visagen drückten.

Alles war versammelt, was in der Stadt Rang und Namen hatte. Da sah man den Seidenfabrikanten Tucher samt Familie, den Brauer Bötzow und den Buchhändler Haude, Wegely als Betreiber der Porzellanmanufaktur sowie Nebel, den Tabakimporteur. Ebenso ergingen sich im Schnee viele Militärs der Garnison, soweit sie nicht Dienst bei der Wache schoben oder zur feierlichen Begrüßung vor dem Schlosse aufgezogen waren. In Erwartung des Monarchen hatte man in geziemendem Abstand vom Weg eine Reihe von Feuerwerksraketen in leeren Champagnerbouteillen und so genannte »Volcanes« im Schnee aufgebaut, die im Augenblick der königlichen Anfahrt abbrennen und eine Widerspiegelung der glorreichen Siege des Feldherren und der sprühenden Begeisterung der dankbaren Untertanen vorstellen sollten.

Inzwischen hatten sich auch die größeren der achtundsechzig zünftigen Berliner Gewerke in streng reglementierter Ordnung, je nach Ansehen und Größe der Betriebe, der Zahl von Lehrlingen und Gesellen, in farbenfrohen Gewändern und mit ihren Gewerksfahnen auf der Straße vor dem Tor aufgestellt. Sobald der König einträfe, würden sie sich in Marsch setzen. Allen voran warteten die Mitglieder der Berliner Fleischerzunft als prächtige Kürassiere im Harnisch auf ihren mit bunten Decken behängten Rössern. Es geschah nach uraltem Herkommen, dass sie an jedem Ehrentag – vor allem, wenn der König »eingeholt« wurde – als berittene Garde die Ehreninfanterie der übrigen Gewerke anführten. Weit nach neun Uhr endlich begannen die Blechbläser des Festzugs wie eingefroren zu spielen. Die mit Eiszapfen behangene blaue Staatsberline des Königs, besetzt mit zwei überzuckerten Lakaien, ruckelte unter den zischend aufwirbelnden Feuerkurven der Schwärmer und dem Flammengesprühe der feuerspeienden Berge hindurch, leider viel zu zügig, als dass der Insasse dem Freudenfeuer mehr als ein beiläufiges Augenmerk hätte schenken können. Unerschrockene Beobachterinnen wollten indes – mit vor Kälte oder Aufregung geröteten Wangen – im vielfarbig verzerrten Halbdunkel sein huldreiches Gesicht mit leuchtenden Augen hinter dem von kondensiertem Atemhauch getrübten Seitenfenster der Kutsche wahrgenommen haben. Grimmig bis ausdruckslos blickende Leibgarde-Reiterei preschte neben und hinter dem rollenden Feldherrnkasten drein. Königliche Geleitkutschen rasselten vorbei. Immerhin lachte der eine oder andere Berittene nun der ausgelassenen Wintergesellschaft zu und freute sich innerlich auf eine warme Stube und einen höherprozentigen Aufwärmtrunk. Die Gewerke setzten sich träge in Marsch, aber der König ließ munter überholen, was den Zunftbrüdern erst große Mäuler bescherte, dann herzhafte Flüche entlockte. Die Bürgerschaft lachte, denn dergleichen war man bei diesem König bereits gewöhnt. Berlin hatte seinen gefürchteten Schlachtenlenker wieder. Die Glocken aller christlichen Kirchen läuteten Sturm, und auch die jüdische Synagoge war zur Feier des Heimkehrers prachtvoll illuminiert. Weil sie nach Bauvorschrift die Häuser der Christen nicht überragen durfte und sehr versteckt gelegen war, nahm dies jedoch kaum jemand zur Kenntnis.

Der Torwächter Georg Wollank am Schlesischen Tor beendete ungerührt den Ausnahmezustand vor der Akzisemauer, indem er mit durchdringender Kommissstimme alle sich draußen tummelnden Bürger nunmehr aufforderte, tunlichst ins Gehege der Stadt zurückzukehren. Jetzt musste das Verlustieren ein Ende haben, es hieß Zucht und Ordnung wieder herzustellen, »Vivat!« und Raketen hatten zu pausieren bis zum nächsten Sieg!

Es dauerte eine unziemliche Weile, bis auch die letzten Nachzügler der behördlichen Aufforderung Folge leisteten. Weit hinten, im spitzen Eck von Akzisemauer und Meiereieinfriedung, in einer Gruppe von Sträuchern, die wie unter Schnee begrabene Fragmente von Steinsäulen aussahen, war noch eine kleine Gruppe zu sehen, die sich partout nicht von der verzauberten Winterlandschaft trennen konnte. Der Torsteher legte die Handschuhmuscheln um den Mund und rief sie an, doch statt dass sie sich brav in Bewegung gesetzt hätten, gestikulierten sie nur wild, schienen zu winken und wollten offenbar, dass er hinauskäme, zu ihnen, in den hohen Schnee!

Wollank zögerte, weniger aus Pflichtbewusstsein – denn er durfte sich eigentlich nicht vom Tor entfernen –, sondern wegen seiner hölzernen Fußprothese. Er lehnte das große Tor an den Rahmen und stapfte los. »Nur frisch gewagt!«, sprach er sich Mut zu, während er der Gruppe näher kam. Kratzend schleppte die Prothese am linken Unterschenkel nach, das Gehen im Schnee fiel ihm nicht leicht. Lauthals knackte ein morscher Ast, auf den er mit seinem Holzfuß trat.

»Wachtmeister, kommen Sie! Sehen Sie sich das an!«

Wer ihn da rief, war niemand anderer als sein früherer Premierlieutnant von Puttkammer, der nun schon lange dem Feld wegen seiner fehlenden linken Hand Valet gegeben hatte. Wollank selbst war inzwischen als Invalide jeglichem Kampfgetümmel entwöhnt, doch die Stimme des einstigen Vorgesetzten klang ihm noch so vertraut in den Ohren, dass er unwillkürlich salutierte, was von Puttkammer gar nicht beachtete. Sein Augenmerk galt einzig und allein dem Mann im Schnee. Kalt musste ihm sein, sehr kalt. Wollank begriff nicht, wollte nicht begreifen; es war wie damals vor Kesselsdorf, als sie um ihn her in den Schnee fielen und nicht mehr aufstanden, nicht mehr reagierten auf Ansprache, keinen Mucks mehr taten. Von Puttkammers Frau und seine Töchter standen etwas abseits und sahen den Torsteher mit von Schrecken geweiteten Augen an.

Nun weigerte sich der Hinzugetretene nicht länger, den Tatsachen ins Auge zu sehen. Der Mann dort am Boden war tot. Er kannte ihn, es war Joseph Israel Hamann, der wohl neben Ephraim und Herrschel reichste jüdische Kaufmann der Stadt. Fieberhaft arbeitete es in Wollanks Kopf. Was war zu tun? Er zitterte, weniger vor Kälte denn vor Aufregung. Zu oft waren in der Vergangenheit Fehler in wichtigen Leichenangelegenheiten gemacht worden. Er, Wollank, würde für diese Unterschleife nicht geradestehen wollen. Er forderte die Puttkammers höflich auf, ihm zu folgen und den steif gefrorenen Herrn für den Moment unbeaufsichtigt zu lassen. Wenn er sich beeilte, konnten ein paar Soldaten des Wachbataillons, das bald auf seinem stündlichen Rundgang drinnen am Tor vorbeimarschieren musste, die Sicherung übernehmen. Einen Unterwachtmeister würde er gleich zum Polizeipräfekten Becker schicken, damit dieser das weitere Vorgehen sachkundig in die Wege leiten könnte. Energisch pflügte Wollanks Prothese durch den Schnee.

III

Das vom Oberlandrabbiner geschriebene Siegeslied über die Okkupation Sachsens, auf Hebräisch verfasst, war ins Französische übersetzt und schön gedruckt worden, damit man es dem König überreichen konnte. Die jüdische »Nation« in Berlin wollte sich mit dieser poetischen Huldigung als besonders landestreu und königsliebend herausstellen. Selbstverständlich hatte der Regent weder die Illumination der Synagoge gesehen noch den Festgottesdienst besucht, der ihm zu Ehren abgehalten worden war. Kein Stellvertreter oder Scheinjude war beauftragt worden, an der Veranstaltung teilzunehmen und einen Bericht zu schreiben. Das gedruckte Lied musste also mit einem Begleitbrief des Judenältesten Ephraim an den König geschickt werden, damit dieser von der ihm erwiesenen Ehrung überhaupt erführe.

Wo war des Königs viel beschriene Toleranz gegenüber Glaubens- und Lebensweisen? Die Juden waren in Preußen nicht besser dran als sonstwo in Europa, etwa in Österreich, und lebten in ständiger Angst vor Ausweisung, Verbannung und Vertreibung. Ein »Generaljudenreglement« – die Verschärfung älterer Verordnungen des Soldatenkönigs, der bereits über fünfhundert jüdische Familien aus Berlin gewiesen hatte – bestimmte das jüdische Leben bis in die privatesten Bereiche wie Heirat und Kinderzahl. Mögliche Berufe waren genau festgelegt. Juden durften nur mit bestimmten Waren handeln, Geld auf Pfänder verleihen und nur wenige zunftfreie Handwerke betreiben: Petschierstecherei, Brillenmacherei, Malerei, Steinschneiderei, Gold- und Silberstickerei, Weißnäherei und Krätzwäscherei.

Der Kodex zeichnete sich durch unmenschliche Gründlichkeit aus, regelte die Zahl der hebräischen Buchdrucker ebenso wie die Zahl der Kirchhofswächter, die der Fleischhacker, Bäcker und Garköche nicht minder als die der Ärzte, Badediener und Schulmeister, ja selbst die Zahl der jüdischen »Feder-Vieh-Mäster«.

Am 17. April 1750 war eine Namensliste mit 152 ordentlichen Berliner Schutzjudenfamilien publik gemacht worden, 77 neuen Privilegierten, 14 Kindern, für die das Privileg erkauft worden war, 26 außerordentlichen Judenfamilien, die das Privileg auf Lebenszeit hatten, 13 jüdischen Ehemännern, die von ordentlichen Schutzjudenwitwen geheiratet worden waren, sowie 22 jüdischen Ehemännern von außerordentlichen Schutzjudenwitwen. Bei diesen Personen, so des Königs Anordnung, hatte es zu bleiben. Nur gegen 10 000 Reichstaler konnte ein auswärtiger Jude in Berlin noch Aufnahme finden, um etwa in eine der geschützten Familien einzuheiraten. Und wer immer Schutz genoss, musste gemäß seines Reichtums dafür lebenslang bezahlen.

IV

Im Hause des Königlichen Hofjuweliers Herrschel am Berlinischen Fischmarkt war von den Beschränkungen des Lebens durch das Generaljudenreglement fast gar nichts zu spüren. Herrschel hatte – wie nur knapp ein Dutzend weitere Juden in Berlin, Hamann etwa, Bernhard, Itzig und Fränkel, Gompertz, Isaac und der Judenälteste Ephraim – Vermögen genug, um in den Genuss fast aller Rechte eines nichtjüdischen Berliners zu kommen. Selbst der Erwerb von Häusern und Grundbesitz war ihm gnädig auf Antrag gestattet worden, mithin das Wohnen im eigenen Hause und die unbeschränkte Freiheit, allen Geschäften nachzugehen, nach denen ihm der kaufmännische Sinn stand. Aufgrund seines wirtschaftlichen Erfolges und Einflusses war er pro forma einem christlichen Kaufmann gleichgestellt. So wie Itzig Bernhard und Veitel Heine Ephraim war ihm auch die Gründung eigener Fabriken bewilligt worden. Mit einem Wort: Hamann war generalprivilegiert.

An diesem 12. Tewet 5517, dem Ankunftstag des siegreichen Königs, würde er die Hochzeit seiner jüngsten Tochter Klara mit Amschel Eschwege, dem Sohn des Benjamin Eschwege, feiern, eines reichen Baumwollfabrikanten, der sich erst vor kurzem in des Preußenkönigs Hauptstadt eingekauft hatte und nun bestrebt war, raschen familiären Anschluss an die führenden örtlichen Häuser zu finden.

Klaras und Amschels Chatuna, die an einem Dienstag stattfand, weil es von diesem Tag im Schöpfungsbericht zweimal heißt, »Gott sah, dass es gut war«, hatte gegen fünf Uhr des Nachmittags begonnen, um den Teilnehmern Gelegenheit zu geben, später noch dem offiziellen Gottesdienst für den König in der Synagoge beizuwohnen. Was für ein Glück, dass der 10. Tewet, an dem traditionell der Belagerung Jerusalems unter Nebukadnezar durch Fasten gedacht wurde, schon zwei Tage zurücklag!

Eschwege hatte Herrschels Wunsch, das Festmahl auszurichten, gern entsprochen, denn das von Herrschel bewohnte Palais bot wahrlich den prunkvolleren Rahmen. Zum Ausgleich hatten die Brautleute vor der Hochzeit bei Eschwege die Ketubbá unterschrieben – ein zweifellos wichtigerer Programmpunkt als das Festmahl. Zwei Zeugen und der Bräutigam hatten der Braut in dieser Urkunde, wie es sich gehörte, versichert, dass sie in allen für Seele und Körper wichtigen Dingen des Lebens, wozu auch und vor allem der eheliche Beischlaf gehörte, von ihrem künftigen Gatten nicht benachteiligt werde. Außerdem war in der Ketubbá der Wert der gesamten Aussteuer festgeschrieben worden, welche die Braut aus dem Haus ihres Vaters Herrschel mitbrachte, sowie der Gesamtwert des Aufschlags von einem Drittel, zu dem sich Amschel Eschwege aus freien Stücken erklärte und den er mit dem Pfandwert seines Vermögens aufwog. Urkundlich war Klara von Amschel versichert worden, dass ihr noch zu Lebzeiten, falls sie je voneinander scheiden sollten, der Gesamtwert der in der Ketubbá genannten Aussteuer nebst Aufschlag auszuhändigen wäre oder – falls er vor ihr stürbe – nach seinem Tod. Diese

Verpflichtung hatten die Zeugen vom Bräutigam symbolisch gegen ein Kopftuch eingetauscht, also von ihm rechtskräftig »erworben«, was ihm jede Möglichkeit nehmen sollte, künftig den Inhalt zu seinen Gunsten abzuändern. Dann waren sie mit ihm die wenigen Schritte zur festlich erleuchteten Synagoge hinübergegangen.

Klara hatte Amschel auf dem Brautstuhl erwartet, von beiden Müttern flankiert. Von den Vätern mit Kerzen in den Händen geleitet, war der Bräutigam nun herangekommen, um ihr das Gesicht für den Gang zur Chuppá, dem Baldachin, zu bedecken, indem er ihr den Schleier vorhing.

Unterm Baldachin waren dann all die kleinen zeremoniellen Handlungen vollzogen und Sprüche aufgesagt worden, die Brautleute hatten am Wein genippt, bevor Amschel Klara den Ring über den Zeigefinger der rechten Hand gestreift und vor den Ohren der Zeugen, die hierzu mit unter die Chuppá getreten waren, die Worte sprach: »Du bist mir mit diesem Ring nach der Religion Moses und Israels geheiligt.« Der Rabbiner hatte die Ketubbá verlesen, Amschel sie dann Klara mit der rechten Hand in die Rechte gegeben. Sieben Segenssprüche der Eheschließung – Weinnippen – Zertreten des Glases durch den Ehemann – mit dem rechten Fuß natürlich. Amschel und Klara waren endlich in eine kleine Kammer in der Synagoge geführt worden, wo sie eine Weile hatten allein bleiben dürfen, um sich in glücklicher Umarmung, einander in Gedanken innig herzend, von den Strapazen der Eheschließung zu erholen. Levin Elias hatte die Ruhepause der Eheleute genutzt und sich mit der ersten der vorsorglich zur Synagoge bestellten Kutschen schon ins festlich geschmückte Haus begeben, wo alle Vorbereitungen zu seiner Beruhigung aufs Glänzendste beendet waren.

Die Fassaden waren trotz Schnee und Kälte mit prachtvollen Tapeten behangen. Hohe Pylone mit starken Blendlaternen illuminierten das Gebäude von außen, während in seinem Innern die überladenen Kronleuchter wie kleine Sonnen in den Sälen brannten. Dutzende von Kandelabern erleuchteten die Korridore. In einem Zimmer erblickte man ausgelegte Galanteriewaren, ein Gemach mit französischen Stoffen, während Herrschel selbst in einem besonderen Raum seine Haupthandelsware, die Juwelen, ausgesetzt hatte und verschiedene zu Gast geladene jüdische Kaufleute kostbare Spitzen nebst anderen Weißwaren feilboten, denn es war nicht nur praktisch, sondern auch modern, dass die Gäste der Braut durch großzügige Einkäufe am Tag der Chuppá die Aussteuer vergrößerten. Kein hierzu geladener Kaufmann, der ein Stück Ware mit nach Hause nehmen würde. Verständlicherweise hatten alle nur das Beste mitgebracht.

Es gab noch zwei Gemächer, das eine mit reich gestickten Gewändern, das andere mit feinen italienischen und holländischen Gemälden ausstaffiert. Den Fußboden bedeckten Brabanter Tapeten. Tannenzweige mit Kugeln aus geblasenem farbigem Glas an den Wänden erhöhten den Glanz der Festlichkeit.

Die jungen Eheleute, die an diesem Tag zu fasten hatten, würden ausnahmsweise, da draußen schon die Sterne funkelten und die silberne Mondschüssel auf dem Himmelstisch stand, auch eine Kleinigkeit zu sich nehmen dürfen. Wäre ihre Hochzeit bei Neumond gefeiert worden, sie hätten unbeschwert essen dürfen, aber Neumond war erst in über zwei Wochen, am 28. Tewet ... Herrschel stutzte, denn es wurde mit einem Male sehr laut im Haus! Waren die Frischvermählten nebst der ausgelassenen Hochzeitsgesellschaft bereits angekommen? Wer sprach da so aufgeregt und laut durcheinander? Er ging die elliptisch geschwungene Treppe zur Eingangshalle hinunter und unterschied im Näherkommen immer deutlicher zwei ihm wohl bekannte streitende Stimmen, deren eine Hamanns Sohn gehörte. Ärger stieg in ihm auf. Konnte nicht wenigstens dieser Abend in Frieden begangen werden?

V

Der König hatte nach kurzem Erscheinen beim Ball der Königinmutter im Schloss seine Wohngemächer in der zweiten Etage, im Winkel zwischen Marstall und Spree, aufgesucht, um endlich zu regenerieren. Nach dem Empfang, den ihm die Mutter und die Geschwister mit den leuchtenden Beweisen ihrer Fürsorglichkeit und Anhänglichkeit zwar recht verschönert, wenngleich sehr übel verlängert hatten, saß er matt im runden Erker seiner Handbibliothek und starrte auf die mit Genien bemalte Decke. Ein fetter Putto schwebte plastisch in der Mitte. Wenn er herabfiel, würde er glatt Kamblys herrlichen Schreibtisch ruinieren.

Seine Mutter Sophie Dorothea, so hatte er bemerkt, war doch schon recht alt geworden. Viel mit ihr zu sprechen gelüstete es ihn an diesem Abend nicht, deswegen hatte er sich nach dem Nötigsten ebenso rasch wieder empfohlen.

Ach, wäre es doch Sommer gewesen! Da war es ihm seit Jahren zur Gewohnheit geworden, sich in Potsdam aufzuhalten, nicht zuletzt, um dem Gedränge der in Berlin residierenden Gesandten zu entgehen und die Staatsgeheimnisse vor ihnen desto besser geheim halten zu können. Wie vermisste er sein Sommerschlösschen Sans Souci, das er selbst entworfen und gegen alle stilistische Fremdbestimmung durch den Architekten aufs Blut verteidigt hatte! In der knappen Woche würde er die siebenstündige Reise hinüber kaum tun können; allenfalls vor der Rückreise nach Dresden ließe sich wohl der Umweg einschlagen. Doch wären die geliebten Räume – eingehüllt von Schnee und Eis – wohl ein trauriger, unnötig qualvoller Anblick. Wann er wieder auf den Terrassen seines Weinberges sitzen könnte, stand in den Sternen. Immerhin freute er sich auf das Wiedersehen mit dem Marquis d'Argens, unter dessen Obhut er sein Allerheiligstes für die Dauer des Krieges sicher wusste.

Der König rückte näher ans Licht des Kandelabers, um sich dem kleinen Behältnis zuzuwenden, das vor ihm auf der hellen Rosenholzintarsie des Ebenholzschreibtisches lag. Er nestelte die feine, golddurchwirkte Schnur auf, und seine Miene erheiterte sich, als er das mit Samt ausgekleidete Pappschächtelchen öffnete. Eine wunderschöne Tabatière à portrait glänzte ihm entgegen! Ein beigelegtes Billet wies das Kleinod als Willkommensgeschenk des Hofjuweliers Herrschel aus.

Genießerisch drehte er die Golddose von kartuschenartiger Kontur und balusterförmigem Körper in der behandschuhten Rechten. Es handelte sich um eine Arbeit des von Herrschel bevorzugten Steinschneiders Mendele Mocher Abramson im Geckhol unweit der Rosenstraße. Eklatant war der Kontrast des edlen Gesteins zu der grünlichgrauen Patina des einst weißen königlichen Handschuhleders.

Den flachen Deckel der Tabatière zierte eine fantastische Bildkomposition aus Ruinenarchitektur mit dekorativen Elementen, geschwungenen Treppen, einer Brunnenschale und Bäumen en relief. Auf dieser Bühne standen vier Männer in einfacher Kleidung. Drei von ihnen stützten das über einer Volute stehende Miniaturbild des Königs in bekröntem, mit Brillantrosen inkrustiertem Rahmen, das ihn in Dreiviertelansicht mit Dreispitz und Hermelinmantel sowie reich betresster Uniform zeigte.

»Nicht übel getroffen!«, befand der Regent und lugte schelmisch zum eigenen Antlitz im halb blinden venezianischen Spiegel seines Berliner Interimquartiers. Er wandte den Blick wieder auf das Kleinod. Von links oben fielen diamantbesetzte Sonnenstrahlen auf das Porträt, das folglich einen Brennspiegel vorstellen sollte, der zum Feueranzünden auf die Sonne ausgerichtet wurde.

»Charmant, charmant! Gut ausgedacht!«

Hatte er seinen Preußen nicht auf diese Weise – nämlich durch die Förderung von Kunst und Wissenschaft – ein gehöriges Licht aufgesteckt? Ein großer, als Blume gefasster Stein markierte die breite Daumenleiste mit ebenfalls floralem Rosenquarzrelief, die weiteren Brillantrosetten Sitzfläche bot. Zusätzliche funkelnde Wirbel akzentuierten die Architektur und verteilten sich wie reflektierender Staub über die Mauern. Er drehte das Wunderwerk, um auch die Seitenwände zu besehen, die auf spiegelndem Fond aus Lapislazuli in partiell mattiertem Relief Architekturfragmente mit überdimensionierten Rocaillen und Bäumen zeigten. Eine ähnliche dekorative Komposition aus Ruinen mit Treppenlauf, Fontänenmuschel und Baum sowie wissenschaftlichen Emblemen zierte die unten eingezogene Standplatte aus Mondstein. Unterm Daumengriff lagerten astronomische Instrumente auf den kleinen, nur dem Kenner zu dechiffrierenden Initialen MMA.

Interessiert erforschte der König den Mechanismus des Auf- und Zuklappens der kleinen Wunderdose, deren Motive, wie er sich jetzt entsann, wohl auf Cochins Stich nach Lajoues Gemälde »L'Optique« zurückgingen, und fand sie zu seiner größten Freude mit bestem spanischen Spaniol gefüllt, den er sogleich ausprobierte. Er trat ans halb zugeschneite Fenster und blickte hinüber zum klotzigen Quader des Marstalles, der an gebäudlicher Abscheulichkeit in den Monaten seiner Abwesenheit nichts eingebüßt hatte. Der Schnupftabak erwies sich als über die Maßen gut – er schärfte ihm die Sinne wie reinster Meerrettich! Herrschel, mit dem er noch vor Wochen im besetzten Dresden wie mit den anderen Münz-Juden wegen allerlei erforderlicher Geldgeschäfte konferiert hatte, wusste, was ihn erfreute! Sollte er seine insgeheim fertige Entscheidung betreffs der Münzgeschäfte nicht noch einmal gründlich überdenken? War zwischen Hamann und Herrschel wirklich die richtige Wahl getroffen worden? Wer ihm selbstlos solch Präsent machte, mit dem war vielleicht auf Dauer besser auszukommen als mit einem, der nur auf den eigenen Profit bedacht war.

Das Erscheinen des Flügeladjutanten von der Goltz hielt ihn vom weiteren Ventilieren dieser Frage ab. Mit ernster Miene wurde Meldung erstattet:

»Sire, im Schlesischen Busch vor der Akzisemauer an der Magistratsmeierei liegt ein toter Mann. Laut Aussage des früheren Premierlieutnants von Puttkamer, der ihn gefunden, kurz nachdem Eure Königliche Majestät einpassierende Durchfahrt gehalten, ist es der Hofjude und Münz-Entrepreneur Joseph Israel Hamann. Polizeichef Becker ist auf dem Weg hierher. Es sieht aus, als habe sich Hamann an der Jubelfeier ergötzt und dabei einen gewaltsamen Tod erlitten ...«
Von der Goltz unterbrach sich, weil der König kalkweiß geworden war. Nur schwer vermochte er sich aufrecht zu halten. Eine Kolik setzte ein, gefolgt von einem Gichtanfall. Selbst in Kriegswirren waren diese Erscheinungen niemals in einer vergleichbaren Stärke aufgetreten. Von der Goltz beeilte sich, dem Schwankenden und nach seinem Krückstock Rufenden den Sessel unterzuschieben.
»Mon dieu! Sie wollen mir an den Kragen!«
Schwer atmend, fast röchelnd, sank der Monarch auf das Polster. Der Flügeladjutant rief den Lakaien und verlangte Tee, Schokolade, Wasser, Wein, Branntwein, Kampfer, heiße Suppe – irgendetwas, das seinen König wieder auf die Beine bringen würde: Kaffee, Senf, Pfeffer, Ingwer! Nur rasch, rasch musste es kommen!
Eine knappe Viertelstunde später ging es schon besser. Der Polizeichef von Berlin hatte sich nun eingestellt und persönlich Meldung gemacht. Der König saß auf einem bequemen Stuhl mit grazilen tanzenden Beinen und als »C« geschwungenen Armlehnen in versilberter Schnitzerei und sah recht alt und geschwächt aus. Seine Augen jedoch waren klar und hatten wieder ihr volles Feuer, als er von Becker anblickte und sagte:
»Mon cher Beckähr, wir müssen sehr diskrete sein, da dieser Tote mit staatswichtigen Aufgaben betraut gewesen seindt. Daher möchte Ihn bitten, nicht weiter zu forschen, als die Umstände ermöglichen; also: Keine ausufernden Verhörs, keine Akten-

wälzerei, keine Plakate, keine Visitationes et cetera. Frag Er den Puttkammer, den Torschreiber Wollank, die Witwe und Familie des Juden, aber damit lasse Er es dann gut seindt. Mich ist nicht daran gelegen, dass Staub oder Schnee aufwirbelt.«

Von Becker neigte ergeben sein breites Haupt und sagte mit blasiertem Tonfall:

»Wie Ehrwürdige Majestät es wünschen!«

Er wollte sich bereits rücklings empfehlen, insgeheim froh, dass es ihm gnädig erspart worden war, zu dieser unwirtlichen Jahreszeit längere Untersuchungen durchzuführen, bei denen man gar Gefahr liefe, sich einen Schnupfen oder Schlimmeres zuzuziehen, als der Monarch mit der Krücke aufstampfte, um zu signalisieren, dass dies noch nicht alles war.

»Becker, hör Er mir, da seindt noch etwas. Wie Er vielleicht weiß, hat sich mein Zweiter Küchenmeister Langustier des Öfteren in Mordfällen herumb getan und ist mich in diesen Dingen immer sehr verständig erschienen. Mir deucht, dass er sich auch anjetzo wird zu Worte melden, selbst wenn man ihn nicht befragt. Hab Er ein Auge auf ihm, damit mich nichts entgeht, was in diesem Falle geschieht. Sollte Langustier in die Sache nicht Ruhe geben, so kann man ihm gewähren lassen, denn er seindt wohl verschwiegen und ergeben. Überlasse Er es mir, ihn gegebenenfalls zu maßregeln, sondern beobachte ihn nur. Der Casus seindt zu delikat, zu delikat ...«

Er hustete, winkte von Becker aus der Szene, während ein Kammerlakai etwas heiße Bouillon brachte, die Honoré Langustier drunten in der Schlossküche eiligst bereitet und mit reichlich Muskat und Ingwer für gewöhnliche Sterbliche ungenießbar gemacht hatte.

VI

Wilhelm Fleck saß an dem wackeligen Tisch seiner Kammer in der Stralauer Straße neben dem Großen Friedrichshospital und schrieb an einem Beitrag für die »Frankfurter Gelehrten Neuigkeiten«. Es war ein fingierter Brief, in dem ein Neuankömmling seine Eindrücke von Berlin an einen Freund in der Heimat übermittelte. Fleck schrieb mit einiger Eile, um die Wirkung des letzten harzreichen Scheites Föhrenholz ganz auszukosten. Mit dem Rest hatte er zwei Bedürftige unterstützt, welche die Wärme in dieser Nacht zweifellos nötiger brauchten. Die Turmuhr der Reformierten Parochialkirche hatte die halbe Stunde geschlagen, das Holzstück prasselte und brachte den kleinen Ofen immerhin zu schwacher Rotglut. Dennoch krochen die Eisblumen über die dunklen Gevierte des Fensters.

»Berlin, lieber Anselmus, hat in vielen Teilen ein klägliches Aussehen, obwohl es jetzt im tiefen Winter vom Schnee eingemummt, einen ganz und gar extraordinären, gleißnerischen Märchenzauber verströmt. Die Bewohner vieler Gassen tragen das Zeichen ihrer Dürftigkeit weithin sichtbar auf der Stirn: Unter der trügerischen Hülle hält die drückendste Armut Hof. Sieht man nur genauer zu, so findet man elende, gestützte Häuser, wüste, unbebaute Plätze, große Misthaufen vor den Türen, im malerischen Schneeweiß desto gräulicher anzusehen, wie sie dampfen und die gelbe Jauche verströmen. So entbietet die Pauvreté jedem Zugereisten ihren unmittelbarsten Gruß, während in denen königlichen Schlössern und vornehmen Palästen Redoute auf Redoute folgt, wie jedes Jahr zur Zeit des Karnevals, der bis zum Geburtstag der Königinmutter am 27. März andauert, weil der König aus Dresden auf einen rasanten Kriegsurlaub herüberkommt.

Auf dem Dahnhoffs Platz stehen viele elende Buden aufgereiht, wo Trödler ihr Gewerbe treiben. Dort findet man Hehler und

Diebe, die ihre gestohlenen Sachen an den Mann bringen, Halsabschneider überall, Gauner, und schimpfende Bürger zuhauf. Wie viel lieber dagegen sind mir die Töchter der Hugenotten, die an den Brücken auf dem Werder ihre schneeweißen Spitzen feilbieten und den ganzen schmutzigen Klatsch und Tratsch kostenlos dazu liefern. Der Hauptwohnort der französischen Refugies, die Friedrichsstadt, ist ohnehin der sauberste Teil des ganzen großen Berlin. Wenn der König, der sich selten genug sehen lässt, da ihn die Dürftigkeit seiner Hauptstadt nicht wenig geniert, keine fähigen Ausländer heranzöge, stünde es noch schlechter um den Staat. Alle tüchtigen Leute kommen aus dem Ausland.

Die Bildung der Kinder bei den höheren Ständen ist ziellos und fehlerhaft; man züchtet einen unmäßigen Hang zum Luxus und zur Schwelgerei, begünstigt eine ungezähmte Eitelkeit. Völlig verwahrlost wächst die Jugend auf, hat an Frechheit nicht ihresgleichen. Sie ist im Durchschnitt unwissend und roh und ohne jede Kultur. Die jungen Burschen häufen Schulden auf Schulden, bis sie kein Weg mehr am Schuldenturm vorbeiführt. Am bitteren Ende sehen die Eltern sich gezwungen, ihre sauberen Früchtchen unters Militär zu stecken, was selbst in dieser Militär- und Garnisonsstadt niemandem leicht fällt. Die Grünschnäbel radebrechen unterdessen französisch, pudern, parfümieren sich, putzen sich heraus, gebärden sich rücksichtslos und prahlerisch, was mir meinen Broterwerb nicht unbedingt erleichtert, denn ich muss nicht wenige von ihnen in Materien unterrichten, um die sie sich ganz und gar nicht freiwillig bekümmern. Begabtere sind wohl ebenso darunter, wenngleich vorwiegend unter Franzosen und Juden. Bei allen von ihnen schlägt eine rücksichtslose und oft leichtsinnige Galanterie unangenehm zu Buche, und es ist kein Wunder, dass die venerische Krankheit wieder zu grassieren beginnt.

Nun ist der Broterwerb des Hofmeisters allerorten ein höchst trauriger und hat also Berlin hier ebenfalls keinen Vorzug vor anderen Städten. Weder darf ich die tumben Sprösslinge meiner

Brotherren hart anfassen, damit sie mich ihren Eltern nicht madig machen, noch habe ich es an der nötigen Autorität fehlen zu lassen, um bei den Alten nicht zimperlich und unfähig zu erscheinen. Das gerüttelt Maß in diesem Zwiespalt zu finden, ist nicht einfach, wie Du dir denken kannst, und so laufe ich durch dieses armselig-protzende Berlin mit den allergemischtesten Gefühlen.«

Es klopfte an die Tür der Kemenate. Leise fluchend legte Fleck die Feder auf das geöffnete Tintenfass, um mit schwarz gefleckten Fingern den Türriegel zurückzuschieben, die Tür einen Spalt aufzudrücken und hinauszusehen. Draußen auf dem dunklen Gang stand sein Freund Raphael Ries und suchte sich der Kälte zu erwehren, indem er sich mit den Händen über Kreuz auf die Oberarme schlug und sein robustes Schuhwerk, das eher einem Meiereiknecht angestanden hätte, rhythmisch auf die Dielen stampfte.

»Haben der Herr Hofmeister etwas Zeit, um mir das Ohr des Herrn Hofmeisters zu leihen? Es handelt sich um eine Affaire der allerhöchsten Determination!«

»Spinner! Sei leise und komm rein, bevor wir erfrieren!«

Fleck sah voraus, dass die wohlige Wärme, die sich im Zimmer glücklich angestaut hatte, bei längerem Aufhalten der Türe sinnlos verspielt würde. Eigentlich hatte er den Artikel an diesem Abend fertig bekommen und morgens nach Frankfurt expedieren wollen. Wenn es der Himmel jedoch anders beschlossen hatte, was sollte er dagegen tun?

Ries sprang in den Raum und tanzte um den kleinen Bullerofen, in dem sich das unwiederbringlich letzte Holzscheit vollständig in Glut verbrauchte. Jetzt blieben nur noch Tisch, Stuhl und Bett. Ungeniert schnappte sich der Auftauende das Manuskript und überflog das Geschriebene. Mit einem Stoßseufzer kommentierte er die trübselige Beschreibung:

»Gib es zu, dass dir ein feindlicher Großherzog oder König versprochen hat, Feuerholz zu schicken, soviel dein kleiner Ofen verbrennen kann, wenn du die Hauptstadt des wachsenden Königreichs Preußen in den allerschwärzesten Tönen malst! Wer immer dieses liest, wird beschwören können, dass Berlin nicht an der silbernen Spree liegt, sondern am grottenschwarzen Totenfluss und alle Ungestalten der Unterwelt es bevölkern. Keiner wird mehr sein provinzielles, verlaustes Rattennest verlassen, um sein Heil bei uns in der splendiden, reinen Metropole zu suchen! Apropos ›Rattennest‹ – was machen die beiden hübschen Kätzchen bei dir?«

»Die sind von meinem Nachbarn, der seine Verwandten in der Uckermark besucht. Ich passe auf sein Zimmer und sein Getier auf, bis er wiederkommt.«

Fleck lächelte, denn er wusste nur zu genau die Ironie in der Beurteilung des Freundes zu unterscheiden, der dem gezeichneten Bilde Berlins wenig Positives beizusteuern vermocht hätte, fand er sich doch als geduldeter Jude ohne Anspruch auf des Königs Schutz, als der dritte Sohn eines armen Jenaer Optikers, keineswegs auf Rosen gebettet und ohne Hoffnung auf Besserung. Das Einzige, was Ries davon abhielt, einen der zahlreichen Wasserläufe mit den Überresten seines Leibes zu verunreinigen, war das private Studium deutscher Literatur und Philosophie. Wilhelm Fleck, den er vom »Mathematischen Kaffeehaus« her kannte, einem Freitisch im Haus des Seidenfabrikanten Isaak Bernhard, war ihm beim fehlerfreien Erlernen des Deutschen behilflich, denn er trachtete danach, das jiddische Kauderwelsch aus Deutsch und Hebräisch abzulegen. Leider war die jüdische »Nation«, die kein eigenes Land besaß, sondern sich über die ganze Welt verstreut fand, rückständig, konservativ und ohne Mut zur Lockerung ihrer starren Gesetze. Einerseits war dies den Rabbinern zuzuschreiben, die den Zugang zu fremdsprachiger Wissenschaft und Philosophie als den Anfang vom Ende ihrer uneingeschränkten Macht begriffen. Andererseits war die Isolation, in die man die

Juden allerorten trieb, dem System der Selbstabsonderung förderlich.

»Wenn ich dir das neueste Werk unseres lieben Gellert, des vom König so geschätzten Verfassers der ›Schwedischen Gräfin‹, ausborgen soll, so musst du es nur sagen. Verstecke es bitte gut unterm Wams, damit ich's wiederbekomme und du nicht auf die Wanderschaft gehen musst, denn der erstbeste eurer Armenvorsteher würde dich glatt vom Hausvogt ausweisen lassen, wenn er ein deutsches Buch bei dir witterte.«

Ries ergriff das Werk, das den etwas staubigen, nach wurmzerfressenem Chorgestühl duftenden Titel »Geistliche Oden und Lieder« trug, und verbarg es – ohne einen Blick darauf zu werfen – sofort mit einer demonstrativ vereinnahmenden Geste. Er lächelte beglückt, doch dann wurde sein Gesicht plötzlich sehr ernst, und seine Stimme zitterte, als er sagte:

»Guter, bester Fleck, mein Bruder im Geiste! Nun halte dich einmal gut fest – ich wollte nämlich nicht, dass du morgen ganz unvorbereitet zum Haus deines Brotgebers läufst. Um dich vorzubereiten, bin ich gekommen.«

Er machte eine bedeutsame Pause, um fortzufahren:

»Denn wenn wahr ist, was man sich erzählt, ist der Halsabschneider Hamann das Opfer seiner Habsucht geworden. Jedenfalls ist das mein fester Glaube!«

Fleck blickte sein Gegenüber verständnislos an, denn er konnte sich aus Riesens Gerede keinen Reim machen.

»Was redest du da für einen Widersinn? Was ist mit Hamann?«

Fleck machte ein völlig entgeistertes Gesicht. Selbstverständlich bekam er die neuesten Nachrichten immer als Letzter mit. Dies mochte ein Berufsleiden der schreibenden Zunft sein. Doch was da eben anklang, entsetzte ihn zutiefst.

»Man erzählt es sich überall, dass der Hamann vor dem Schlesischen Tor beim Fest für den König in den Schnee gebissen hat! Noch jetzt gerade, in der Stund, sind die Altvorderen deshalb bei

Ephraim und beraten, was zu tun ist. Da wird es leicht für die Judenhasser, uns alle auf einmal des Mordes zu bezichtigen!«

Fleck wurde wachsbleich: Hamann tot! Das war – wie jeder Tod – an sich bereits schrecklich und unbegreiflich genug; doch überdies bedeutete es für ihn, dass er bald auf der Straße sitzen würde! Als Lehrer eines Sohnes, der notgedrungen vorzeitig in die Fußstapfen seines Vaters träte, wäre wohl keine Verwendung mehr für ihn im Hause Hamann.

»Des Mordes bezichtigen? Wie kommst du darauf? Weiß man Genaues? So rede schon und lass dir nicht alles aus der Nase ziehen!«

Ries hob abwehrend die Hände.

»Selbstredend weiß niemand Genaues! Ich hab ja gesagt, dass dies nur mein Glaube ist, soll heißen: meine Spekulation. Die einen wollen wissen, dass er erfroren ist, weil er im Schnee einschlief, als er auf den König wartete – ich frage dich: Hältst du Hamann für dumm genug, sich in den Schnee zu legen, um zu schlafen? Die anderen sagen, er habe, als man ihn fand, ein Messer im Rücken getragen. Was möchten wir nun glauben? Nur fürchte ich, dass an der Tatsache seines Ablebens kein großer Zweifel bestehen kann.«

Fleck wappnete sich mit Schal und Mantel und drängte Ries, es ihm gleichzutun.

»Ich muss zum Wilhelmsplatz! Und ich möchte, dass du mich begleitest. Hier ist sowieso keine Wärme mehr.«

Ries folgte widerwillig.

»Nun gut … Selbstredend. Dich allein gehen lassen? In diese Kälte? Kommt nicht in Frage, schließlich kann ich vielleicht ein paar Neuigkeiten erfahren, die etwas Licht in diese Sache bringen. Doch du weißt, dass ich mich alleine nie in dieses hochehrenwerte Haus trauen würde …«

Fleck schüttelte unwillig den Kopf, während er sich für den Vorstoß in die widerwärtige Eisesnacht mit allem wappnete, was er finden konnte. Zuletzt wickelte er einen ellenlangen Schal um Hals und Kopf und schnallte eine Schaffellmütze um, die derjenigen Riesens in allem glich, mit dem einzigen Unterschied, dass sie nicht wirkte wie durch Dreck und Dornengestrüpp gezogen. Sie traten hinaus. Mit eiserner Umklammerung packte sie die Kälte, drang zwischen Halstuch und Haut und legte sich um die Gurgel wie ein kalter Strang. Erfroren lag der Schein der Straßenlaternen auf dem gelblich-trüb aussehenden Schnee.

Mittwoch, 5. Januar 1757

I

Während der König die Audienz der Minister und Stabsoffiziere der Berliner Garnison beendete, liefen die Vorbereitungen für seine Mittagstafel, die diesmal fünfzig Gäste umfassen und im Parole-Saal seiner Privatgemächer im Schlosse stattfinden würde. Die Gewölbe hallten wider vom geschäftigen Lärm, denn die Schlossküche stand einer gut gehenden Werkstatt in nichts nach: Tonangebende Kunsthandwerker darin waren die beiden Hofküchenmeister, die sich an die Arbeit begaben, als gelte es, eine militärische Offensive zu entfachen. Der ehrwürdig ergraute Oberhofmarschall von Pöllnitz, der nominell für alles verantwortlich war, was am Hof geschah, flüchtete dieses Schlachtfeld daher meist mit einem mehlpuderstäubenden Kopfschütteln.

Emile Joyard, der Erste Hofküchenmeister, stand unter Druck wie ein General – so ernst nahm er seinen Beruf! Der tragische Fall des François Vatel, der unter Ludwig XIV. zum ungekrönten Küchenkönig avanciert war und sich angeblich aus Gram über eine zu spät eintreffende Ladung frischen Seefisches das Leben genommen hatte, galt ihm zur Mahnung für das eigene Tun. Balthasars »Hofbüchlein«, bei dem er in Zweifelsfragen Zuflucht nahm, sagte über den Posten des Küchenchefs:

»Der Küchenmeister ist bey einem Hof-Staat die Person, welcher die Oberaufsicht der Küche anbefohlen, daher ihm zu besorgen obliegt, dass in derselben alles sauber und ordentlich nach der Herrschaft oder des Hof-Marschalles Befehl ausgerichtet werde. Dannenhero lässet er sich bei dem Anrichten, Auftragen derer Speisen und Besetzung der Tafel finden. Er unterscheidet – in Absprache mit einem hierin meist sehr wählerischen und eigensinnigen Souverän –, was einfache und edle Speisen sind. Er kümmert sich um das Geld für den Kücheneinkauf und korrespondiert mit Gott und der Welt wegen des Erhalts erlesener auswärtiger Delikatessen.«

Da es immer sicherer ist, in wichtigen Angelegenheiten rasch Ersatz schaffen zu können, besaß der preußische König und oberste Tafelherr nicht nur einen, sondern zwei dirigierende Küchenmeister. Der zweite war nun ein Exemplar ganz besonderer Güte, denn er hatte neben dem ausgesuchtesten Geschmack und der reichen Küchenerfahrung aus zurückliegenden sechzehn Dienstjahren unterm bekrönten Adler auch Charaktereigenschaften, die ihn bereits mehrfach zum Erhalt von königlichen Sonderaufträgen qualifiziert hatten. Seine Neugierde, seine Kombinationsgabe und sein Interesse für jede Art von Wissenschaft und Kunst waren schwer zu überbieten. Zuweilen aber, wie an diesem Morgen, standen ihm diese Attribute in seinem gewöhnlichen Tagewerk eher im Wege. Da es um des Königs Wohlbefinden und um die Zufriedenstellung seines keineswegs ordinären, sondern fast lukullischen Geschmackes ging, war ein Nachlassen im Bemühen unverzeihlich und konnte üble Folgen haben. Immerhin prangte der Name eines jeden Koches neben dem Gericht, für das er verantwortlich zeichnete, auf dem Küchenzettel, den der König erhielt. Er kreuzte an, was ihm geschmeckt hatte, und was ohne Vermerk blieb, hatte die Prüfung nicht bestanden. So war klar und aktenkundig, wer auf Dauer den Geschmack des Regenten traf und wer nicht.

Langustier ermahnte sich zur Aufmerksamkeit: Es galt, Kapaune anzurichten, und es wäre höchst ärgerlich, wegen eines Standardgerichtes, das der König in Sachsen in Vollendung immer wieder genossen hatte, die Reputation zu verlieren.

Zahmes oder wildes Geflügel war schon auf den Speisezetteln August des Starken in Hülle und Fülle herumgeflattert. Die barocken Köche hatten es in rauen Mengen zubereitet. Auf keiner

Tafel fehlten die vom König von Polen so geschätzten Poularden, gemästete Hähne oder Hennen, die nach zehn bis zwanzig Wochen, bei einem Gewicht von mehr als drei sächsischen Pfund oder fast anderthalb Kilogramm, geschlachtet wurden. Das zarte und helle Fleisch in Weißwein oder Champagner mit erntefrischen Champignons gegart, war ein Genuss. Aufmerksamer noch hatten sich die sächsischen Hofköche den gekappten jungen Hähnen oder Kapaunen zugewendet. Nach dem ersten ungelenken Gekrächze wurden die Tiere hungrig und durstig einen Tag und eine Nacht lang eingesperrt. Am nächsten Tag wurde ihnen der Bauch geöffnet und die Geilen entnommen. Wurden sie den Tieren einst mit glühenden Eisen weggebrannt, geschah es nunmehr ohne Feuer durch einen Schnitt. Zugeheftet und die Wunde mit Butter beschmiert, Kamm und Bart abgeschnitten – so verbrachte der verkrüppelte Vogel, der nun bereits Kapaun hieß und keines Krähens mehr fähig war, noch eine halbe Woche bei Hirsemehlklößchen, milchgetränkten Brotkrumen, Starkbier und Brot. So präpariert, lieferte ein Kapaun ein wundervoll zartes Bratenfleisch, das als Heilmittel gegen Schwindsucht, gar als Antidot gegen allerlei Gifte begehrt war. Den Aussagen der Auguren zufolge, sollte das Mästen und Bereiten des Kapauns bei abnehmendem Mond, idealerweise bei heiterem stillem Wetter geschehen und auf keinen Fall in der großen Hitze des Sommers. Zumindest was die Temperatur anging, herrschten also augenblicklich recht taugliche Bedingungen!

Langustiers Gedanken entfernten sich erneut vom halb automatischen Tun am Hackklotz und kreisten rasch wieder um die seltsamen Berichte über den Toten vom gestrigen Abend. Vergeblich hatte er bislang seine Fühler bemüht, um vielleicht Näheres zu erfahren. Doch keiner der ausgeschickten Küchenjungen, bestochen mit der Aussicht auf die eine oder andere aus Sachsen mitgebrachte Leckerei, war mit interessanten Neuigkeiten zurückgekehrt. Gesicherte Informationen waren auf diesem Wege nicht zu erhalten; es brodelte die Gerüchteküche. Nun wartete er förmlich darauf, dass der König ihn – wegen früherer anstelliger Beschäftigung mit mysteriösen Todesfällen – diesmal wieder zu sich rufen würde, denn der Tote, den man vor der Stadt gefunden hatte, war der erfolgreichste und tonangebende unter den königlichen Münz-Juden gewesen. Privilegiert, im kaufmännischen Tun einem christlichen Kaufmanne gleichgestellt und mit dem König in engen, schwer zu durchschauenden Geschäftsverhältnissen stehend ...

»Monsieur, seid Ihr mit den Kapaunen endlich soweit? Wir müssen bald nach droben! Ihr steht heute an der Beitafel im Confidenztafelzimmer nebenan!«

Langustier fuhr aufs Neue aus seinen Gedanken hoch, die sich gerade angeschickt hatten, der Sache etwas beizukommen, und blickte seinem Kollegen Joyard reichlich geistesabwesend in die Augen. Dieser bemerkte auch ohne weitere Antwort, dass Maitre Langustier (beim König mitunter leider besser gelitten als er selbst und daher wenig angreifbar) nicht rundheraus präsent war. Joyard rollte die Augen zum gewitterhimmelartigen Küchendeckengemälde aus Ruß und Fett, bevor er sich wortlos verzog.

Der Aufgescheuchte wischte sich die blutigen Hände an der weiß überspannten Halbkugel seines ungeheuren Bauches und bemühte sich, rasch einen Überblick über die noch zu leistende Kapaunarbeit zu bekommen. Er dirigierte seine Köche und brachte die ewig schlafende Bande von Küchenhelfern auf Trab. Die Kapaune waren zerlegt, die Einzelteile gewaschen und getrocknet worden. Nun kamen sie mit der Haut nach unten in riesige Bräter, in denen heiße Butterpfützen auf sie warteten. Waren sie nach mehrfachem Wenden überall goldbraun, wurden sie herausgefischt und an ihrer Stelle ganze Schalotten leicht gebräunt. Nach dem Abgießen des Fettes kamen die Kapaunsegmente wieder hinzu. Mit Salz und Pfeffer und Lorbeerblättern versehen, wurde alles zugedeckt und auf schwacher Hitze gegart, dabei mehrfach mit gro-

ßen Löffeln der in den Pfannen sich sammelnde Saft über dem Hähnchenfleisch verteilt.
Langustier hatte mit seinen Gehilfen in weiteren Pfannen mit Butter reichlich Zitronensaft eingerührt. In diese Zitronenbutter flutschten zahlreiche Artischockenherzen und wurden geschwenkt, bis sie glänzten. Gesalzen und zugedeckt dünsteten sie etwa zehn Minuten, was Langustier mittels seiner grünen Zwiebel – einer trotz Fett und Wasserdampf nach wie vor tadellos funktionierenden Taschenuhr – akribisch kontrollierte, ebenso wie die Garzeit des Hühnerfleisches, die sich nach einer halben Stunde ihrem Ende zuneigte. Attraktiv in vorgeheizten Schüsseln mit den Schalotten und Artischockenherzen angerichtet, wurden die goldbraunen Kapaunteile schließlich mit einer Sauce übergossen, die nach dem Herausnehmen des Fleisches mit Gemüsefond und dem Bodensatz rasch angerührt und unter starker Hitze in drei Minuten reduziert worden war. Fertig war der Chapon à la bordelaise!
Wenig später im betressten Rock an der Tafel stehend und dem General-Münz-Intendant von Retzow vorlegend, nahm Langustier das ihm vom Kammerlakei heimlich zugeflüsterte königliche Kapaun-Lob wie in Butter zerlassen hin. Doch gingen ihm ganz andere Dinge durch den Kopf. Aufmerksam hatte er auf etwaige Andeutungen zur Frage des aufgefundenen Toten gelauscht, doch es wurden keine vernehmlich, da sich der König beim Essen auch an der Beitafel strikte Abstinenz von politischen oder sonstwie brisanten Themen ausbedungen hatte, damit sich jeder Tafelgast ganz auf den Geschmack der Speisen konzentrierte.
Langustiers Gedanken waren wieder auf Wanderschaft. Herrgott, diese seltsame Leichengeschichte! Wenn er nur dahinter käme, was für einen Tod der reiche Jude gestorben war? Allmählich reifte ein Entschluss in ihm. Er würde diese Ungewissheit nicht länger ertragen, soviel stand fest. Niemand konnte ihm das verübeln.
Endlich hatte die Mittagstafel ihr Ende gefunden. Noch ehe Joyard ihn beiseite nehmen konnte, um sich mit ihm über die Einzel-

heiten des abendlichen Schmauses nach der Komödie »Le Gentilhomme« im mit Kohlenpfannen notdürftig erwärmten kleinen Schlosshof zu beraten, war er wie vom Erdboden verschluckt. Er liebte dieses unförmige Riesenschloss einzig und allein wegen der vielen Möglichkeiten, unliebsamen Nachstellungen zu entkommen. Insbesondere der Apothekenflügel bot mannigfache Schlupflöcher. Nur einige Mimen und Aktricen der Bertrandschen Schauspielergesellschaft aus Leipzig übten in einem der Räume, an denen er vorbeikam, Texte für ein kleineres Schaustück, das man zur Einstimmung und Erheiterung geben wollte: »Scapin, der Galante und curieuß verliebte Stallmeister zu Fuß«.

Langustier hatte im Vorübereilen nur einen flüchtigen Blick in den für Schauspielerzwecke höchst ungeeigneten, da sehr dumpf schallenden, übel beleuchteten Raum geworfen. Dieser Blick jedoch hatte gereicht, ihm den eiligen Fuß auf dem kalten Steinparkett festzueisen, während sein Herzblut wallte: Zwei blaue Augen leuchteten ihm magnetisch aus einem weiß gepuderten Gesicht entgegen, das von dunkelbraunen Locken umspielt wurde, indes ein roter Mund mit einer zaubersüßen Stimme intonierte:

»Geliebter, wohin so eilig? Wollt Ihr schon gleich wieder entfliehen, da Ihr mir gerade erst die heißen Schwüre Eurer Zuneigung geschenkt? Das würde ich Euch nie verzeihen!«

Und noch ehe sich der hypnotisierte Langustier zu einer Lautäußerung verstehen konnte, hatte ihm die herbe Schöne, nicht eben größer als er, einen Kuß auf die Wange gehaucht. Der heftig gerötete Küchenmeister lupfte endlich seinen Hut gegen die Dame und fand genügend Geistesgegenwart, ihr Spiel zu loben und sich für weitere Proben selbstlos zur Verfügung zu stellen – sehr zur Erheiterung der übrigen Mimen, die sich über diesen ebenso spontanen wie »curieußen« Einbruch der Wirklichkeit in ihr Spiel gar nicht beruhigen wollten.

II

Das Gebäude der königlichen Charité lag nunmehr inmitten weiter Schneefelder, deren Eintönigkeit nur von der Akzise-Palisade unterbrochen wurde. Langustier entlohnte den Kutscher und verlieh seiner dringlichen Bitte, auf ihn zu warten, mit einem beinahe ungebührlich hohen Trinkgeld Nachdruck.

Er schritt durch den Torbogen in den Innenhof des einst als Pesthaus geplanten Spitals und ging auf das Inspektorhaus zu, wo er sich umgehend beim Leiter der segensreichen Institution melden ließ. In dieser unwirtlichen Jahreszeit musste man gerade mit einem besonders hohen Zulauf von Kranken fertig werden, deren Gebrechen sich durch die Kälte verstärkten. Daher stand Johann Theodor Eller, der Direktor, nicht sofort zur Verfügung, sondern war irgendwo in dem kastellartigen Gebäudegeviert zur Visite unterwegs.

Erst nach einer endlosen Weile, wie dem zitternden Küchenmeister schien, klang Ellers vertraute Stimme durch die Eingangshalle. Mit forschem Schritt und nachwehendem weißem Kittel kam der Arzt über die Steinfliesen auf den Gast zu.

»Monsieur Langustier! Das nenne ich eine Überraschung! Ihr wollt Euch doch nicht etwa in meine medizinische Obhut begeben?«

Langustier lachte. Sein Gegenüber hatte eine herausfordernde Haltung eingenommen und mit dem Seziermesser, das er in der Hand trug, eine Bewegung vollführt, die entfernt an ein Halsabschneiden gemahnte. Langustier entgegnete:

»Bedaure, nein! So sehr ich auch Eure Behandlungsmethoden schätze und Eurer Sachkenntnis bei gegebenem Anlass mehr als der jedes anderen Arztes vertrauen würde – glücklicherweise geht es mir noch immer ganz leidlich! Das Tanzbeinschwingen bereitet mir keine Probleme, und im Schneeball- und Messerwurf kann mich noch immer kein Küchenjunge bezwingen. Doch

wenn Ihr etwas gegen die klirrende Kälte habt, so will ich gern das Mittel hören!«
Eller bat ihn daraufhin zwei Treppen nach oben in sein gelehrtes Oberstübchen. Seit Langustiers letztem Besuch hatte sich dort wenig verändert. Noch immer gaben sich ganze Batterien der verschiedensten Schädel und Organpräparate in scheußlichen Einmachgläsern ein makaberes Stelldichein. Der Gast nahm auf einem kleinen Stühlchen umsichtig Platz und war sehr darauf bedacht, keinen der mannshohen Büchertürme zum Einsturz zu bringen, die hie und da aufragten. Eller kommentierte den Anblick dieses scheinbar chaotischen Durcheinanders aus Papier und medizinischen Musealien, das jedoch sicher einer höheren Ordnung folgte, mit Achselzucken:
»Kaum ist der letzte Krieg abgearbeitet, fängt die Präparateschwemme schon wieder an! Hätte ich nur ein so großes Kontingent an Helfern zur Verfügung wie Ihr in der Schlossküche – ich habe gar nicht Spiritus und Lagerplatz genug, um die vielen kriegsbedingten Pretiosen aufzuspeichern, die mir auf des Königs Befehl von den Feldscheren aus Sachsen zugingen. Einige müssen wir immer noch draußen im Schnee lagern und ständig bewachen, dass Ratten, Katzen und Greife nicht drangehen.«
Langustier war als Koch mit Blut und Innereien aller Art wohl vertraut, und der Anblick eines geöffneten Herzens machte ihm keine Bängnis, doch die Gläser rechts und links von seinem Kopf enthielten ... Soldatenaugen! Nur die allgemeine Kälte verhinderte, dass es ihm kalt den Rücken hinunterlief. Er bezwang sich und hob, scheinbar ungerührt, an:
»Ich wünschte schon oftmals, seit ich Euch kenne, doch mehr von der Medizin zu verstehen. Der Koch und der Arzt sollten viel häufiger gemeinsame Sache machen, als dies in der Vergangenheit geschah. Die Monate, die ich nun in Sachsen zubrachte, haben mir die Dringlichkeit dieser Forderung vergegenwärtigt, denn Sachsen ist ein Schlaraffenland, dessen Hochküche selbst August

den Starken umgebracht hat, da er sich zügelnden Einflüsterungen beharrlich widersetzte. Unser König findet nun, was nur natürlich ist bei einem Mann seiner Genussfähigkeit, Gefallen an diesem lokal begünstigten Überfluss, so dass ich, bei aller Mitfreude bei seinen Schwelgereien, nicht übel Furcht trage, er könnte sich vorzeitig ruinieren.«

Eller grinste und sagte, während er hinter einem Bücherstapel eine halb geleerte Flasche Kornbrand hervorzog und in zwei nicht ganz reinliche Gläser den Rest eingoss, von denen er eines dem hilflos aufschnaufenden Langustier in die Hand drückte:

»Dieser Mann ist ein klinisches Phänomen, wie ich Euch ja bereits mehrfach angedeutet habe. Dass er nach einer Rosskur mit Quecksilber nichts verlor außer seiner Manneskraft, ist nicht weniger verwunderlich als die Zähigkeit, mit der sein ausgemergelter Leib die unentwegten Attacken durch übermäßige Gewürzzufuhr erträgt! Allein das tägliche Quantum an Pfeffer, Knoblauch, Ingwer und Muskat würde jeden Ochsenmagen in Drehung versetzen. Senf und Meerrettich im Kaffee nicht gerechnet. Jetzt also hat er sich der sächsischen Variante zugewendet, den Schnecken, Lerchen und Kapaunen, den Poularden und dem Schnepfendreck?

Langustier nickte schweigend. Eine Furcht stieg in ihm auf: Würden die Küchenmeister dermaleinst von künftigen Historienschreibern für den Tod des großen Königs verantwortlich gemacht werden? Sollten sie ihrem Monarchen Enthaltsamkeit predigen? Wäre nun gerade er, Langustier, der Richtige dafür?

Das waren wirklich absurde Gedanken, die er mit einem ätzenden Schluck des Selbstgebrannten hinunterspülte, der sicher doppelt so bitter schmeckte wie reiner Methylalkohol, von dem man bekanntlich blind wurde. Ihn auslachen, einen Tölpel schelten und unter die Küchenjungen einreihen würde der König seinen diätetischen Berater und nur desto ungestümer in seinem viel bewiesenen kindischen Trotz den ungesunden Speisen zusprechen! Er entgegnete dem Arzt:

»Zum Glück fehlt ihm der genäschige Marquis d'Argens! Der würde sich mit ihm glatt ins Grab fressen!«
Als das Wort auf den Marquis kam, gluckste Eller und fragte:
»Habt Ihr die jüngste Kapriole des Gesundheitsfanatikers und Wissenschaftsgläubigen gehört? Ich bin daran nicht ganz unschuldig, müsst Ihr wissen.«
Langustier, der sich brennend wie Kornschnaps für alles interessierte, was die Höflinge seines Königs in ihrer Abwesenheit trieben, verneinte auffordernd.
»Se. Königliche Majestät haben ihm ja gnädigst verstattet, das Sommerschlösschen Sans Souci während der Dauer des Krieges zu bewohnen. Nun wollte es der Zufall, dass der Marquis, welcher den Sitzungen der Königlichen Akademie in Berlin nur äußerst selten beiwohnt, da er die Faulheit selbst ist und die weite Kutschfahrt von Potsdam herüber mehr scheut als alles andere, gerade an jenem Tag im August, an dem ich mich unterstand, den Akademie-Perücken eine Abhandlung über die Gefahren des kupfernen Kochgeschirrs vorzutragen, das bei Franzosen seit jeher so beliebt ist, im Hörsaal saß und bei jedem meiner Worte mehr zu zittern begann. Da er sehr hypochondrisch und abergläubisch ist, war ihm die Tatsache, just diesen meinen Vortrag angehört zu haben, schon Warnung und Vorbedeutung genug. Er hielt sich wohl sofort für vergiftet, da seine Frau seit jeher in kupfernen Kasserollen kochte und in der Schlossküche von Sans Souci nur solche vorhanden sind, wie ich Euch nicht sagen muss. Der Marquis nun, dessen lebhafte Einbildungskraft leicht zu erhitzen ist, geriet in eine große Angst, dass er nach seiner Heimkehr ständig davon redete und seiner Gemahlin endlich das Versprechen abrang, alles kupferne Geschirr in der Schlossküche mit eisernem zu vertauschen. In Sorge, sie könnte es nicht verwirklichen, redete er bei Tische von nichts anderem, so dass bald allen der Appetit verging und die Gattin eidlich versicherte, seinen Wünschen zu entsprechen.«

Langustier kicherte und lauschte dem Fortgang der Geschichte: »An einem der folgenden Abende wollte die Marquise den Kindern und einigen Freunden das Vergnügen eines Familienballes machen, der in der Wohnung des Oberhofgärtners Sello stattfinden sollte. Der Marquis erlaubte es gern und begab sich an dem fraglichen Abend früh zu Bett. Doch er erwachte bald wieder, weil er von nichts anderem als von Kupfer träumte! Er rief seinen Bedienten Jean, bekam jedoch auf wiederholtes Rufen keine Antwort, denn die Domestiken, die glaubten, er schliefe ruhig und fest, und die bei dem dortigen einsamen Aufenthalt in Sans Souci nicht eben viel Abwechslung genossen, waren fortgegangen, um dem Ball im Gärtnerhaus zuzusehen. Der Marquis merkte wohl, dies würde die Ursache sein, dass niemand auf sein Klingeln hin erschien, und war nicht weiter böse darüber. Unglücklicherweise kam ihm der Gedanke, dass dies die beste Gelegenheit für ihn sei, nachzuforschen, ob wirklich alles Kupfer aus der Küche verbannt wäre, und er stand auf, ohne Beinkleider, warf einen schlotternden Casaquin über, nahm eine brennende Kerze und schlich hinüber. Dort fand er wie in seinem Alptraum – welch ein Entsetzen! – nicht allein alles voll von kupfernen Kasserollen, sondern auch eine, die noch etwas von einem säuerlichen Ragout enthielt, von dem er glaubte, mittags gegessen zu haben. Darüber geriet er in die größte Aufregung, und um augenblicklich seine Frau zur Rede zu stellen, lief er sogleich so, wie er war, nach dem Ort des Balles.«

Langustier amüsierte sich sehr bei der Vorstellung, wie der Marquis im Schlafrock die sechs Terrassen des Schlosses Sans Souci mit insgesamt 150 Stufen hinabhüpfte, die nicht geringe Strecke über den kleinen Graben und die kleine Brücke zurücklegte, die man durch Auftreten niederlassen musste und die sich durch ein Gegengewicht selbst wieder aufzog, von wo er dann weiter zu den Gärtnerwohnungen zu gehen hatte.

»Diesen weiten Weg machte er im Dunkeln, in der größten Ge-

schwindigkeit. Man stelle sich das allgemeine Erstaunen vor, als der alte, baumlange Marquis ins Ballzimmer trat: Er war barfuß, denn er hatte unterwegs die Pantoffeln verloren, doch seinen Kopf zierten drei wollene Mützen. Als der Schlafrock zurückflog, stand er gar im Hemde da, ohne Beinkleider, und hielt das Corpus delicti, die kupferne Kasserole mit den Überbleibseln des Ragouts in der Hand. ›Je suis empoisonné! Ich bin vergiftet!‹, schrie er und schalt, so arg er konnte, auf die kupfernen Kasserollen und auf die Nachlässigkeit, trotz aller Beweise gelehrter Leute noch immer in Kupfer zu kochen, was ihnen allen noch den Tod bringen würde! Man überwältigte ihn mit gutem Zureden und trug ihn wieder in seine Schlafkammer. Am nächsten Tag wurde ihm das feierliche Versprechen gegeben, dass nunmehr alles Kupfer aus der Küche abgeschafft werde – es blieb freilich dort, wo es schon immer gewesen: Nur sah man sich seither vor, dass er nicht noch einmal in die Küche käme!«
Langustier lachte und freute sich, den Marquis in so plastischer Erzählung wieder einmal vor sich zu sehen. Er war schon ein rechter Don Quichote! Gerne hätte er Eller weiter berichten hören über die in ihrer Provinzialität putzige Doppel-Metropole Potsdam-Berlin. Doch leider begann die Zeit sichtbar zu rinnen, wie ihm seine treue, verbeulte Zwiebel, an ihrer Kette baumelnd, veranschaulichte. Er steckte den Chronometer weg, fixierte einen Wasser- oder Schmutzfleck am Branntweinglas und sagte:
»Ich will Euch nicht hinters Licht führen und nehme an, dass Ihr es Euch schon gedacht habt. Ich bin diesmal ohne amtliches Permissschreiben hier. Und zwar nicht, weil ich es vergessen oder verloren hätte …«
Eller trank, lächelte und wartete.
»… sondern da Se. Königliche Majestät diesmal meiner Dienste nicht zu bedürfen scheinen. Dabei war der Jude Hamann, den man im Schnee gefunden, angeblich so dick im Geschäft mit ihm. Wenigstens erzählt man sich das, und ich kann die königliche An-

weisung an den Polizeipräsidenten von Becker, sich in strengstes Stillschweigen zu hüllen, von der mir mein Schwiegersohn erzählt hat, der zufällig anwesend war, als Se. Königliche Majestät Ihren Flügeladjutanten von der Goltz instruierten, nur dahingehend deuten, dass dieser Tote mit Staatsgeschäften höchster Priorität betraut war. Adrian sagte mir des Weiteren, dass der König einen schweren Gichtanfall hatte, als er von Hamanns Tod erfuhr.«
Eller schwieg. Offenkundig genoss er es, wie sein Gegenüber immer engere Kreise um den heißen Brei zog. Beim Erwähnen der königlichen Schwäche wurde er jedoch ernst. Langustier endete derweil:
»Ihr kennt mich als jemand, der sich seines Wissens stets zum Wohle der Krone bedient hat und den nichts so sehr kirre macht wie das Unwissen um einen Todesfall in des Königs unmittelbarer Umgebung. Da ich nicht gut hingehen und ihn bitten kann, mir zu befehlen, den Tod des Hamann zu untersuchen, so will ich mich auf eigene Faust in der Sache umtun. Kurz und gut: Verratet mir doch, was es mit diesem Schneemenschen auf sich hat!«
Jetzt war es endlich heraus. Langustier schlucke vom Branntwein, als müsste er die Reste eines voluminösen Tartuffelkloßes fortspülen. Eller hob das Glas gegen ihn und sagte bedächtig:
»Ich habe, dies kann und darf ich Euch nicht verhehlen, den ausdrücklichen Befehl erhalten, mit keiner Menschenseele über den Toten aus dem Schlesischen Busch zu sprechen. Der Polizeipräfekt persönlich hat mir nebst Leiche diese königliche Anordnung mitgeteilt und mir nachdrücklich eingeschärft, indem er die aufgepflanzten Bajonette eines halben Wachbataillons sprechen ließ, welches ihn und den Toten begleitete.«
Er machte eine kleine Pause.
»Andererseits wisst Ihr, dass ich Eure Arbeit für den König stets mit Bewunderung verfolgt habe. Daher trage ich nicht das geringste Bedenken, Euch in dieser Angelegenheit Auskunft zu geben. Ich kann mir nichts Schlimmeres vorstellen, als an Eurer

Stelle zu sein und einer Sache, die man für brennend interessant befindet, nicht auf den Grund gehen zu dürfen.«
Der Krankenhausdirektor, führende Kapazität auf dem Gebiete der Pathologie, fischte umständlich nach einem Gegenstand, der sich in den Papierbergen auf dem provisorischen Schreibtisch verkrochen zu haben schien. Schließlich fand er ihn mit einem erleichterten Aufseufzer und gab ihn Langustier in die Hand.
Der bereits eingenommene Schnaps bewirkte, dass der Blick des Zweiten Hofküchenmeisters für Momente nicht viel klarer war als der hundert erblindeter Soldatenaugen in den Gläsern rings umher. Doch die Tastsinne signalisierten ihm bereits hinlänglich, was der wieder erstarkte Gesichtssinn schließlich bestätigte, als sich die Umwelt erneut klar abzuzeichnen begann. Er erblickte einen schmucken Dolch mit lederumwickeltem Handgriff, auf dessen penibel nachgeschliffener Klinge ein verschlungenes Geheimzeichen zu erkennen war, das er sofort in sein kleines schwarzes Notizbuch übertrug.
Eller setzte erläuternd zu dieser haptischen Sensation hinzu:
»Diese Waffe fanden wir keineswegs, wie Ihr Euch denken werdet, in der Manteltasche des Toten, sondern in seinem Rücken, und zwar dergestalt positioniert, dass seine Spitze Hamann bis ins Herz gereicht hat. Zum Glück war der einstige Premierlieutnant von Puttkammer so anständig, die Leiche auf dem Rücken liegen zu lassen, und selbst der Torwächter, den sie um Beistand anriefen, hatte nicht Chuzpe genug, sie vor den holden Töchtern und der Generalsgattin umzudrehen, weshalb den feinen Frauenzimmern der fatale Anblick des Blutes im Schnee erspart geblieben ist.«
Langustier blies die Backen auf und fragte:
»Wie verwandelte sich nun der Lebende in den Toten? Wenn's beliebt?«
Eller hatte eine frische Flasche aus einem Schrankversteck geholt und goss ein.

»Auf die alten Zeiten!«

Die Gläser klickten aufeinander, und nach einem erneuten brandigen Abgang des glasklaren Getränkes durch ihrer beider Kehlen holte Eller zu einer längeren Erläuterung aus, die erst schleppend in Gang kommen wollte, da der Mediziner plötzlich eklatante Schwierigkeiten bei der Verteilung von Vokalen und Umlauten in den von ihm benutzen Wörtern und Satzfragmenten zu überwinden hatte.

Langustier glaubte zunächst, aufgrund der Ellerschen Sprachprobleme nicht richtig verstanden zu haben. Auch war eine sonderbare Gehörtrübung in Rechnung zu stellen – dieser Höllenbrand floss nicht in den Magen, sondern auf grotesken Umwegen direkt in den Kopf!

»Deutet etwas darauf hin, dass dieser Hamann nicht an Ort und Stelle getötet wurde?«

»Ich wüsste Euch kein Indiz anzugeben, wie es anders zugegangen sein sollte, als dass der König mit seinem Eintreffen die Aufmerksamkeit von dem Geschehen abgelenkt hat, so dass das Stechen ungesehen hätte vonstechen äh … vonstatten gehen können. Die Flasche, will heißen: Waffe, verschloss zudem den Stech- oder Stichkanal gut genug, um zu verhindern, dass eine größere Menge Blutes hätte herausdringen können, was einen Transport begünstigt hätte. Da die Dunkelheit die Anwesenheit des Toten verschleierte, wurde er jedenfalls erst entdeckt, als schon fast alle vorm Tor Versammelten wieder in die Stadt unterwegs waren.«

»Erzählt mir, was Ihr sonst noch von dem Hergang der Anlieferung am vorgestrigen Abend wisst. Auch wie lange Hamann wohl bereits tot war, Eurer Theorie zufolge.«

»Er wurde um halb elf in der Nacht hergebracht, und zwar steif gefroren. Als er aufgetaut war, hatte die Leichenstarre bereits eingesetzt, daher ist es schwer zu sagen, wie lange er, als man ihn gefunden hat, bereits tot war. Gefunden hat man ihn etwa um Viertel nach zehn Uhr, nicht sehr lange, nachdem der König he-

reingeschneit war. Der Torwächter hat ihn leider nicht angerührt, so dass wir nicht wissen, ob er da schon steif war. Wenn er ihn angerührt hätte und er steif gewesen wäre, so wäre die Frage, ob er gefroren oder totenstarr war. Wenn Ihr mich fragt …«
(Eller beugte sich vor und fixierte Langustier, als wollte er ihm die Mandeln herausnehmen)
»… und so wie's aussieht, fragt Ihr mich: Sicher scheint mir nur, dass er am Dienstag, sei's nun abends früh oder in der Nacht – also zwischen acht und neun, vielleicht halb zehn – infolge des Stechstichs gestorben ist. Mit einer Leiche im Eiskeller kann ich Euch nicht dienen, weil der Corpus gleich nach meiner Amtshandlung der jüdischen Gemeinde und dem jüdischen Totengräber überstellt wurde, der ihn jetzt wohl schon beerdigt hat, wie es bei den Juden Sitte ist. Einen Tag nach dem Tod und nur in ein weißes Leinentuch gewickelt. Der Totengräber dürfte nicht schlecht geflucht haben über die Aufgabe, ein Grab auszuhauen bei diesen Temperaturen. Der Boden wird mannstief gefroren sein. Ich bedaure, wenn ich Euch nicht mit angenehmeren Nachrichten aufwarten konnte! Ich habe auf königlichen Befehl mein Bestes getan, um diesem Toten sein Geheimnis zu entlocken, allein es war vergebens. Leider!«
Eller schwieg erschöpft. So viel hatte er seit Tagen nicht mehr geredet. Er trank sein Glas Branntwein aus und hieb es etwas zu fest auf den Tisch, so dass die Splitter munter durch den Papierwust spritzten.
Die Worte »auf königlichen Befehl« ließen Langustier innerlich jubilieren. Damit waren seine Zweifel ganz beseitigt: Der König hatte gewusst oder geahnt, dass dieser Tod kein rein natürlicher gewesen war. Warum lancierte er diese Geheimniskrämerei? War er, Langustier, nicht mehr vertrauenswürdig? Oder besaß dieser Fall noch eine andere Qualität, die es verbot, überhaupt daran zu rühren?
Er bedankte sich bei dem um Haltung ringenden Eller und wank-

te aus dem Raum, nicht ohne eine kleine Schädelpyramide zum Einsturz zu bringen, als er dem Zurückbleibenden artig, aber zu raumgreifend mit dem Dreispitz einen Abschiedsgruß zufächelte.
»Ach ja, dadadas ...«
(Eller wedelte mit einem Papierchen, was Langustier noch einmal innehalten ließ.)
»Werter ... werter Herr Küchenmonsieur ... das stand auf dem Zettelinseinertasche!«
Langustier nahm, las und stopfte – einen kleinen Papierschnipsel mit der Zeichenfolge: »A 1754« – in sein Notizbuch. Dann nahmen die Herren mit obskuren Armbewegungen endgültig voneinander Abschied.
Langustier brummelte dem brav wartenden Kutscher etwas Unverständliches zu, was diesen in seinem Vorsatz nicht irremachte, den eigenartigen Fahrgast, der offenbar ins Pesthaus fuhr, um sich am helllichten Tage vollaufen zu lassen, genau dort wieder abzusetzen, wo er ihn vor Stunden aufgenommen hatte – vor dem königlichen Schloss.

III

Als der Mietchauffeur auf dem Schlossplatz an der Stechbahn den Wagenschlag öffnete, fand er den lebhaft gähnenden Langustier bereits wieder in vergleichsweise gefestigter Verfassung. Der kleine Nachmittagsschlaf hatte die verderblichen Einflüsse des Ellerschen Eigenbrandes fast vollständig beseitigt. Das dräuende, hufschlagartige Klopfen in der Hirnschale unmittelbar nach Genuss jenes Destillats hatte aufgehört. Nur ein halbseitiges schmerzhaftes Dröhnen, das sich einstellte, sobald sein linker Fuß den gefrorenen Boden berührte, und in ein Britzeln an der Innenseite des Hinterkopfes auslief, wenn er den rechten nachzog, war geblieben. Er legte die wenigen Schritte zur Rossstraßenwohnung seiner Tochter Marie dementsprechend gemächlich zurück und ließ das bei Eller Gehörte ebenso bedächtig an seinem inneren Ohr vorbeispazieren, Pausen des Schmerzes abwartend. Kurios erschien es ihm und wenig geeignet, Licht in die Sache zu bringen. Was er gerade erfahren hatte, verdunkelte die Angelegenheit zusätzlich. Er nahm Hut und Mütze ab.

Die Fragen rieselten in sein geplagtes Hirn, leise und lautlos wie die dicken Schneeflocken, die sich auf seinem Haupt in Wasser verwandelten, das die Rinnen des nach hinten gekämmten dunkelbraunen Haares entlangschlängelte und sich schließlich in seinen weißen Hemdkragen stürzte.

Warum war der König so auf Geheimhaltung bedacht, was diesen Hamann betraf? Er hatte somit unbedingt mehr über Hamanns Geschäfte herauszufinden. Die Geschehnisse am Tatort waren vollends kurios: Der Erstochene lag in einer Schneekuhle hinterm verschneiten Holderbusch und wurde von einer ganzen Gesellschaft, die sich hundert Meter von ihm entfernt tummelte, nicht bemerkt. Wer hatte Hamann zuletzt gesehen? Hatte er nicht doch mit einem der übrigen Teilnehmer des betuchten Begrüßungskomitees geredet, was Ellers Zeitplan reichlich durcheinanderbringen würde? Langustier wurmte ein wenig der Umstand, dass der Polizeichef Becker, ein Musterbeispiel für unproduktive Korrektheit, wohl bereits die eine oder andere Information besaß, die für ihn nutzlos, für Langustier hingegen äußerst fruchtbar sein könnte. Wenn er daran dachte, dass er diesmal keine königliche Erlaubnis für seine Nachforschungen hatte, kamen ihm seine Bemühungen lachhaft vor. Außer dem gutwilligen Eller würde ihm wohl kaum jemand freiwillig etwas erzählen. Ein Königswort, an das er sich erinnerte, weckte jedoch seinen Ehrgeiz. Wie hatten Se. Königliche Majestät doch zu einem Soldaten gesagt, der sich für eine gewöhnliche Heldentat zu wenig gelobt fühlte:

»Man bezahlt einen Seiltänzer, aber man gibt nichts für einen Menschen, der zu ebener Erde durch die Straße geht.«

Dieses und nichts anderes tat jetzt, innerlich gefestigt, der Zweite Hofküchenmeister Honoré Langustier in der Berliner Rossstraße, auf dem Weg zur Wohnung seiner Tochter, die ihm während der Berlin-Aufenthalte stets Rückzugsort und Schlafstätte war.

IV

Marie von Beeren erwartete ihren Vater bereits ungeduldig. Nachdem sie einander in der Nacht kaum zu Gesicht bekommen hatten, da Langustier wie ein Stein ins Bett seines kleinen Zimmers gefallen war, wollten sie sich jetzt wenigstens ein gemütliches gemeinsames Kaffeestündchen gönnen.
Etwas wackelig auf den Beinen nach der Ellerschen Trinkkur und bemüht, besonders das linke möglichst sanft aufzusetzen, kämpfte sich Langustier die Treppen in den vierten Stock hinauf. Er sann über eine segensreiche Vorrichtung nach, die es erlauben würde, das Treppensteigen zu vermeiden: ein Sessel, aufgehängt an einem starken Tau, das vom Räderwerk einer kleinen Windmühle auf dem Dach in die Höhe gezogen wurde – in Diderots bebilderter Enzyklopädie, die er in mehreren Exemplaren in allen Schlossküchen aufgestellt hatte, glaubte er Ähnliches schon gesehen zu haben. Doch was tun bei Windstille?
Marie stieß einen Seufzer aus, als sie seiner ansichtig wurde, und eilte, Fußbad und Kopfwickel zu bereiten. Derart pfleglich umsorgt, Heringe aus dem Glas und etliche Tässchen türkischen Mokka intus, war Langustier bald in Stand gesetzt, Fragen zu den wichtigsten Stationen der vergangenen Kriegsmonate zu beantworten. Insbesondere über die Vorgänge in Dresden, von denen man in Berlin nur gerüchteweise gehört hatte – dabei nicht das Vorteilhafteste über den König und seine Soldaten –, bat Marie den Vater, ihr mehr zu erzählen, wenn er es denn vermöchte. Er

vermochte es und tat es gern, zumal sich keine fremden Ohren an den Fenstern im vierten Obergeschoss plattdrücken konnten. Zuvor jedoch nahm er einen der Windbeutel, vor denen ihm noch vor Minuten wegen ihrer Süße gegraust hatte, die ihm jetzt plötzlich wieder verlockend erschienen. Dann begann er:

»Wir fuhren in einer Kutsche direkt hinter ihm und seiner Leibgarde und verfolgten den Einzug daher vom besten Logenplatze aus. Er hatte es sich nicht nehmen lassen, höchstpersönlich an der Spitze zu reiten, auf einem Schimmel, den er witzigerweise ›Brühl‹ getauft. Auf die Dresdener machte dieser Mann einen gänzlich fremdartigen Eindruck. Sie spähten nach einem König wie dem ihren aus: dick, dumm und gefräßig, dabei bequem und ins Pompöse fallend. Ein König dagegen, der Uniform trägt, zum Verhungern dünn ist, weil nichts bei ihm ansetzt, der verdreckt und abgerissen daherkommt wie der schmuddeligste unter seinen Soldaten und so gar kein Aufhebens von sich macht – das war zu viel für die Sachsen! Offen standen ihre Münder, während unser kleiner König in sich versunken die Straße entlangschnürte. Der Kopf war auf eine Seite gekippt, und wir scherzten, dass er sicher eingeschlafen sei. Er ritt an diesem Tag nicht viel anders als ein alter Affe, und es war ein Wunder, dass er nicht, wie schon so oft, einfach seitlich vom Pferd gefallen ist. Unvorstellbar, doch diese Stadt soll sogar der Schauplatz seiner ersten Liebe gewesen sein! Nichts daran schien ihn zu interessieren, keine Begeisterung flammte in seinen Augen, die ich nur von der Seite sah. Brühl – das Pferd – wurde im Schritt geführt. Manchmal hob der Reiter den Kopf, rappelte sich zurecht und blickte verächtlich. Aber in seinem Gesicht von statuarischer Unbeweglichkeit zuckte kein Muskel, die Einnahme eines Herrscherhauses, das weit älter war als die Dynastie, die er repräsentierte, schien in ihm keine Skrupel zu wecken. Die an der Straße stehenden Bürger fixierte er nur, um sich ein Bild ihrer Stimmung zu machen. Er zog hier öffentlich als Soldat und nicht als König ein und trug wie zum Hohn das kornblumenblaue Band des Weißen Adlers, ganz so, als wollte er dem polnischen König seine Referenz erweisen, der ihm diese Auszeichnung einst verliehen. Sein flatterndes altes Cape gab vereinzelt den Ordensstern frei. Unter dem ausgeblichenen Dreispitz, dessen Federn aussahen wie die letzten, mit denen sich ein gerupftes Huhn schmückte, gewahrte man sein mürrisches Gesicht mit dem scharfen Augenpaar und dem spöttischen Mund, der sich zu einem Strich verzog; in der rechten Hand wie üblich der diamantbesetzte Krückstock. Etwas sorgfältiger drapiert folgten ihm die Adjutanten von Oertzen, von Wangenheim und von der Goltz nebst mehreren berittenen Beamten und Generälen. Auch unser lieber Adrian war unter ihnen, und er wird dir somit alles bestätigen können, was ich dir erzähle. Aber sage nicht, dass ich geredet habe, denn wir wurden alle zum Stillschweigen vereidigt.«

Langustier pausierte, um kurzzeitig seine ganze Aufmerksamkeit einem mit Pflaumenmus gefüllten Pfannkuchen zuzuwenden, bevor er kontinuierte:

»Am Markt ließ er halten. Eine Gruppe unterwürfiger Stadträte wurde ignoriert. General Wylich, der zum Stadtkommandanten ernannt worden war, musste ihm den Weg zum Geheimarchiv weisen. Wylich tat es, doch die zurückgelassene polnische Königin weigerte sich, die Schlüssel herauszurücken. Sie hatte ihr Siegel auf den Türspalt kleben lassen, um die Dokumente zu schützen, die August der Gerechte ihr anvertraut hatte. Der Eroberer wurde nun sichtlich ungeduldig, aber er ließ es für diesen Abend gut sein und zog stattdessen ins Brühlsche Palais.«

Langustier schwieg einen Moment, als müsse er sich erst wieder sorgfältig an die Geschehnisse erinnern, sich ihre Drastizität nur recht eindringlich vor Augen führen. In Wahrheit geschah es jedoch bloß, um sich in Ruhe einen der süßen Windbeutel vornehmen zu können.

»Jetzt war jedermann, der um des Preußenkönigs gespanntes Verhältnis zum sächsischen Minister Brühl gewusst hat, sonnenklar, was als Nächstes kommen musste. Ein von der Hauptwache herangeführtes Bataillon wartete am Georgentor auf unsere kleine Gruppe. Mit einem Kopfnicken forderte er es auf, ihm zu folgen. Eine wachsende, totenstille Menge Schaulustiger ging hinter dem Zug her. Vor den geschlossenen Toren des Brühlschen Palastes stand niemand außer einem Schweizer Gardisten in Paradeuniform, der die Tore bei des Königs Annäherung weit öffnete. Der Monarch flüsterte mit seinen Soldaten, die sich sofort johlend auf den armen Schweizer stürzten und ihm die Uniform bis aufs Hemd vom Leib rissen, so dass er vor Scham Reißaus nehmen musste. Beim Laufen verlor er im Hof noch seine Perücke, was den König und seine Soldaten sehr erheiterte. Ich versichere dir, wiewohl es lustig ausgesehen hat, dass ich mich dieser Schändlichkeit nicht schuldig gemacht habe!«

Marie spendete ihm dafür ehrlichen Beifall.

»Die übrigen Brühlschen Diener, die diese Degradierung mitangesehen hatten, flüchteten in Panik, weil sie mutmaßten, dass man mit ihnen ähnlich verfahren würde. Der König saß ab und ging, von den Soldaten und seinem Gefolge begleitet, zu dem Joyard und ich gehörten, in den menschenleeren ersten Stock. Man durchschritt das leere Vorzimmer und betrat den riesigen Salon, der vor Spiegelglas, Atlas und Damast strotzte. Wir waren alle sprachlos und stumm angesichts dieses bombastischen Gepränges! Gesandte aus ganz Europa hatten die überbordende Pracht dieses Raumes bestaunt. Aber die Fülle war schlechterdings erdrückend, es blieb kein Raum für das Auge auszuruhen, nirgends ein einfacher, unverkünstelter Gegenstand, der sich als vertraulicher, vertrauenswürdiger Beistand erwiesen hätte. Brühl, der eitle Page, hatte sich einen Palast aus lauter Lügen errichtet: Oberfläche, schöner Schein, schillernde Hülle für einen durch und durch intriganten, falschen, törichten Charakter. Der königsblau gekleidete Eindringling vor uns lachte ein kurzes verächtliches Lachen und spähte in der übervollen Ambience herum auf der Suche nach etwas, das ihm als erstes zum Schuldigen herhalten sollte. Er suchte nach einem Stellvertreter Brühls, dem er wohl gern mit dem Stock eins übergezogen, und fand ihn in einem der venezianischen Spiegel, die vom Boden bis zur Decke reichten und mit Rahmen aus vergoldeten Rocaillen das Wertvollste vom Wertvollen darstellten. Es mutet mich an wie eine Pikanterie, dass es unser Bild war – und das Sr. Königlichen Majestät höchstselbst –, welches seine diamantbesetzte Krücke mit einem wohl gezielten Schlag zum herabhagelnden Zersplittern brachte. Er ging dann lachend durch den weiten Saal und tat an jedem der Spiegel ein Gleiches, so dass man für eine Weile nichts außer seinem stechenden Schritt, seinem hellen Lachen und dem schrecklichen Klirren und Poltern von Spiegelglas hörte, das sich auf dem Parkett zu türmen begann. Von Beeren, Joyard und ich starrten wie Salzsäulen auf diese königliche Zerstörungswut, und den meisten Offizieren ging es ähnlich. Wylich und von Wangenheim wären am liebsten in den Boden gesunken. Einzig die gemeinen Soldaten pfiffen und grölten und signalisierten die Bereitschaft zur Hilfe.

Der König trat einige Schritte zur Seite, nahm mit seiner Krücke wieder Maß und zerschmetterte dann mit Verve und einem Freudenschrei, der jedem der Anwesenden durch Mark und Bein ging, die größte der mannshohen chinesischen Porzellanvasen, die in einer langen Reihe aufgebaut waren. Genüsslich nahm er sich der Reihe nach die anderen vor, dass es garstig schepperte, splitterte und krachte. Scherben spritzten durch die Luft. Endlich erlöste er die geifernden Soldaten und schrie, schon leicht heiser vom eigenen höhnischen Lachen und echauffiert von der harten körperlichen Arbeit, die wohl etlichen Minuten Holzhackens gleichkam: ›Ausräumen, ausräumen!‹

Mit Kriegsgeschrei enterte jetzt die kleine Sturmtruppe den Salon und die Zimmer, um das begonnene Zerstörungswerk ihres obersten Befehlshabers mit der Wildheit des soldatischen Untieres zu vollenden. Einige stocherten den Damast mit den Bajonetten von den Wänden, andere rissen die Kleider aus den Wandschränken und warfen sie auf einen Haufen. In wilder Freude wurden die Schubladen aus den Kommoden gezerrt, die Türen von den kostbaren Schränken gerissen und aller Inhalt zu großen Bergen in den Sälen aufgetürmt, jeder Form der Beschmutzung durch die rachelüsterne, von königlichem Permiss entfesselte Bande preisgegeben und so bald für immer unbrauchbar gemacht.«

Langustier seufzte. Die lebhafte Erinnerung an diese beobachteten Unflätereien bedrückte ihn noch jetzt, nach Monaten, so sehr, dass er kaum weitersprechen konnte. Marie hatte sich, in empörter Bestürzung, ein Taschentuch vor den Mund gepresst. Doch sie wollte die Erzählung bis zum bitteren Ende anhören und bat ihn, sie nicht zu schonen.

»Das Geräusch der sinnlosen Zerstörung drang aus allen Räumen. Hasserfüllt hingen einige Wagemutige an den Kronleuchtern und banden feste Schnüre daran, mit denen diese unendlich teuren Wunderwerke eines nach dem anderen zum Absturz gebracht wurden: Tausende geschliffener Kristalle prasselten herab, gläserne Rocaillen, Muscheln und Blumenranken knirschten unter den Stiefeln. Keiner war da, der im Namen der Kunst, im Namen der riesigen Arbeit und der Entbehrungen der ungezählten armen Handwerker, die in jeder zertrümmerten Figur, in jeder Vase und Statue steckten, dem fürchterlichen Treiben Einhalt geboten hätte.«

Langustier vertilgte einen letzten Windbeutel und sagte dann:

»Leider machte ich hier keine Ausnahme, denn was nutzt es, der Furie ins Gesicht zu sagen, dass sie im Unrecht ist, wenn sie ihren Ankläger schon im nächsten Moment selbst mit Haut und Haar verschlingen oder auf dem Boden zertreten würde? Die Soldaten räumten den Weinkeller aus und besoffen sich im Hof, während der König im verwüsteten Saal saß und mit der Eisenspitze seines

Krückstocks das herrliche, zu raumillusionistischen Labyrinthen verlegte Parkett aus Kirsch und Palisander aufbohrte. Er hatte einen seltsamen, melancholischen Zug um die Lippen beim Zerschmettern der einen oder anderen verschont gebliebenen Kostbarkeit, die ihm seine Adjutanten herbeitrugen. Schließlich war nichts mehr heil, so dass er sich auf die Bruchstücke der Porzellanvasen beschränken musste, die er säuberlich und akkurat weiter kurz und klein schlug und dazu traurig lachte. Ein vor Angst schlotternder Bibliotheksaufseher namens Bossa trat in den Raum und erwirkte trotz dieser unberechenbaren Laune Sr. Königlichen Majestät eine gnädige Verschonung der riesigen, wertvollen Bibliothek und der Brühlschen Gärten. Er musste dem König dafür zehntausend Taler bar auf die Hand bezahlen, was dieser ehrbare Mann binnen weniger Minuten bewerkstelligte. Es war sein ganzer Besitz, wie man mir von glaubwürdiger Seite versichert hat. Nachdem nun der König überzeugt war, dass seine Truppe ordentlich ›ausgeräumt‹ und keine Brühlsche Pretiose mehr unversehrt gelassen hatte, befahl er, den Unrat beiseite zu schaffen und mitten auf der leeren Walstatt im ruinierten Saale sein Feldbett aufzustellen, denn die Rache hatte ihn doch auch ermüdet. Am nächsten Morgen um fünf hieß er die Siegel am Geheimkabinett im Schlosse entfernen, worauf die Königin, die bei der Morgenandacht in der Schlosskapelle von dieser Maßnahme erfahren hatte, hinzukam, sich vor die Tür stellte und den Major, der mit der Öffnung des Kabinettes betraut war, anredete. Major von Wangenheim hat uns später ausführlichst von dieser Begegnung berichtet. Die Königin sagte: ›Herr Major! Was wollen Sie machen? Sie wollen in mein Cabinet, welches mir mein Herr zu verwahren hinterlassen; wollen Sie dieses tun, so nehmen Sie mich mit!‹ Von Wangenheim trat daraufhin in der größten Submission zurück und verfuhr gegen die Königin mit allem Respekt. Nach etlichen Konsultationen wurde ihr schließlich bedeutet, dass sie das Siegel wieder abzunehmen habe, was am Nachmittag dann auch unter

Protest geschah. Da man nicht alle Schlüssel zu den Geheimschränken hatte, mussten diese von einem Schlosser geöffnet werden. Der König erwartete darin Briefe, die seinen Einfall in Sachsen berechtigt erscheinen ließen, und wie die Ausforschung an diesem und am darauf folgenden Tag zeigte, hatte er einen fähigen Spitzel gehabt, denn alles fand sich so, wie er vorausgesagt. Der König hielt sich nicht lange im Geheimarchiv auf, dann kam er heraus und befahl, die Kisten sofort in das Palais der Gräfin Moszynska zu schaffen, wo man an die genauere Untersuchung der Akten gehen würde. Seine Miene war aufgehellt, denn er hatte gefunden, wonach er gesucht: einen unzweifelhaften Beleg für die Rechtmäßigkeit seines Einfalls in Sachsen. Dass er gegen die normalen Menschen, die doch sicher nichts dafür konnten, was Brühl und sein König gegen ihn im Schilde geführt, und nichts Böses gegen ihn bezweckten, einen beinahe krankhaften Hass entwickelte, sei dir nur als letzter Beleg für die damals sehr gespannte Situation angeführt. Er sagte zu mir am nächsten Tag vor der Mittagstafel: ›Was seindt das vor eine Canaillenbagage! Diese verlotterte und verschlagene Bande! Alle wollen sie mich wohl gern vergiften, doch keiner hat den Mumm, es zu tun.‹ Er wies Joyard und mich an, genauestens auf eventuelle Gifte in den Speisen zu achten, und befahl uns, eine Generalrevision der Küchen und Weinkeller durchzuführen, womit wir in den nächsten Monaten voll und ganz beschäftigt waren.«

Langustier hatte noch einen Mokka getrunken, den Maries fähige Hausfrau – eine honette und adrette Französin aus Lyon – auf treffliche Art zu bereiten verstand, und blickte nun etwas trübselig durch das Fenster, vor dem es dunkel wurde.

In Anbetracht der vorangeschrittenen Nachmittagsstunde fragte er Marie, die noch immer bemüht war, mit dem Gehörten fertig zu werden:

»Hast du je mit dem Münzunternehmer Hamann zu tun gehabt?«

Sie konnte dies bejahen, da Hamann regelmäßig in ihrem Deli-

katessenladen hatte einkaufen lassen, doch über seine Geschäfte wusste sie nicht mehr als Eller. Dass Herrschel und Hamann vor Jahr und Tag um des Königs Gunst bei der Verpachtung der Berliner Münze gerungen, aber beide zugunsten der Herren Isaac, Itzig und Friedländer verloren hatten – dass nunmehr eine neue Verpachtung angestanden hatte, bei der Hamann den Zuschlag erhalten. Sie bedauerte den Tod Hamanns nicht zuletzt, weil hierdurch das Schicksal der reichen Familie gefährdet war und unklar bleiben musste, ob sie nicht völlig aus ihrem Kundenkreis verschwinden würde. Die Hamanns hatten – als Juden den Vorgaben der Halacha verpflichtet und tunlichst auf die koschere Zubereitung ihrer Speisen bedacht – gern bei Marie eingekauft, da sie ungleich bessere Ware führte als der jüdische Schlachter. Sie hatte einen Metzger beschäftigt, der speziell für ihre jüdische Kundschaft das Fleisch ordnungsgemäß ausbluten ließ.
»Erstochen wurde er, heißt es überall.« Maries Stimme klang fragend. »Wie soll denn das zugegangen sein? Hat man niemanden gefunden, der ihn gesehen und gesprochen hat? Er muss doch schon eine Weile dort gewesen sein. Wie kann man in einer Gesellschaft dieser Art erdolcht werden, ohne dass es jemand bemerkt? Das verstehe ich nicht!«
Sie überlegte einen Moment, dann stöhnte sie leise, weil sie des Königs kriminalistische Aufträge an den Vater aus kindlicher Sorge nicht guthieß, und fragte:
»Sag nur, Er hat dich erneut …?«
Langustier versicherte ihr, dass dies nicht der Fall sei, und er brauchte sich nicht zu verstellen, um diese Beteuerung glaubhaft erscheinen zu lassen, denn sie entsprach ja der lautersten Wahrheit. Freilich wäre es ihm lieber gewesen, Er »hätte« ihn erneut, auch wenn seine Tochter dies nicht gern gehört.
Schließlich sah er auf seine verwundete, aber unbeugsame Zwiebeluhr und erkannte mit schwer verhohlenem Bedauern, dass ihn die königliche Küche zurückverlangte. Für Joyard, der ihn sicher

auf Besorgungsgängen zur Deckung des morgigen Spezialitätenbedarfs wähnte, würde er sich noch eine kleine Geschichte ausdenken müssen.
Der Kopfdruck stellte sich nunmehr nur noch als ein ganz gelinder wieder ein, als er vor der Wohnungstüre den rechten Fuß auf den Boden setzte.

IV

Die Schlossküche starrte vor Ruß. Das Mauerwerk in der Umgebung des Herdes war ölig und schwarz, ein Geruch nach kokelndem Holz, sengendem Fett, aromatischem Schweine-, Rind- und Lammfleisch hing in der schweren Luft – Gewürze schienen sich in heißen Dampf aufzulösen. Aus den Pfannen, Kasserolen, Töpfen und Kesseln stiegen schwindeln machende Wohlgerüche und zogen durch den gewaltigen Schlot des Kamins über Alt-Berlin, Alt-Cölln und den Werder. Vom heißen Herdwind angetrieben, zirkulierten Schnepfenfedern im engen Küchenraum. Hin und wieder raste eine Maus in wildem Zickzack über den glitschigen Steinboden und haschte nach herabgefallenen Resten der Speisebereitung, vor einer Hofkatze um ihr Leben laufend.
Dutzende von Küchenjungen waren im flackernden Widerschein des Öllaternenlichts und dem rötlichen Glutreflex des Ofenbrands zwischen Arbeitsbänken, Schlachttischen und Herden unterwegs, um den Köchen des Königs zur Hand zu sein. Es eilte wahnwitzig – jeder Handgriff hatte nun zu sitzen, Fehler und Unachtsamkeiten wären unverzeihlich und würden mit Zornesausbrüchen der Vorgesetzten bestraft. Das am eisernen Spieß brutzelnde Fleisch hatte rechtzeitig aus dem offenen Feuer zu entkommen, in der Terrine durfte es für die heiße Suppe kein großes Abkühlen geben, und die Wege zu den Speisesälen waren weit.

Selbst auf die Konfidenztafel wären die Ergebnisse der Mühen nicht in Nullkommanichts hinaufzukurbeln – seltsamerweise hatte der König am Abend dieses fünften Januars eine Geheimgesellschaft an den obskuren, vor heimlichen Mitwissern gut geschützten Ort geladen, während im Alabastersaal ein vielhundertköpfiges hungriges Publikum auf weit geringere Genüsse wartete. Mit lustigen, nur die Augenpartie verdeckenden und somit nichtsnutzigen Masken angetan, drehte man zur hölzernen Musik durch den Saal. Die Reifröcke der Damen polierten das Parkett, während die Rockschöße ihrer Kavaliere flatterten und bei rascheren Pirouetten wie kleine Wimpel abstanden.

Die königlichen Gäste im stillen Kämmerlein droben durften dagegen alle Aufmerksamkeit der Köche beanspruchen. Mit Sicherheit ging es um die Fortsetzung jener staatswichtigen Geschäfte, die mit Hamanns Tod ein so jähes, das königliche Gleichgewicht erschütterndes Ende gefunden hatten. Langustier verwünschte sich, dass er vor Jahren, als er bei der Aufdeckung eines komplizierten Verbrechens die geheime Abhöranlage benutzen durfte, die es ermöglichte, Gespräche im Konfidenztafelzimmer von der Küche aus mit anzuhören, nicht klammheimlich Abdrücke für einen Nachschlüssel gemacht hatte.

Die obligate, Furcht erregende Klingel schellte, dass der Zug schier reißen wollte. Das hieß: »Suppe herauf! Rasch, rasch!« Langustier rotierte: Nur nicht länger unergründlichen Geheimnissen nachgesonnen, sondern flugs die Tafelplatte bestückt und hinaufgekurbelt, wie es sich gehörte.

Die Erfindung des Schweizer Kunstschreiners Kambly, der bereits eine Menge Möbel für den Preußenkönig gearbeitet hatte, bereitete den Gästen des Königs stets wohlige Überraschungen. Mittels eines ausgeklügelten Schneckengewindes wurde die Tischplatte in ungedecktem Zustand vom Ort des Speisens in die darunter liegende Küche herabgelassen, mit allen erforderlichen Köstlichkeiten – in diesem Fall einer Krebssuppe nebst Croutons –

bestückt und anschließend wieder zwei Stockwerke nach oben bewegt. Aber man durfte nicht verschnaufen, denn die Esser sind immer schneller als die Köche!

Nun stand Schnepfe auf dem Plan, genauer gesagt: Schnepfendreck! Eine halbe Wagenladung Waldschnepfen hatten die Küchenkünstler im Schlepptau herangekarrt. Im Winter und zeitigen Frühjahr war dieser Vogel, der sich seltsamerweise über die kalte Jahreszeit nicht in südliche Gefilde absetzte, am schmackhaftesten. Deshalb erbeutete man ihn rund um die Moritzburg, wo er sehr zahlreich war, nicht nur durch Erschießen, sondern auch lebendig mit Netzen. Das hatte einmal den Vorteil, dass sich der Esser nicht die Zähne an einem Schrotkorn ausbiss. Andererseits konnte die Schnepfe somit noch einige Zeit mit bestem Futter wohlschmeckend gemacht werden.

Langustier und seine Gehilfen standen und rupften, enthäuteten die Tierleiber vom Schnepfenkopf her und flämmten sie ab, um die letzten Federreste zu entfernen. Sie entnahmen die kleinen Schnepfenmägen, beließen aber alle anderen Innereien wie Herz, Lunge, Leber an ihren Plätzen. Um den Saft der relativ kleinen Schnepfen möglichst zu erhalten, umwickelte sie der Bratenmeister mit dünnen Speckscheiben. Schließlich kamen sie an langen Eisenspießen zwanzig Minuten übers Holzfeuer. Nun hatte die eigentliche Delikatesse Zeit zum Garen: der Schnepfendreck. Währenddessen kamen messerrückendicke, lang viereckig geschnittene und gelb geröstete Semmelschnitten unter den Schnepfen am Spieß zu liegen, welche das abtriefende Fett und den aus den Leibern abfließenden Kot aufsaugten. Diese heißen, flüssigen Exkremente hatten nämlich einen würzigen, fruchtigen Geschmack, der vor allem von der Nahrung der Schnepfen herrührte: den Würmern und Beeren, die man ihnen als eigennützige Henkersmahlzeit vorgeworfen hatte. Aus einigen halb gebratenen Tieren entfernte Langustier Herzen und Lungen, hackte sie im Gemenge mit Sardellen und Kräutern klein, salzte und pfefferte die Materie reichlich. Er verteilte sie ebenfalls auf den betropften Semmelscheiben, die schließlich, nach Beendigung des Bratens, den gegarten Schnepfen als Bettstatt dienten, mit der zusammen sie aufgetragen und serviert wurden. Es war wohl richtig, dass einem diese Delikatesse erst dann so richtig munden wollte, wenn man vergaß, was zu ihrer Herstellung gehörte.

Die Klingel schellte! Alle fuhren zusammen, denn nun war Eile geboten. Einer kurbelte die alte Ladung herab. Die anderen sprangen, um die Schnepfen zur Beladung fertig zu machen. Zu Befehl! Und kurbeln, kurbeln, runter, Reste der Suppe abräumen und Schnepfen hinauf!

Der unbeschreibliche Duft stieg der Ladung im Schacht voraus und machte das Warten der oben Versammelten zu einer Höllenqual. Dazu gesellte sich nun das knarzende Geräusch der langsam aufwärts gekurbelten Tafel; der Hochkurbelnde machte sich den üblen Scherz, es diesmal besonders gemächlich gehen zu lassen – es war schon ein perfides Folterwerkzeug, diese Maschinentafel!

Nur schade, dass er sich nicht im Schnepfendreck verstecken konnte, um droben Erkundigungen einzuziehen, dachte Langustier. Er hätte sich gar in eine Brotscheibe verwandeln mögen, um herauszufinden, was der König mit der Hälfte der generalprivilegierten Judenschaft zu beschwatzen hatte, mit Fränkel, Isaac, Friedländer, Itzig, Herrschel und wie sie alle hießen. Ganz klar, es ging um die Nachfolge Hamanns. Doch worin bestand die Hauptsache des neu zu schließenden Kontrakts? Warum musste dies so eilig und in so strenger Klausur geschehen? Langustier bohrte mit seinem Kochmesser sinnlos sinnierend im Holz des Arbeitstisches, bis eine schwer zu erklärende Kerbe entstanden war.

VI

Nach beendigter Tafel hatte sich der König in den Alabastersaal zu den übrigen Gästen begeben. Hier erwies er der Mutter und seinen Berliner Geschwistern die Ehre, um sich dann im Kreise der anwesenden Freunde und Vertrauten zu erfrischen. Im Vorbeigehen konnte er sich nicht enthalten, seinem Minister Podewils eine kleine Boshaftigkeit zu verabreichen, den man am helllichten Tag aus der als Bordell bekannten »Purpurglocke« hatte kommen sehen.

»Mein lieber Podewils, mich seindt wenig einleuchtend, warum ein so gescheiter Mann wie Sein Schwiegervater die Töchter an lauter Dummköpfe verheiratet hat!«

Während der Düpierte schwer atmend aus dem Saal schlich, um dem Gespött der anderen Hofchargen zu entgehen, kamen zwei Männer in des Königs Blickfeld, die seinetwegen die beschwerliche Winterreise von Potsdam nicht gescheut hatten: der Marquis d'Argens und der Geheime Kammerier Fredersdorf. Als er den Marquis gewahrte, umhalste ihn der König mit großer Sympathie.

Der Marquis sprach gerührt:

»Herr Fredersdorf und ich haben hier, Sire, einen unsäglichen Schmerz erduldet, weil Briefe aus Sachsen meldeten, Sie wären in einem Hinterhalt verwundet, und sogar versicherten, Sie wären gefangen genommen worden!«

»Damit wollten die Sachsen mir die Getreuen daheim entsetzen. Lasset uns, mein bester Marquis, von angenehmern Dingern reden! Mir kömmt oft Sans Souci in die Gedanken wie Jerusalem den Juden oder dem Moses das Gelobte Land, worein er Israel führen wollte, in das selbst zu gelangen ihn aber untersagt gewesen. Mich wird es wohl nicht gelingen, hinaus zu kommen – nur am Dienstag seindt die Reise nach Dresden über Potsdam zu nehmen, aber ohne einen Abstecher zum Weinberg. Ihr wohnt jetzt bei der Kälte in der Stadt?«

Der Marquis bejahte. Es war momentan unmöglich, das Schlösschen zu betreten, man fror sonst am Boden fest – was den seligen Baron von Knobelsdorff sehr gefreut hätte, der beim Bau dringend zur Unterkellerung geraten.

Der König hatte seine Rede bereits fortgesetzt:

»Doch hab ich Euch als Ersatz, der Sie ihm sobald als möglich wieder in meinem geliebten Zauberschlösschen verlustieren und einrichtend wie es ihn gefällt. Seiend Sie nur hübsch vorsichtig mit meine copperne Kasserolls, die mich sehr wertvoll seindt, n'est-ce pas?«

Des Königs Augen sprühten, denn die Anspielung auf die Kupfergeschirrhistorie, die man ihm brühwarm in Sachsen überbracht hatte, würde ihre Wirkung nicht verfehlen. In der Tat wandelte sich die bis dato gesunde Gesichtsfarbe des Marquis in ein fahles Kupfergrün, und der Gepeinigte wusste vorderhand nicht, was ihn mehr drangsalierte: die Vorstellung des Kupfers an sich oder die unliebsame Aussicht, das (wie er glaubte) bereits vernichtete ungesunde Geschirr kostspielig wieder beschaffen zu müssen.

Der König erlöste ihn nicht aus diesem Dilemma, sondern bombardierte ihn mit allerlei Fragen, die Potsdamer Verhältnisse betreffend, so dass der Marquis schon bald nicht mehr wusste, wo ihm der Kopf stand, und heilfroh war, als der Akademiepräsident Maupertuis ihn aus dem Fokus des königlichen Blickes befreite, indem er selbst nun alle Aufmerksamkeit des Monarchen auf sich zog. D'Argens wandte sich erschöpft von so viel zweifelhaftem Zuspruch an den Zweiten Hofküchenmeister, der sich – mit einer Larve vor den Augen wenig bis gar nicht unkenntlich gemacht – am Rande der Gesellschaft postiert hatte.

»Monsieur, kocht Ihr noch immer mit Kupfer?«

Langustier jedoch schaltete schnell und erriet des Marquis' Verzweiflung nur zu leicht. Er gab sich also den Anschein des allerwildesten Erstaunens und sagte:

»Est-ce que vous êtes fou? Wer wollte nach der höchst lehrreichen

Abhandlung des Professors Eller noch den tödlichen Irrtum begehen, mit Kupfer zu kochen?«

Auf diese im Brustton der Überzeugung geäußerte Meinung des Fachmannes hin entspannte sich der Marquis. Mit vollendeter Gelassenheit und dem Ausdruck des verruchtesten Übermutes stolzierte er am König vorbei, der Langustiers Worte aufgeschnappt hatte und darob ein kurzes, halb unterdrücktes, aber noch immer intensiv quiekendes Lachen von sich gab.

Auf dem Weg in die Küche, nach dem Ende seiner Repräsentationspflicht an der königlichen Beitafel, begegneten Langustier im Parterre die Bertrandschen Schauspieler, die sich inzwischen abgeschminkt hatten und ihrem Nachtlager im Apothekenflügel zustreben. Plötzlich huschte die Dame an ihm vorbei, die ihn des Mittags in der Rolle der schönen Verliebten so trefflich umgarnt hatte. Zuerst schien es, als würde sie sich seiner nicht weiter entsinnen, denn sie eilte ihren Kollegen nach, ohne auch nur den Kopf zu wenden. Dann aber, nachdem sie schon zwei Schritte vor ihm war, flogen ihre Locken herum. Sie verharrte. Ein ernster, gar nicht gleichgültiger Blick strahlte ihm entgegen; ihre Stimme klang ganz anders als bei ihrer ersten deklamatorischen Begegnung, wie er sogleich mit wohligem Schauer bemerkte: warm, weich und ohne hohles Pathos oder spitzen Spott.

»Monsieur, bitte verzeiht mir die komische Szene vorhin. Ich wollte Sie keinesfalls kränken oder aufziehen. Manchmal geht mir das Temperament etwas durch. Es war die Rolle, die mich zu der Ungehörigkeit verleitete.«

Hier senkte sie den Blick wie das Urbild der reuigen Sünderin, und Langustier hätte nicht umhin gekonnt, ihr den Preis zuzugestehen unter allen Mimen, die er bislang in diesem Part gesehen hatte, wenn es denn Theater gewesen wäre. Doch es war ihr ganz ernst, wie die kreisförmige Röte auf ihren Wangen zeigte. Er ergriff ihre schmale Hand und hielt sie still zwischen seinen.

»Ich bitte Sie, Madame – welcher Gram käme mir zu? Was ich als

Hanswurst etwa gelitten, haben mir Ihre Lippen bereits mehr als billig vergolten.«
Die Röte ihrer Wangen intensivierte sich. Er deutete einen Handkuss an und gab sie frei. Im Enteilen sandte sie ihm einen Blick, von dem er hoffte, dass es nicht der letzte wäre. Er raubte seinem Schlaf jede Ruhe, Tiefe und Festigkeit.

Donnerstag, 6. Januar 1757

I

Am Vormittag suchte Langustier lange und vergeblich nach den Schauspielern, bis ihm der Hofmarschall von Pöllnitz vermelden konnte, dass sie zu einer Schlittenpartie in den Tiergarten aufgebrochen seien. Langustier musste alle Kunst der Selbstüberredung aufbieten, um das Traumbild seiner unruhigen Nacht für den Moment zu verscheuchen. Nach der Mittagstafel verließ er die Stadt an gänzlich entgegengesetzter Seite durch das Schlesische Tor.

Der vorgestern gefallene Schnee zeigte mittlerweile an der Oberfläche eine beinahe firnartige Festigkeit. Obwohl die Sonne schien und überall die Kristalle funkelten, war es widerwärtig kalt. Langustier trug eine mit Schurwolle gefütterte Jacke, einen dicken, wattierten Mantel und über alldem noch einen Roquelor aus Wachstuch, dazu wollene Handschuhe und eine Pudelmütze unter dem Dreispitz, weshalb er von weitem einem der sagenhaften Waldschrate des Riesengebirges nicht unähnlich sah. Trotzdem schnitt ihm die Eisesluft wie mit Messern durchs Gesicht.

Anderthalb Tage waren bereits vergangen, seit man Hamann im Schnee vor dem Zaun der Magistratsmeierei gefunden hatte, und die Schaulust und Neugierde hatten bewirkt, dass sich der Schnee rund um den grausigen Blutfleck – der inzwischen mehr schwarz als rot anzusehen war – beinahe so glatt gestaltete wie eine gewachste Tischplatte. Sämtliche Fußabdrücke oder auch Schleifspuren des Körpers, waren durch die ungebetenen Betrachter niedergetrampelt und unkenntlich gemacht. Selbst jetzt tänzelten trotz der Kälte einige Pärchen übers Eis und schauten interessiert bis belustigt dem unkenntlich Vermummten zu. Langustier schleuderte den Dreispitz aufs Eis und raufte sich die Mütze. Da hätte eine Polizeiabsperrung hingehört – dieser Becker war doch ein veritables Riesenross!

Langustier hatte die zum reinen Schlossgebrauch verfertigten hochhackigen Schuhe in weiser Voraussicht mit gefütterten, weichen und griffigen Militärstiefeln vertauscht, was ihm nun arg zupass kam, als er weiter über die gefährliche Eisfläche tastete. So gelangte er bis zu dem spitzen Winkel, den der Flutgraben mit dem Zaun der Magistratsmeierei bildete. Hier waren die Tritte der Neugierigen etwas seltener, und zwischen verschneitem Wacholder hatten sich unberührte Schneereste erhalten. Langustier lehnte sich an den Zaun, der aus groben Fichtenlatten zusammengenagelt war, und blickte über den unberührten Schnee des abgezirkelten Obst- und Gemüsegartens, der im tiefsten Winterschlaf lag. Als er sich mit beiden behandschuhten Händen von den scherenartig auseinanderklaffenden Hölzern abstützte und an ihnen herabsah, gewahrte er eine auf der Gartenseite am Wasser daherkommende Spur, die unweit der Stelle endete, an der er stand. Er ging ein paar Schritte seitwärts und konstatierte, dass direkt im Eck von Wasserlauf und Zaun jemand herübergeklettert war. Ein Fetzen Stoff winkte – dies bezeugend – an einem Zaunpfahl. Langustier sicherte die Stoffprobe und hangelte sich ums Zaunende wie um einen spitzen Felsgrat. Die Spur kam dicht am Flutgraben auf ihn zu, von weitem unsichtbar auf dem unebenen Untergrund aus niedergetrampeltem, jetzt bizarr überschneitem Röhricht.

Er vermaß die Fußabdrücke, mit seinem kleinen Notizbuch, in dessen Deckel er eine Zoll-Skala eingeritzt hatte, und mutmaßte, dass sie nur von einem sehr schweren Mann stammen konnten, waren sie doch über die Maßen tief, tiefer noch als seine eigenen, die bereits einiges Gewicht repräsentierten. Zudem war mit einem gewissen Schwund an Höhe durch die Sonnenbestrahlung seit dem gestrigen Nachmittag zu rechnen. In regelmäßigen Abstän-

den häuften sich, was der Spurenleser ebenso entsetzt wie erfreut zur Kenntnis nahm, dunkle Punkte im Schnee, die kaum etwas anderes als menschliches Blut darstellen konnten.
Langustier folgte der schwachen Fährte, die an der Stelle, wo der Flutgraben in die Spree mündete, mit einem Mal sehr deutlich wurde, denn sie lief jetzt unmittelbar an der Gartenseite des Meiereigartenzauns entlang, der diesen hier von einem kleinen Uferstreifen zur Spree hin trennte. Die Hildebrandtsche Windmühle auf ihrem kleinen Hügel, von einem tiefen, wassergefüllten Graben umgeben, lag direkt in der Fluchtlinie der Spur. Der eingezäunte Garten hörte kurz vor Erreichen der Mühle auf, oder besser gesagt: der Zaun knickte rechtwinklig nach rechts ab und verband als Senkrechte Fluss und Chaussee, wo sich die zur Meierei gehörige Schankwirtschaft befand. Zwischen Chaussee und Mühle, vor der Langustier jetzt stand, erstreckte sich eine schneebedeckte Brache, die wegen vieler Sumpf- und Wasserlöcher so gut wie unpassierbar war. Nur nahe am Zaun konnte man zum Fahrweg nach Cöpenick gelangen. Die Spur führte direkt von der Eingangstür der Mühle her über einen kleinen Holzsteg auf Langustier zu. Er stieg mühsam mit den breiten Stiefeln in die rautenförmigen Zwischenräume zwischen den Zaunlatten und rutschte gerade in dem Moment ab, als er sich elegant auf die andere Seite schwingen wollte: Der Schmerz des Gepfähltwerdens durchlief ihn wie ein Riss. Stöhnend glitt er von der Linie der hölzernen Piken und sackte kopfüber in den Schnee.
Eisgrau schwappte das Wasser ans Land, einzelne schneebedeckte Schollen trieben darin, und es war nur eine Frage der Zeit, bis die Spree zufrieren würde. Langustier stützte sich auf den kleinen Handlauf, als er mit großer Vorsicht über die unterm Schnee vereisten Hölzer auf die Mühleninsel balancierte. In seinem Schritt, in der Seite und an der Schulter piekte, stach, brannte und riss der Schmerz. Spitz und eisig ertönte über ihm ein Möwenschrei, der ihn beinahe zu Fall brachte. Er schleppte sich, um dies später

nicht zu vergessen, einmal um das runde Gebäude herum und fand schließlich etliche Spuren, die am Gatter des Gartens von der Chaussee entlang herüber- und wieder hinüberführten. Hier waren sie bis auf eine um vieles undeutlicher, ja eigentlich nur mehr zu erahnen, da etwa ein Zoll Schnee sich sacht über sie gelegt hatte. Doch halt! Eine war deutlich genug, um für identisch mit der Spur am Flussufer gelten zu dürfen! Langustier vermaß die Länge und Breite dieser Schuhe und malte mit klammen Fingern, die in dicken Wollhandschuhen steckten, ihren verkleinerten Umriss in sein Notizbuch. Vor der Mühlentür waren die Tritte so dicht übereinandergelagert, dass ein Entwirren schlechterdings unmöglich schien; bei exakterem Zusehen erkannte man eine, die halb um die Mühle herum bis zu einer der Fensteröffnungen und wieder zur Tür zurück führte. Wie der königliche Sonderkommissar mit schaudernder Genugtuung registrierte, zählten die dunklen Punkte, ins blütenreine Weiß gesprenkelt wie eine Gotteslästerung, vor der Türe Legion. Auch zeigte sich daselbst ein größerer Tropfen menschlichen Blutes, das an der Luft sein helleres Rot eingebüßt hatte. Für Langustier gab es kaum einen Zweifel mehr: Der Mord schien sich nicht an der Fundstelle des Toten, sondern vor der Tür zu dieser Mühle ereignet zu haben, und zwar im Moment, da das arglose Opfer nach draußen getreten war. Aus einem Langustier noch nicht einsichtigen Grund war der tote Hamann anschließend auf dem denkbar abgeschiedensten aller Wege bis zum äußersten, hintersten Winkel jenes Platzes getragen worden, an dem sich die Menschen versammelt hatten, um den siegreichen König »einzuholen«. Das erklärte die Tiefe der Fußspuren! Der Täter musste für seine letzten schweren Schritte – insbesondere für die beiden notwendigen Überquerungen des Zaunes – den Zeitpunkt der königlichen Ankunft abgepasst haben, zu dem sich alle Aufmerksamkeit dem Geschehen auf der Straße zugewendet hatte.

Jetzt begann sich der Zeitplan des Verbrechens genauer vor seinem inneren Auge zu manifestieren! Wann hatte der starke Schneefall eingesetzt? Etwa um sechs Uhr – und gegen halb neun wieder aufgehört. So waren der Mörder und Hamann mit Sicherheit nicht vor der achten Nachmittagsstunde in die Mühle gekommen. Wann immer das Verbrechen genau geschehen war: Der tote Hamann war erst nachdem es zu schneien aufgehört hatte, spätestens jedoch bei Annäherung des Königs, aus der Mühle zu seinem späteren Fundort getragen worden.

Langustier fror viel zu sehr, da er sich nicht mehr bewegte, um die Sache an Ort und Stelle weiter zu bedenken. Er besah sich die Mühlentür und fand sie zu seinem bassen Erstaunen nur angelehnt. Überdies steckte kein Schlüssel im Schloss. Etwas Schneepulver hatte durch den Spalt den Weg in den Innenraum gefunden, der nun eiskalt und duster vor ihm lag. Kein Zweifel konnte daran bestehen, dass in der Mühle schon des längeren nicht gearbeitet worden war. Eine Sturmlaterne stand auf dem kantigen Tisch. Obwohl die Fensterläden nicht zugeklappt waren, fiel vom letzten Tageslicht kaum genug herein, um Langustier mehr als ein schemenhaftes Bild des Raumes zu geben. Daher öffnete er das Glaskästchen mit dem Griffring über dem Deckel und setzte mit einem stets in der Rückentasche seines Notizbuchs mitgeführten Schwefelhölzchen die Kerze in Brand. Die Lampe gab zwar nur ein trübes Licht, doch es reichte ihm aus, sich etwas genauer umzusehen. Sie verbreitete unter der Hand eine gelinde Wärme, was die steifen Finger in den viel zu dünnen und durchlässigen Wollhandschuhen dankbar registrierten. Auf diese Weise wurden sie sogar gelenkig genug, um die kleine Metallscheibe aufzuklauben, die am mulmigen Boden blinkte. Es war eine blanke Goldmünze! Rasch steckte Langustier sie ein.

Das Goldstück blieb der einzige Gegenstand in dem kahlen Raum, der zum Mitnehmen verlockte. Zwei abgescheuerte Holzstühle an einem groben Tisch, eine leere Flasche und zwei angestoßene Gläser darauf, ein löchriger Wasserkessel und einige leere Mehlsäcke in einem Holzkasten – sonst gab es dort nichts. Im Kamin lagen die erkalteten Reste eines Feuers. Langustier kletterte mühsam aufwärts in die nächste Etage, wo sich außer den zur Mühlenapparatur gehörigen Gerätschaften nichts Auffälliges fand. Es roch nach gerbstoffreichen Rinden und indefiniten Baumfrüchten, die vom Betrieb der Lohmühle kündeten und in kärglichen Resten noch immer einzelne Bottiche und hölzerne Wannen füllten. Der fingerdicke, gleichmäßig verteilte Staub machte eine Weitersuche unnötig.

Langustier verließ den unwirtlichen Ort, zog die Tür so nachlässig zu, wie es vor ihm höchstwahrscheinlich zuletzt der Mörder getan, und hangelte sich am Zaun entlang, wiederholt gefährlich in Richtung auf die verschneiten Gumpenlöcher abrutschend, zur Chaussee.

Die Sonne warf ein letztes Rotlicht über den Schnee, während Sterne im sich intensivierenden Blau aufglommen und das seit gestern wieder abnehmende Mondsilber noch immer prächtig aufgetischt war. Verheißungsvoll quoll dicker grauer Rauch aus dem Schornstein des schmalen, hoch aufregenden Gebäudes, vor dem er schließlich anlangte. Das Dach war dick mit Reet eingedeckt, das in der nahen Ochsenbucht am Landwehrkanal zur jährlichen Ernte bereitstand. Ein Reetdach hält ein Lebensalter lang, dachte Langustier und blickte beim Öffnen der schweren Eichentür versonnen in die Mündungen der Schilfhalme, an denen kleine Eiszapfen von wieder gefrorenem Schmelzwasser hingen. Kurz glitt sein Blick über die beiden riesigen Knochen, die als Aushängeschild der »Ribbe« dienten, dann umfing ihn endlich die wohlige Wärme der Wirtsstube.

II

Nur einer der fünf Tische in der winzigen, heimelig verräucherten Schänke war an diesem Abend besetzt. Sechs jüngere Herren saßen dort, als Langustier eintrat, und richteten ihre Blicke auf ihn. Das Erscheinungsbild des Hereinkommenden machte ihnen die Entscheidung zwischen Furcht und Erheiterung zunächst schwer. Als jedoch die Pudelmütze herunter war und das schüttere, gebeutelte Haar in gedrückten Rocaillen nach den unmöglichsten Richtungen abstand, überdies der schwarze Wachstuchkokon und die dicke Wolljacke der Hitze gewichen waren und die prächtige Montur des königlichen Koches sichtbar wurde, erhellten sich die Mienen, und die Spannung entlud sich in freudigem Erkennen.

Man musste schon etwas sehr Auffälliges getan haben, wenn man auf längere Frist mehr als bloß namentliche Bekanntheit in Berlins Schänken genießen wollte. Langustier indes fiel es mit seinen spektakulären früheren Mordaufklärungen leicht, eine dauerhafte Popularität zu genießen.

»Chevalier Langustier! Welch festlicher Glanz in meiner bescheidenen Hütte!«, rief Georg Heinrich Hildebrandt, der Wirt und Meiereipächter, vom Tresen her, während die Zecher dem Küchenmeister des Königs mit vollen, dampfenden Glühweinkrügen zuprosteten. Langustier brauchte einen Moment, um sich von der eiskalten Klarluft des draußen verendenden Januarnachmittags auf den Dunst des subtropisch aufgeheizten Innenraumes einzustellen, in dem sich schwelgerische Gewürzaromen mit Tabaksqualm mischten.

In dem Grüppchen erkannte der Ankömmling den Magister Fleck, den jungen Buchhändler Nicolai und den Buchhalter Mendelssohn, der in seinen freien Stunden die Philosophie nach Wolffischer Schule betrieb. Der alte Nicolai hatte ihm vor zwei Jahren von diesem jüdischen Freund seines »Fritzen« erzählt, mit dem dieser seither jede freie Stunde zusammenhockte: Moses Mendelssohn war jetzt achtundzwanzig und Friedrich Nicolai vierundzwanzig Jahre alt. Bald wollte er aus dem Buchladen und Verlag des Vaters ausscheiden, den sein Bruder zu übernehmen trachtete, während Mendelssohn hoffen durfte, noch lange still und unbehelligt im Kontor des Tuchfabrikanten Isaak Bernhard Lohn und Brot zu genießen.

Auf ihre freundliche Einladung nahm Langustier mit am Tische Platz. Der kleine, bucklige Mann mit schwarzer Mähne, breiter, gebogener Nase und zwei Augen von einer Lebhaftigkeit, wie man sie bei einem Stubengelehrten seiner Profession nicht vermutet hätte, lächelte ihm erwartungsfroh entgegen. Sein dünner Bart verband sichelförmig das eine mit dem anderen Ohr und erreichte nur unter dem Kinn eine nennenswerte Länge.

»Der Koch des Philosophen von Sans Souci!«, sagte Mendelssohn mit einem leicht spöttischen Unterton, den Langustier geflissentlich überhörte.

»Haben Sie dem König was Gutes gekocht?«, fragte der junge Nicolai frech.

»Wie immer nur das Beste!«, entgegnete Langustier gut gelaunt und durch nichts aus der Fassung zu bringen. Ein halbes Lebensalter lag immerhin zwischen diesen Herrchen und ihm.

»Ein Quäntchen mehr Respekt, Messieurs!«, erschallte die Stimme Hildebrandts vom Schanktisch her. »Es kommt selten genug vor, dass sich ein Mann, mit dem der König täglichen Umgang hat, zu mir verirrt. Vergrault mir nicht dieses seltene Exemplar.«

Von einem gewinnenden Lächeln begleitet, setzte er Langustier einen Krug voll heißem, rotem, durch allerlei aromatische Ingredienzien und eine gehörige Portion Zucker trinkbar gemachten Wein vor, der Menhards Weinberg vor dem Rosenthaler Tor entstammte. Langustier wärmte dankbar die klammen Finger daran und sog bedächtig einen ersten Schluck des dampfenden Trankes ein. Zum Glück wurde aller saure Ungeschmack, der diesem

Berliner Tropfen gemeinhin anhaftete, vom Zucker gnädig verdeckt.

»Ist es nicht gräulich draußen?«, bemerkte Langustier zu Mendelssohn hin, um nur irgendetwas zu sagen. Doch der ging ganz ernsthaft darauf ein:

»Der Winter ist sehr zu Unrecht als die traurigste Jahreszeit verschrien! Zumindest der Studierende wird ihn lieben müssen, zeigt er sich doch jeder anhaltenden Tätigkeit um vieles günstiger als die zu Zerstreuung verleitenden Frühlings- und Sommerzeiten. Im Zirkel traulicher Freunde am warmen Ofen achtet man dagegen seiner Kälte und seines Schneegestöbers nicht!«

Behaglich zustimmend, lehnte sich Langustier zurück.

»In der Tat, das ist wahr. Zudem scheint mir, dass uns zwischen Dezember und Februar die changierende Leichtigkeit und Schwere der Luft viel merklicher wird. Das Barometer erreicht im Winter höchste und niedrigste Stände oftmals innerhalb ganz kurzer Zeit!«

Er blickte interessiert auf das Tun von Mendelssohns zweitem Tischnachbarn, der sich mit einem Crayon in einem Skizzenbuch zu schaffen machte. Sein Interesse wandelte sich in Erstaunen, als er bemerkte, dass er selbst hier auf dem Papier verewigt werden sollte! Sogleich legte sich ihm die Stirn in Falten, denn er war von der Vorzeigbarkeit seines Anblickes momentan keineswegs überzeugt. Nicolai, der seine Zweifel erriet, beeilte sich, ihm den unbekannten Maler vorzustellen und sein Tun zu erklären.

»Sie können unbesorgt sein, Monsieur Langustier – Meister Chodowiecki übt bloß die verschiedenen Zeichentechniken, da er sich noch nicht entschieden hat, worin er sein Genie auszumünzen gedenkt. Wir alle am Tisch sind schon seine Opfer geworden. Er ist nicht wählerisch – was Sie bitte nicht als Affront auffassen mögen! –, sondern zeichnet alles, was zufällig in seinen Blick gerät.«

Der Zeichnende stutzte, ehrlich erstaunt bei dem Gedanken, dass sich ein Motiv widerspenstig zeigen könnte, und erkundigte sich ehrerbietig vorsichtig, ob er fortfahren dürfe. Es gehe ihm ohnedies nur um die Wirkung einer Pudelmütze auf die Kringeligkeit der Locken.

Langustier lachte und ließ den Eifrigen gewähren. Dunkel erinnerte er sich, dass ihm Pesne von diesem Chodowiecki erzählt hatte – oder konnte es Rhode gewesen sein, der ihm zuletzt in Dresden bei Kopierarbeiten im Zwinger begegnet war?

Die Herren am Tisch prosteten einander mit einem Mal zu und intonierten im Chor:

»Unsere Losung sei: Beständigkeit!«

Langustier war erstaunt.

»Ich hoffe, Sie nicht zu incommodieren, Messieurs, wenn ich Sie frage, was dieser Spruch zu bedeuten hat? Haben Sie gar eine illegale Geheimloge gegründet? Eine weitere Konkurrenz zur Loge ›A trois globes‹ nach Art der ›Societas Alethophilorum‹ des unerschrockenen von Manteuffel?«

Nicolai schüttelte energisch das Haupt, während sich die anderen mit einem Grinsen begnügten.

»Nein, nein, seien Sie ohne Sorge. Nur sind wir, da wir weder den Freimaurern noch der Akademie zugehören – wie Sie, Monsieur! –, auf unseren eigenen Zirkel beschränkt und richten uns darin so wohl ein, wie es eben geht. Wir treffen uns zweimal wöchentlich, heute und am Sonntag. Wir haben hier fast alle akademischen Sparten am Tisch: Moses vertritt die Philosophie, Fleck die griechische und lateinische Literatur, meine Wenigkeit die neuere, Chodowiecki die Kunst, Bloch die Naturkunde und Ries den Rest! Auch vertritt er zuweilen den Wirt!«

Die Erwähnten neigten die Häupter. Der Langustier noch unbekannte Bloch, eine hoch gewachsene, schmale Gestalt mit markantem, forschem Gesichtsausdruck, fragte unvermittelt:

»Wissen Sie eigentlich, Monsieur, wie die draußen hängenden Gerippe zu deuten sind?«

Langustier äußerte vorsichtig, dass es sich wohl um antediluvianische Gebeine handele: der Art, wie sie oft im Fluss- oder Küstensande ausgegraben würden – er selbst habe derlei selbst schon als kleiner Junge in der fernen Hafenstadt Rotterdam gesehen, wohin ihn einst sein Vater auf einer Reise mitgenommen. Hierauf versicherte Bloch ihn seines tiefen Respekts:

»In der Tat sind es zwei Knochen von einem Walfische, den man aus dem märkischen Sand gezogen hat. Beim Bau der Meiereigebäude wurde tüchtig umgegraben.«

»Bloch, unser guter Fisch!«, lachte Ries, und setzte, an Langustier gewandt, hinzu:

»Dies wäre wohl ein Kandidat für den hochwohllöblichen Verein, dessen Mitglied Sie sind – für die Königliche Akademie der Wissenschaften, wenn es der angeblich so tolerante König denn zuließe, auch einen Vertreter mosaischen Bekenntnisses in ihren Reihen zu dulden: Marcus Elieser Bloch, Ichthyologe und Philosoph!«

Langustier hatte seinen Humpen abgesetzt und reichte Bloch die Flosse.

»Hoch erfreut, Ihre Bekanntschaft zu machen! Ich habe von Ihnen schon gehört, Monsieur Bloch! Letztes Jahr sprach ich mit dem Akademiepräsidenten Maupertuis über Ihren Casus, der auch an allerhöchster Stelle vorgetragen wurde – leider stand die Vorlage bei Sr. Königlichen Majestät unter keinem günstigen Stern.«

»Bei Sr. Königlichen Majestät!«, äffte Bloch etwas unverschämt nach und wurde von Ries sogleich derb geknufft und flüsternd zurechtgewiesen.

Bloch sagte zu Langustier:

»Wollen Sie einmal lesen, was mir der oberste Aufklärer im Land, welcher die löbliche Akademie gegründet hat, Monsieur, auf meine untertänigste Bitte um die Einsendung seltener Fische durch die Kriegs- und Domänenkammern für eine wissenschaftliche Arbeit geantwortet hat?«

Langustier bemerkte interessiert:
»O – zeigen Sie nur her!«
Bloch kramte umständlich ein Schreiben aus der Jacke hervor, das durch oftmaliges Falten schon reichlich gelitten hatte. Langustier las:

> FR
>
> Es ist nicht Nötig, von Den kammern Fische an zu fordern, um ihnen sagen zu können, was das vor Fische seindt, denn Das Wissen Sie ja schon Allerweges, was es hier im Lande vor Fisch giebt, ausgenommen im Glatzischen, da ist eine Art, die man Kaulen nennt, oder Graulen, oder wie sonst. Die hat Man weiter nicht. Doch darumb ein Buch davon zu machen, würde unnötig sein, weil kein Mensch Solches kaufen oder lesen will!
> Friech

Langustier gab das königliche Billet zurück und konnte sich nur schwer ein Lächeln verkneifen. Er musste zugeben, dass sich sein König hier nicht gerade von der gelehrtesten Seite gezeigt hatte. Viel mehr aber gab es dazu nicht zu sagen. Wenn der König einmal entschieden hatte, war wenig Hoffnung, ihn umzustimmen. Bloch hatte sich ganz dem Sammeln und Klassifizieren von unbekannten Fischarten verschrieben und gedachte, die in der wissenschaftlichen Welt nach wie vor fehlende Naturgeschichte der Fische zu verfassen. Er sagte zu Langustier:
»Majestät schätzen den Buffon, den Linné, aber nie würden sie einen deutschen Bloch für voll nehmen, der überdies noch Jude ist. Der König hat doch auch kürzlich erklärt, er ließe sich lieber von einem Pferd eine Arie vorwiehern, als dass er einer deutschen Primadonna erlauben würde, in seinem Opernhause zu singen!«
»Ich weiß gar nicht, was Sie haben!«, ließ sich Langustier ver-

nehmen: »Eine ichthyologische Primadonna genannt zu werden, dürfte Sie doch nicht genieren?«
Gelächter erhob sich. Man prostete dem königlichen Koch zu, während Mendelssohn auf das Deutsch des Königs zu sprechen kam:
»Welcher Verlust für unsere deutsche Muttersprache, dass sich dieser Fürst die französische geläufiger macht! Welch einen Schatz würde man hierzulande erwerben, wenn er sich nur ein klein wenig mehr um sie bemühte – einen Hort von Kleinodien, um den alle Nachbarn Ursache hätten, die Deutschen zu beneiden!«
Langustier lobte den Mendelssohnschen Patriotismus und ebenso die deutsche Sprache, der er als Elsässer schon immer viel Sympathie entgegengebracht hatte. Mittlerweile – das minderbemittelte Hoffranzösisch hin oder her – war sie seine Haupt- und Lieblingssprache geworden. Er kam noch einmal auf Blochs Problem zurück.
»Die Sache ist noch nicht verloren, Monsieur Bloch! Ich werde Maupertuis bitten, mit mir zusammen Ihre Fischsammlung zu betrachten, dann werden Sie sehen, wie sehr sich der Gute ins Zeug legen kann, denn wenn er etwas haben will für die Akademie, dann bekommt er es vom König auch.«
Bloch dankte für den unverhofften Zuspruch. Doch in der Sache war er nicht optimistischer als zuvor. Fleck klopfte ihm aufmunternd auf die Schulter.
Langustier fragte:
»Halten Sie, Monsieur Fleck, die humanistische Tradition nur beim jungen Hamann am Leben?«
»Nein, ich unterrichte auch diese drei Illiterati ...«
(Fleck zeigte auf Mendelssohn, Ries und Nicolai, welche indigniert die Mienen verzogen)
»... in Griechisch und Latein. Und ich hoffe nur, dass ich noch weitere Schäfchen finde, die nach meiner Obhut lechzen, denn durch die veränderten Gegebenheiten braucht der junge Hamann,

der bisher meine Haupteinnahmequelle gewesen ist, die Mathematik künftig leider mehr als die toten Sprachen.«
Mendelssohn sagte:
»Wenn es somit jemanden gibt, der aus dem Kreise des Verdachts ausscheren dürfte, so ist es der gute Instruktor Fleck, denn wer wird sich schon so mir nichts, dir nichts um den eigenen Profit bringen?«
Fleck machte ein säuerliches Gesicht dazu, und auch die anderen am Tisch wirkten betreten. Mit dem Wort »Verdacht« war plötzlich allen bewusst geworden, was Langustier hier draußen vor dem Tore verloren hatte. Weil niemand sonst das Wort ergreifen wollte, fuhr Mendelssohn fort:
»Gerade wir Juden müssen immer auf der Hut sein, bei Christen Neid zu wecken, was ein ziemlich aussichtsloses Unterfangen ist, selbst wenn wir arm sind. Lassen Sie mich Ihnen dies am Scherz von der Bittschriftenlinde erläutern. Es ist dies, wie Sie wissen, ein sagenhafter Baum auf dem Potsdamer Schlossplatz, unter dem man sich mit einer Bittschrift aufstellt, woraufhin der König geritten kommt, den Inhalt aller Gesuche überfliegt und sofort über sie entscheidet.«
Langustier trank einen Schluck und schmunzelte, denn diesen Baum gab es nur in der Anekdote. Und der König hätte weiß Gott viel zu tun, wenn er täglich persönlich die Bittschriften seiner Untertanen abholen wollte. Mendelssohn fuhr fort:
»Eines Tages warten weit über hundert Menschen an der Bittschriftenlinde darauf, dass der König erscheint und entscheidet. Sie warten schon den ganzen Tag. Endlich, fast gegen Mittag, kommt ein Schlossbeamter und verkündet, der König werde an diesem Tag nicht lange verweilen können, daher gelte: ›Alle Juden müssen sich entfernen!‹ Gegen zwei Uhr dann heißt es, der König werde sich verspäten und noch weniger Zeit haben, daher müssen alle Ungläubigen, Freimaurer, Atheisten, Ausländer und so weiter von der Bittschriftenlinde zurücktreten. Nur Christen sind noch

zugelassen. Um fünf kommt endlich ein Sekretär des Hofmarschalls und bedauert: Se. Königliche Majestät seien heute verhindert, man möge, ohne zu murren, nach Hause gehen. Da sagt ein Christ zum anderen: ›Immer werden die Juden bevorzugt!‹«

Alles am Tisch lachte jetzt grölend, und jeder war froh, dass man das heikle Thema wieder zu verlassen schien. Nur Langustier stimmte nicht ein, sondern sprach sehr ernst:

»Ich beglückwünsche Sie zu Ihrem Humor, fürchte jedoch, dass Ihre Lage durchaus bedrohlich werden könnte, wenn man einen Mörder in Ihren Reihen findet. Selbst der Umstand, dass das Opfer ebenfalls Jude war, dürfte kaum entlastend wirken – immerhin ist Hamann für den König tätig gewesen.«

»Da wüsste ich Ihnen viele christliche Gründe zu nennen, uns alle an den Galgen zu wünschen«, sagte Mendelssohn. »Ich meinesteils möchte nur betonen, dass ich bald schwerlich zu sagen wüsste, ob ich in den Augen des Publikums lieber ein Mörder wäre oder ein Glaubensgenosse jüdischer Münzunternehmer. Wer für den König das Geld produziert, wird leicht auch für alle Übel verantwortlich gemacht, die aus seinem Umlauf entstehen. Im Grunde ist es doch der schnöde Mammon, der uns alle zu Mördern an unseren Nächsten macht.«

Nicolai fügte hinzu:

»Und solange deine Glaubensgenossen dem König die Taler liefern und ihren Profit dabei machen, lag der Verdacht nie fern, sie könnten schummeln dabei.«

»›Schummeln‹ ist gut jiddisch gesprochen, Fritze«, sagte Mendelssohn.

Langustier erkundigte sich, weil alle am Tische Versammelten ohnehin nur noch den königlichen Sonderermittler in ihm sahen, ob einer der Herren zufällig an dem Abend der königlichen Ankunft Joseph Israel Hamann gesehen, vielleicht sogar mit ihm geredet habe oder sonst etwas über seinen Verbleib aussagen könne. Georg Heinrich Hildebrandt, das Spültuch in der Linken, war bei

diesen Worten hinzugetreten und erklärte, sich mit der Rechten am Hinterkopf kratzend:
»Kennen Sie den ›Politischen Kannegießer‹ von Holberg, den die Schuchischen Schaupieler letztes Jahr gegeben?«
Langustier bejahte verwirrt; er hatte ihn in Dresden gesehen, von den Akteuren der Hippelschen Truppe auf die Bretter gebracht.
»Dann stellen Sie sich den Hamann und einen politisierenden Kumpan an diesem Tisch hier vor – ein grottenhässlicher Patron, der mir unbekannt war. Indessen vernahm ich aber an seinem breiigen Idiom, dass er aus Sachsen stammte und wohl noch nicht lange hier weilte – wie sie sehr lebhaft über die Situation Preußens diskurrieren, wobei gar Hertzbergs ›Mémoire raisonné‹ aufgeschlagen auf dem Tische lag. Ich habe ihnen die eine oder andere Kanne Fredersdorfer Bier hergetragen und immer nur Bruchstücke ihrer Unterhaltung gehört, doch gingen ihre Meinungen über das Verfahren mit dem besetzten Land weit auseinander. Vor allem war es ihnen, wenn ich es recht erinnere, um die Frage zu tun, wie man mehr Geld aus Sachsen herausholen könne, und es wurden verschiedene Räuberpistolen erzählt, was man anderswo mit einer geschickten Münzpolitik in eroberten Landen bewirke. Aber fragen Sie mich nicht, um was es genau ging. Ach ja, und wenn es Ihnen hilft, darf ich nicht verhehlen, dass ich selbst vorgestern Abend noch mit Hamann wegen meiner Mühle verhandelt habe. Ich wollte sie beleihen, müssen Sie wissen – um eine kleine Herde der vom König so geschätzten Merino-Schafe einzukaufen. Bin ziemlich ratlos, denn außer Hamann, der zwar seine Marotten hatte, was Gelddinge betraf, aber der Ehrlichste von allen gewesen ist, wüsste ich keinen, zu dem ich mich hintrauen würde. Sein Sohn braucht wohl erst einmal Abstand von diesen schrecklichen Affären, um die Nachfolge anzutreten.«
Langustier klebte an seinen Lippen, freilich nicht etwa, wie man denken könnte, wegen der schmackhaften Merino-Schafe.

»Ich werde mich umhören. Vielleicht hätte ich sogar selbst Interesse an einer Beteiligung – das Müllern wäre schon eine Lust. Aber verraten Sie mir – hatten Sie sich deswegen hier mit ihm verabredet; warum dies gerade an diesem Abend? Wo doch alles drunter und drüber ging?«

»Nein, es war ein Gedanke, den ich schon des längeren gefasst hatte und der sich mir augenblicklich wieder aufdrängte, als ich Hamann in meiner Wirtsstube hatte.«

»Und – sind Sie mit ihm handelseinig geworden? Waren Sie gemeinsam in der Mühle drüben?«

»Weder noch, leider. Wir waren nicht mehr weit voneinander – was die Leihsumme betraf –, da wollte er vorsichtshalber noch einen Blick auf den Gegenstand unseres Kontraktes werfen, deshalb gab ich ihm eine Blendlaterne mit und bat ihn, sich in Ruhe umzusehen, die Sache ruhig zu überschlafen und mir Bescheid zu geben, sobald er sich sicher sei. Ich selbst konnte die Schänke nicht verlassen, obzwar das Geschäft gerade um diese Uhrzeit langsam abzuflauen begann, während die Leute zuvor beim Glühwein wie die Sprotten in der Stube gestanden und gehockt hatten, um sich bis zur königlichen Ankunft bei Laune zu halten. Unser guter Ries hatte wie üblich für zwei geschuftet, um jedem sein Quäntchen zu verabreichen. Ohne ihn hätte ich schwerlich nur die Hälfte zufriedenstellen können.«

Langustier blickte zu Ries, der folglich auch etwas gesehen haben konnte, und richtete seine Frage an Gehilfen und Wirt:

»So ging Hamann denn allein in die Mühle?«

»Nein, sein Begleiter, der Großkopfige, war noch bei ihm, als er ging!«, entgegnete Hildebrandt, und Ries nickte zur Bestätigung. Den Kompagnon des Hamann vermochte er ebenfalls nicht namentlich anzugeben, glaubte sich aber zu erinnern, ihn schon einmal beim Verlassen der Münze gesehen zu haben.

»Es war vielleicht einer von den neuen Münzarbeitern aus Sachsen? Wie es heißt, hat der König schon im Dezember eine ganze

Truppe herverlegt, wie vor drei Jahren die Feilenhauer und Messerschmiede nach Eberswalde.«
Langustier war ins Überlegen geraten. Er zeigte auf den Schlüsselkasten an der Wand hinter dem Ausschank und fragte Hildebrandt nach dem Verbleib des Mühlenschlüssels. Der Wirt griff hinein und hielt ihn hoch.
»Es war nicht abgeschlossen, denn es ist nichts in der Mühle, was sich zu stehlen verlohnte. Ein paar alte Holztische, ein Mahlwerk, das man erst mit lautstarkem Lärmen zerlegen müsste.«
»Haben Sie sich nicht um dem Verbleib der Lampe gesorgt?«
»Eine alte Lampe – ich hatte ihn gebeten, sie einfach draußen neben die Tür zu hängen, wo immer etliche davon baumeln, die den Knechten oder Fuhrleuten gehören, die hier einkehren. Ich habe nicht die Muße, sie zu zählen. Gestern dann habe ich es über der Nachricht von seinem Tod tüchtig mit der Angst bekommen und wollte, um dies nur zu gestehen, die Mühle erst einmal nicht mehr betreten. Ich dachte gar, der Mörder könnte sich dort vielleicht versteckt halten.«
Langustier hakte noch einmal nach:
»Versuchen Sie, sich genau zu erinnern: Wie lief Ihre Besprechung ab? Was tat der Sachse, mit dem er politisiert, als Hamann mit Ihnen sprach?«
Hildebrandt kratzte sich am Kopf und überlegte einen Moment, bevor er antwortete.
»Der hässliche Politische blieb am Tisch sitzen, nachdem ich Hamann gebeten hatte, mir für ein paar Worte unter vier Augen zum Schanktisch zu folgen. Ich goss ihm den besten Weinbrand ein, den ich habe, und trug ihm mein Anliegen vor. Hamann schien mir abwägend, wollte aber trotz der späten Stunde noch hinüber. Er nahm die Lampe, ging zum Tisch, setzte sich wieder. Dann redeten sie kurz; der Sachse sagte etwas zu ihm, was ihn nachdenklich stimmte. Ich habe nicht gesehen, ob sie beide gemeinsam zur Mühle gingen. Aber es schien mir, als ob sie irgendetwas noch

miteinander bereden wollten, so dass ihnen dieser Spaziergang ganz gelegen hätte kommen müssen.«
Hildebrandt wendete sich zu Ries:
»Du hast sie doch abkassiert, nicht wahr, und mir gleich die schöne frische sächsische Pistole hergezeigt?«
Ries nickte langsam und sagte:
»Der kinnlose Sachse hat die Scheidemünze Restgeld glatt abgewiesen, daher konnte ich ihn beruhigt aus meiner Obhut entlassen.«
»War es so eine schöne Goldmünze wie diese hier, Monsieur Ries?«
Langustier hielt die blanke sächsische Pistole, die er vom staubigen Mühlenboden aufgelesen hatte, in der flachen Hand. Ries machte große, vor Schreck geweitete Augen.
»Solch ein August d'or war's, in der Tat! Haben Sie das zweite Gesicht oder können Sie Gedanken ausmünzen?«
Hildebrandt, der Katholik, bekreuzigte sich unwillkürlich, was Moses mit einem lustigen Augenzwinkern zu Nicolai, Ries und Bloch hin quittierte. Langustier ließ die Vermutung unkommentiert im Raume stehen, hob seinen Glühweinkrug zu einem letzten wohlig-warmen Schluck an und bat Hildebrandt freundlich um Nachschub, den dieser kopfschüttelnd heranbrachte. Der Koch besah sich die Münze einmal genauer und kniff zu diesem Behuf die Augen zusammen, lugte bei dieser und jener Spiegelung der Unschlittlampen über die Goldfläche, auf der die Prägung so klar stand wie am jüngsten Tag. Schließlich beschied er:
»Die muss aus einer Erbschaft oder einem Schatz stammen – beschauen Sie sich einmal den Stempel und erklären Sie mir dann, wieso das Ding noch so neu aussieht!«
Fleck, der ihm am nächsten saß, nahm die kleine Goldscheibe mit dem Konterfei Augusts III., des Königs von Polen, bzw. Friedrich Augusts II., des Kurfürsten von Sachsen, und entzifferte dank seiner Kurzsichtigkeit ohne Mühe die winzige Jahreszahl: »Das

heißt – äh – 1750! In der Tat, dafür spiegelt das Metall so makellos, als wäre es gestern erst poliert worden.«

Der August d'or wanderte nun von Hand zu Hand und erzeugte bei allen Umsitzenden nichts als Stirnrunzeln. Ries konnte sich gar nicht satt sehen an dem schönen blanken Metall und schwärmte zu Fleck hin:

»Davon einen normalen Beutel voll, und ich möchte dir gleich meinen neuesten Plan zu einem halben Dutzend gelehrter Monatsschriften antragen.«

Nicolai, den er als Verleger ins Auge fasste, lächelte.

»Es ist wohl nicht wahrscheinlich, dass außer dem Wirt und Ihnen, Monsieur Ries, einer der übrigen Herren am vorgestrigen Abend hier gewesen ist und Hamann nebst Begleitern beobachten konnte?«, fragte Langustier ohne großes Zutrauen in der Stimme, worauf Mendelssohn, der gerade an einem längeren Aufsatz über Wahrscheinlichkeitsrechnung für das nach wie vor florierende »Mathematische Kaffeehaus« arbeitete, konstatierte:

»Unwahrscheinlich!«

Bloch war zwar in der Schänke gewesen, ohne aber Hamann und seinen Begleiter gesehen zu haben. Der bis dahin heimlich, still und lautlos mit der Arbeit an Langustiers Lockenpracht beschäftigte Zeichner Chodowiecki bekam als Letzter das Goldstück in die Hände und mochte wohl für einen Moment daran denken, das Beweisstück einfach in seiner leeren Tasche verschwinden zu lassen, um für sich und seine Ehefrau Jeanne etwas höchst nötiges Brot zu kaufen. Er sagte:

»Es wird Sie interessieren, Monsieur, dass ich am fraglichen Tag in der Umgebung verschiedene kleinere Studien angefertigt und mir dabei die eine oder andere Frostbeule eingehandelt habe.«

Die Versammelten wussten diese Anknüpfung noch nicht recht zu begreifen, und die Art, wie Chodowiecki umständlich in seinem Skizzenbuche etliche Seiten zurückblätterte, bis an ein Blatt, das er zum Beleg seiner Behauptung anzusehen bat, ließ eine kompliziertere Geschichte erwarten. Das Buch wurde herumgegeben und von jedem einer ausführlichen Gesamtbegutachtung unterzogen, so dass Langustier, der es zuletzt erhielt, in der Zwischenzeit einen weiteren Krug Glühwein leerte. Die aufgeschlagenen Seiten zeigten mit akribischer Deutlichkeit – die angesichts der Kälte, in denen die Finger des Künstlers aus dem Stegreif gearbeitet haben mussten, umso bewundernswerter erschien – zweimal in wechselnder Ansicht die Mühle und den Pfad, der am Zaun der Meierei entlang dorthin führte, wie sie sich etwa vom Eingang der »Ribbe« aus im hellsten Tages- bzw. Vollmondlicht darstellten. Da auf der linken Zeichnung kein Schnee zu sehen war, blickte Langustier mit Schrecken auf die tiefen Gumpen, an denen er vorhin arglos entlanggeschlendert war, da sie jetzt dort draußen zugeweht wie Fallen lagen. Was die Ausführung der Handzeichnungen anbelangte, hatte man dem jungen Maler vollstes Lob zu zollen! Vollendet gestaltete sich die Perspektive, welche er gewählt, meisterlich, ja genialisch erwies sich der zaghafte Strich, der um das Erfassen möglichst vieler Details bemüht war. Kleinere Schattenzonen hatte der Zeichner lediglich durch die Verstärkung des Druckes auf den weichen Graphitstift akzentuiert, was insonderheit bei der verschneiten Ansicht ein gänzlich zauberisches Resultat ergab.

Mendelssohn erging sich in einem unumwundenen Lob der Treue des Künstlers gegenüber der Natur, deren Implikationen er schon demnächst ebenfalls in einem Aufsatze gedenken wolle.

Auch Langustier ließ sich nunmehr vernehmen:

»Fabuleuse, Monsieur! Sie sind ein großer Meister! Chapeau! Wie Sie die Illusion des Schnees hingekriegt haben, alle Wetter! Apropos Wetter – wie viel Zeit ist zwischen den beiden Bildern verstrichen?«

»Etwa zwei Tage; nach der unverschneiten Ansicht, die ich gegen Mittag des zweiten Jänner angefertigt, habe ich vorgestern Abend auf die Durchfahrt des Königs gewartet, um sie ebenfalls aufs

Papier zu bannen – eine törichte Idee, wie sich später erwies, denn es ging so schnell, dass sich mir kein bleibendes Inbild einprägen konnte. Ich war zuvor zum Zeitvertreib an der Ochsenbucht, die im scheidenden Licht wie verzaubert wirkte –«
(hier blätterte er zurück und ließ Langustier die wirklich sehr eindrucksvolle Landschaftsstudie der schilfgesäumten Bucht von der Brücke aus bewundern)
»– um dann die Mühlenansicht in eine Vollmond-Schnee-Version hinüberzuvariieren, was kein Problem bedeutete, da sich jetzt alles vom Neuschnee überschüttet fand. Ich habe einen derart abrupten Schneeeinbruch selten erlebt, Monsieur! Von sechs bis acht fiel wohl ein ganzer Fuß; dann waren die Wolken mit einem Mal weg, und der hellste, fast volle Rundmond brannte! Worauf ich Sie jedoch bitte, Monsieur, Ihr wertes Augenmerk zu spezifizieren, sind die beiden figürlichen Statisten auf dem unverschneiten Mühlenpfad links, die im hellsten Tageslichte weite, erfundene Schatten werfen. Es waren diese Figuren keineswegs helle Tag-, sondern dunkle Nachtgespenster.«
Langustiers Augen weiteten sich.
»Mit anderen Worten wollen Sie sagen: Sie haben auf Ihrer Tag-Mühlen-Zeichnung zwei Gestalten festgehalten, die nachts in Richtung auf die Mühle schlenderten?«
Chodowiecki bejahte.
»Ganz recht, ungefähr gegen acht, als ich gerade an der »Ribbe« lehnte, um mir die vom Mondlicht überflutete Mühle einzufangen; und wenn Sie sich die seltsame Art betrachten, mit der einer der beiden seinen rechten Arm hebt und den Spazierstock in der Mitte fasst, so werden Sie begreifen, dass dies nur eine Notlösung gewesen ist, denn in Wahrheit hielt der Spaziergänger in seinem dicken Wintergewand eine Blendlaterne hoch, um den schmalen, gratartigen Pfad zwischen dem Zaun der Meierei und den tiefen, noch unverschneiten Eislöchern nicht zu verfehlen und in einen der Schlote zu stürzen.«

Langustier besah sich die Figürchen so genau, als wollte er sie von der rauen Fläche des Papiers zum Leben erwecken, und prägte sich jedes Körnchen des Graphits ein, das Eigentümlichkeiten in Haltung oder Kleidung verraten konnte.
»Meinen Sie nicht, dass Sie in der Perspektive den Kopf des Linken zu groß dargestellt haben? Das ist ja ein richtiger Kürbis, der dem Armen da auf dem dünnen Hälschen hockt!«
Chodowiecki sah hin und meinte:
»Es sind auch nur Nachbilder eines flüchtigen Eindrucks. Aber der Weg, den meine Eindrücke nehmen, vom Auge in die Hand, ist normalerweise nicht von Schlagbäumen versperrt. Zumindest kann ich beeiden, dass Hamann die Figur mit dem Stock, sprich der Laterne gewesen ist!«
»Sapperment!«, ließ sich Ries hören, während Mendelssohn philosophierte:
»Unwahrscheinlich zwar, aber wohl wahr! Es ist ganz seine dunkle Kehrseite, die wir hier sehen.«
Das Lachen blieb allen im Halse stecken, da es Verderbnis bedeutete, über Tote zu lachen.
Es war gegen acht Uhr, als Langustier sich bedankte und erhob – genau die Stunde, da vorgestern Hamann ins Verderben gelaufen war. Um Verzeihung dafür bittend, die fröhliche Philosophenrunde mit seiner unwissenschaftlichen Heimsuchung gestört zu haben, schlüpfte er wieder in den schützenden Kokon. Er befand sich bereits auf dem Wege zur Tür, da hielt er kurz inne und forderte von Chodowiecki nachsichtig die Rückgabe des goldenen Beweisstückes, was dem Maler die Schamesröte bis in die Haarwurzeln trieb, denn er hatte den August d'or doch tatsächlich in seine Jackentasche geschoben – aus reiner Zerstreutheit, wie er beteuerte –, von wo er ihn nun unter Feixen und Johlen der anderen schmachvoll und seufzend wieder hervorkramen musste.
»Brotloser Künstler!«, dachte Langustier im Hinausgehen, als ihm der Eiswind ins Gesicht schlug wie ein Peitschenhieb. Der Mond

nahm zwar ab, doch er schien nach wie vor hell genug, um die Mühle und den Weg dorthin genauso wie auf Chodowieckis Zeichnung erscheinen zu lassen. Die Wärme, die er in der Stube aufgesogen, verflog rasch. Schon nach wenigen Schritten wurde ihm höllisch kalt zumute.

»Höchste Zeit, in die Rossstraße heimzukehren und sich einmal richtig auszuschlafen!« Im Traum, hoffte er, würde ihm sicher eine Entschuldigung für Joyard einfallen, der ihn beim momentan noch andauernden Büffet im Opernhaus sicher schwer vermisste. Aber wie sollte er zwischen Pasteten und Bouteillen voller Vin sec ausharren, wenn hier draußen vor dem Tor noch die Reste eines veritablen Mordes aufgetischt lagen, um die sich niemand außer ihm zu kümmern geruhte?

Freitag, 7. Januar 1757

I

Von langem Ausschlafen konnte keine Rede sein. Es war halb fünf Uhr in der Früh, als Langustier sich mühte, vor Morgenkälte schnatternd wie ein Enterich am Rande des Kältetodes, mit dem fackeltragenden königlichen Leibpagen Carl im Schneegestöber Schritt zu halten. Von der Rossstraße bis zum Schloss trottete er in knöcheltiefem, frischem Schnee hinter dem ebenso leuchtend gelb livrierten wie gelb leuchtenden Jungen her, denn Se. früh aufgestandene Königliche Majestät hatten ihn mit höchster Priorité vorgeladen. Von einem Gähnen in das nächste fallend, mutmaßte er, dass dies mit dem heutigen Küchenzettel zusammenhängen müsste, denn der König besah sich die Aufstellung der Köche jeden Morgen und ordnete in dringlichen Fällen komplette Umstellungen an. Pech für jeden, den es dann traf; meistens war es der Erste Hofküchenmeister. Hoffentlich befand sich Joyard nicht unpässlich! Wenn ihn nun gar die Belastung des gestrigen Abends, die er alleine zu tragen gehabt, aufs Siechenbett gebracht hatte? Das hieße inskünftig doppelte Arbeit und keine freie Minute mehr für kriminalistische Sonderwege. In Langustiers Kopf kristallisierte sich eine andere Erklärung heraus: sein Fehlen am Abend. Das musste der Grund für die Vorladung sein! Schließlich gab es heute gar keine Mittagstafel, wie ihm jetzt einfiel, da Se. Königliche Majestät geruhten, bei seiner Frau in Schönhausen zu speisen. Der kalte Schweiß gefror auf seiner Stirn, während der Schnee unter seinen Füßen wie Puderzucker knirschte.

Ohne Umschweife führte ihn der Page durch das erste Portal des Schlüterschen Umbaus und den dahinter liegenden Eingangssaal, an der Schildwache vorbei, die im darauf folgenden Treppenaufgang postiert war, hinauf in den ersten Stock. Durch den Parolesaal, in dem früher hin und wieder groß getafelt worden war, das angrenzende blausilberne Konfidenztafelzimmer, in dem einst eine der Sternstunden von Langustiers Kriminalkarriere vergangen war*, durch das grünliche Konzertzimmer mit den großen Spiegeln, in dem der König flötete, wenn ihm der Sinn danach stand – was aber wegen der schlechten Akustik im Berliner Schloss selten bis gar nicht vorkam –, durch das Bibliotheks- und Arbeitszimmer des Königs mit dem hübschen runden Erker, das Schreibzimmer, in dem momentan nichts als Landkarten und Bataille-Pläne auf langen Tischen ausgebreitet lagen, ging es direkt in das königliche Schlafzimmer.

Es war dieser kleinste Raum der königlichen Wohnung im Schlosse in einem gar schrecklichen Zustande, doch schien der Kammerhusar keine Anstalten treffen zu wollen, die unsaubere Decke, die das Feldbett, auf dem der Monarch seit sechzehn Jahren, wo er auch war, sein Nachtlager aufschlug, in wilder Rocaille herabhängend, verunzierte, geradezurücken oder durch eine saubere zu ersetzen. Die Morgentoilette war entfallen, da sie ohnehin nur in zwecklosem Aus- und Anziehen der Kleider bestanden hätte: Der König hatte wegen der selbst in den kleinsten Kammern durch nichts zu behebenden Kälte in voller Montur geschlafen, was er jedoch auch im Sommer angeblich oft tat, mit Stiefeln versteht sich und mit Hut – der gewöhnlichen königlichen Nachtmütze, deren luftiger Schmuck – die Generalsfeder – aus diesem Grunde wirkte, als sei der Kranich, von dem sie stammte, mehrfach höchst unsanft gelandet.

Carl stäubte dem Regenten immerhin eilig etwas Mehl über den Kopf, als er den Hut zum Gruße gegen seinen verdienten Küchenmeister lüpfte, sich ihn aber sogleich wieder aufdrückte. Der Leibpage verschwand, der Kammerhusar ebenso, und ein Kammer-

* siehe: »Purpurrot. Tödliche Passion«

lakai, der gerade noch mit einer Ladung Kohlen die letzte Glut erstickte und tüchtig wiewohl nutzlos mit dem Schürhaken in der Kaminhöhle herumgefuhrwerkt hatte, bis man das trockene Husten über dem erstickenden Qualm bekam, empfahl sich. Sicher holte er ihnen Obst und Kaffee, mühte sich Langustier zu mutmaßen, um bei dem Gedanken etwas munterer zu werden. Der König sagte unvermittelt mit der Stimme des notorisch Hellwachen:
»Seh Er mir, mein lieber Langustier, als eine Mauer an, auf die seit Jahren vom Missgeschick herbe Breschen geschossen worden seindt. Nun trachten die Filous von allen Seiten darnach, mir zu erschüttern! Häusliche Unglücke, sekrete Leiden im Geheimen, publike Insuffizienz, im Voraus zu sehende Plagen – das seindt mein täglich Brot. Doch glaub Er nicht, dass ich nachlasse – ich habe mir immer recte gehalten!«
Langustier neigte zur Versicherung seines absoluten Einverständnisses mit dem Vorgebrachten demütig das Haupt.
»Doch nun seindt wahrlich die Zeit zum Stoizismus! In so heilloser Drangsal muss man sich mit Eingeweiden von Eisen und einem ehernen Herzen versehen, um alle Empfindsamkeiten gegen die bedrohlichen Strolche loszuwerden!«
Der König drehte sich und blickte eine ganze Weile stumm zum Fenster in die Dunkelheit über dem Schlossgarten und die dahinterliegende Spree hinaus. Im Jordanschen Haus auf der anderen Seite, das jetzt dem Polizeichef von Berlin gehörte, blakte ein trübes Licht.
Langustier war beim Hören der Königsworte das Blut in den Adern gefroren. Diese Eröffnung verhieß wenig Gutes. Hatte der Monarch wirklich eisernes Gedärm benötigt, um seinen Schnepfendreck zu verdauen? Seine Vermutung, es gehe nicht nur um eine einfache Menüplanänderung, sondern um die Abstellung eines üblen personellen Missstandes innerhalb der Schlossküchenbelegschaft, nahm immer konkretere Gestalt an. So würde er denn nun seinen Abschied erhalten?

Bange heftete er seinen Blick auf die Erscheinung im trüben Kandelaberlicht und hüpfte vor Kälte sanft von einem Fuß auf den anderen, sorgsam bedacht, keiner der herumhuschenden Hündinnen auf den Schwanz zu treten, was über die Entlassung hinaus noch Festungshaft hätte bedeuten können. Eine Stutzperücke mit Zopf und Schleife quoll unterm Königsdreispitz hervor, die vorn und seitlich mit Locken anschließen sollte, aber in Unordnung geraten war, dass man das Band sah, das sie umschnürte. Die blaue Montierung bestand aus einem langen Rock, dessen vor Urzeiten feuerrotes Plüschfutter jetzt abgeschabt gelb-rot schimmerte. An der Stelle, wo der königliche Zierdegen schlenkerte, war der Rock mit einem billigen Zeugstück ausgeflickt. Die Eichel der Quaste der kupfernen Kavalierswaffe – dem unwichtigen Pendant des Ehrfurcht gebietenden Stockes mit goldener, diamantbesetzter Krücke – war nur aus Holz. Die früher schwarze königliche Samthose überzog eine Schicht aus immer neuen fehlfarbigen Flicken, weshalb sich der resultierende Farbton zwischen gräulich, bläulich und bräunlich schwer entscheiden konnte. Die ehemals schwarzen, jetzt gelb zerschossenen Wasserstiefel, die nicht gewichst werden durften – wie Fredersdorf seinem Kollegen Langustier einmal erzählt hatte –, waren über dem Knie umgeschlagen, ohne Stulpen und mitten auf dem Schenkel mit Strippen befestigt. Die Schärpe von schwachem Orange, die einst feuerrot gewesen, trugen Se. Königliche Majestät sicher seit ihrem Amtsantritt.
Der König drehte sich wieder um, sah Langustier durchdringend an, schwieg aber noch immer.
Der Zweite Hofküchenmeister, der seinem obersten Dienstherrn selten so nahe gestanden hatte, schaute den lebendigen Überresten eines einst energischen, spannungsgeladenen Mannes ins Antlitz, bevor er den Blick senkte, um nicht des ungehörigen Anstarrens bezichtigt zu werden. Die Gesichtshaut dieses königlichen Gegenübers war faltig bis pergamenten, die Augen her-

vorgetreten, die echten Haare, die unter der bemehlten Perücke hervorlugten, grau. Die Wangen wirkten eingefallen, was aber trog, rührte es doch vom Fehlen fast aller Zähne her. Etwas rote Schminke sollte die Blutleere der Backen mindern, ein Mittel, das der König vor allem vor der Parade gern anwendete. Die mit Brillantringen voll besetzten, in vom Abrieb grauen Wildlederhandschuhen steckenden Finger knackten vor Gicht, als der Handgriff um die Krücke sich fester schloss.

Mit dem Feuer dieser Brillanten, dachte Langustier, könnte man glatt einen Heuschober in Brand stecken, ein Gedankenspiel, das für einen winzigen Moment die Illusion wohliger Wärme hervorrief. Als der glitzernde Knauf sich nun in die Höhe hob, löste Langustier den entsetzten Blick von den endlos langen Häkelmanschetten, die schlaff aus den Schläuchen der abgescheuerten königlichen Rockärmel heraushingen, und blickte wieder auf. Er würde sich ganz darauf konzentrieren, möglichst standhaft die Entlassung entgegenzunehmen, der er sich so gut wie sicher wähnte. Der König allerdings sagte bloß:

»Die gehäkelten Manschetts seindt von Ekel, das gebe ich Ihm zu, und es wäre mich freilich ein leichtes, ihnen zu ersetzen, etwa durch Brüsseler Spitze. Allein, mich verlangt nicht danach, meinem Äußeren irgendetwas anzubosseln, das die Hoffahrt erheischt. Naturellement, ich sehe aus wie ein Schwein – et je parle comme un cocher! Man erzählt sich immer, dass die Könige Ebenbilder Gottes auf Erden wären. Ich muss sagen –«

(er besah sich höhnisch im Spiegel)

»– desto schlimmer für Gott, wenn ich ihm gleiche! Aber das soll uns nicht kümmern, es seindt nur von außen. Die Leute, die sich nur ums Äußere scheren, seiend keinen Schuss Pulver wert. Drinnen in einem Menschen muss etwas sein, und die Taten müssen es offenbaren! Was da drinnen ist, müssend wir betrachten und darnach einen Menschen bemessen, nicht nach gehäkelten oder gewobenen Manschetts! Das, mein lieber Langustier, war übrigens der Grund vor mir gewesen, dem Brühl seinen Pomp so rüde zu zerschmettern und auch die häre Kunst in diesem Falle nicht zu schonen. Der Brühl trug die Vasen wie die Perücken, alles seindt eitel Fassade gewest. Fünfhundert Perücken, aber keinen Kopf! Da musste einer ja einmal dreinschlagend. Ich sah Ihn diesen Ausfall beobachtend und es tat mir Leid. Ich hätte es verhindern sollen, dass Er das sah, denn es war eine Angelegenheit, die nicht vor dem Publico war.«

Es erstaunte Langustier, dass der König gerade dieses Detail aus der Erinnerung kramte, das doch schon Monate zurück lag. Doch der Mann hatte nicht nur eisernes Gedärm, sondern auch ein eisernes Gedächtnis! Langustier schwieg ratlos über diese Rede, denn er wusste nicht, wie etwa darauf zu entgegnen wäre. Der Monarch enthob ihn zum Glück dieser Verwirrung, indem er abwiegelte:

»Aber dies nur ganz apart. Wenn Er mir verstanden hat, so ist's en ordre!«

Er wechselte unvermittelt das Thema und sprach sehr ernst:

»So wie mich der Rheinwein einen Vorgeschmack vom Gehencktwerden verschaffet, so war es mich auch zu Mute, als mich von der Goltz den Toten im Schlesierbusch rapportieret. Er muss wissen, dass mir der Verdacht gekommen, die Konkurrenten des Hamann, die ich gestern zur Konfidenztafel geladen, um einen geeigneten Nachfolger unter ihnen herauszufinden, könnten hinter der Sache stecken, und die Entdeckung eines Mörders unter ihnen möchte einen allgemeinen Aufruhr auslösen, weil die Jüden auch ohnedies bereits übel genug beleumdet und von aller christlichen Welt angefeindet seindt, die bei ihnen in der Kreide stecket. Doch haben mich die Herren, die allesamt gläubige, gottesfürchtige Talmudisten seindt, ihrer Unschuld hochheilig und eidlich versichert. Der alte Becker, der da drüben gerade aufsteht –«

(er deutete mit der Krücke durchs Fenster in Richtung auf das Jordansche Haus, wo das blakende Licht zu einer voll erleuchteten Etage aufgelodert war)

»– seindt keinesfalls glücklich in Leichen-Apparitionen, desweil ich mich lieber Seiner Spürnase möchte bedienen. Ich bitte Ihme also, Langustier, hier ein wenig in Seiner bewährten Manier nachzuforschen, denn ich habe ja schon an Seinem Fernbleiben gestern Abend gemerkt, dass es Ihne in betreffs des Hamann unter den Nägeln brennet. Nun seindt es somit eine gewissermaßen unpolitische Affaire, aber ich stelle Ihm hiemit trotzdem allerhöchste Diskretion anheime.«

Langustier hatten diese Worte und Offenlegungen reichlich unvorbereitet getroffen, doch verfehlten sie nicht ihre Wirkung. Sofort war alle Morgenschläfrigkeit wie weggeblasen. Die trüben Augen klärten sich, und der Mund spitzte sich wie vor der entscheidenden Qualitätsprobe bei einer Speise. Doch war in seiner Miene auch abzulesen, wie sehr er sich mühte, dahinter zu kommen, was den König zu dieser zweifellos richtigen Vermutung gebracht hatte, denn ein Mensch, der soeben aus dem Bett gerissen und durch die kälteste Winterhölle geschleift worden ist, kann die eigene Mimik noch nicht in gleicher Weise kontrollieren wie ein ausgeschlafener. Daher erläuterte der Regent:

»Auf den Torlisten ist Er mich als ein kurzzeitig durchs Schlesiertor aus- und einpassierendes Subjekt berichtet worden, und was wird Er gerade dorten schon anderes gesucht haben als Schurkens-Spuren? Auch hat man Ihn in der Charité gesehen, Monsieur. Das ist keinesfalls ein gewöhnlicher Tagesablauf für einen von denen Kochs!«

Langustier gestand zögernd ein, was nicht mehr zu verbergen war, konnte sich aber beherrschen und seine bisherigen vagen Ermittlungsergebnisse für sich behalten. Der König flocht an dieser Stelle eine andere Sache ein, da sie ihm naheliegend dünkte:

»Schurken schnopern hier wahrlich genug herumb, und vor allem in den Küchen tummeln sie sich, was ich Fredersdorf schon immer gepredigt. Nehm Er dies nicht persönlich, denn ich sehe in Ihm ja mehr den Philosophen als den Koch, doch Er kennt meine

Untertanen vielleicht nicht so gut wie ich: Sie sind alle Spitzbuben, besonders wenn es auf meine Kosten sein kann. Aber ich kenne ihnen und sage Ihm, sie würden mir noch vor dem Altar bestehlen! Es ist kein brin von bon ton darin! Ich bekomme vapeurs, wenn ich das Gelichter sehend! Gestern schnappten sie in Seiner Abwesenheit den Untersuppenkoch Hakenmüller, der mir schon in seinem Metier längst suspekt gewesen, nachdem er einen von Spicks Braten ins Freuden-Haus der Gubitz getragen und sich mit der galanten Madame und ihren dienstbaren Weibszimmern daran gütlich getan hat!«
Langustier war entsetzt über dieses Verbrechen, doch keineswegs erstaunt über den Täter, von dem selbst unter den Kollegen die übelste Meinung herrschte, und versicherte, dass er diesen Luderjan schon seit längerem auf dem Kieker habe und nichts lieber täte, als ihm den Laufpass zu geben und zuvor gehörig den Pelz zu waschen, sofern Joyard dies noch nicht getan. Womit dieses Thema zum Glück erledigt war.
Sichtlich erleichtert darüber, dass die frühe Audienz eine erfreuliche Wendung genommen hatte – erfreulich freilich nur in einem vielfach unerfreulichen Sinne –, erfüllte ihn größte Ehrfurcht dem König gegenüber, welchem offenbar selbst kleinste Bewegungen in seinem Staate nicht entgingen. Höchstens vielleicht die Tatsache, dass er den Mörder Hamanns nicht gleich angab und sich Langustiers Hilfe bedienen wollte, berechtigte zu Zweifeln an seiner Allwissenheit.
Der König zog eine wundervolle Tabatière aus seiner ausgefransten Rocktasche, nahm mit angebräunten Handschuhfingern eine tüchtige Prise heraus und schnupfte sie geräuschvoll auf, sich um die herabfallenden Krümel und die walrossbartartigen Reste unter der Nase nicht bekümmernd.
»Im Casus des Hamann erbitte ich mich absolute Diskretion aus, Langustier, höre Er mir! Er wird im Laufe Seiner Ermittlungen selber einsehen, warum, und Seine Zunge züglich im Zaumb hal-

tend. Doch will mich dünken, meinem Gout wäre nicht gedienet, wenn ich Ihm Seine Einschaltung gänzlich verbäte, da sich Seine ungestillte Neugier hinderlich auf dem Gout der Speisen könnte nieder schlagen! Erstatte Er mich Bericht und sputend Seiner, denn uns ist, wie Ihn wisset, des Bleibens hier nicht bis zum Mondwechsel!«

Langustier, insgeheim hoffend, der Leibpage würde endlich kommen und ihm eine dampfende Schale Kaffee vorsetzen sowie eine Auswahl erlesener Früchte aus den Potsdamer Orangenhäusern, sah sich herb enttäuscht. Statt des Pagen kam die Ordonanz – der königliche Flügeladjutant Daniel von der Goltz – und brachte das vom Kabinettssekretär von Happenwalde sauber ausgefertigte Permissschreiben, welches der König nun eigenhändig mit einer ihm in Tinte getauchten und gereichten Feder auf von der Goltzens hingehaltenem Rücken unterzeichnete. Es sollte Langustier bei seinen Ermittlungen helfen, indem es die Dringlichkeit seiner Erkundigungen unterstrich und seine Gesprächspartner zur Auskunft verpflichtete.

Von der Goltz nahm das Papier, nachdem der König sein federkratzendes »Friech« daruntergesetzt hatte, und blies auf die Tinte, damit sie schneller trocknete. Langustier bekam die Mappe mit dem Kriminalbericht ausgehändigt und wurde gebeten, sich in den Versammlungssaal der Geheimen Kabinettsräte hinüberzubegeben, um das von Beckersche Memorial in Ruhe zu studieren. Anschließend möge er die Mappe dem Kabinettssekretär von Happenwalde zurückgeben, der daselbst tätig sei. Dann empfahl sich der Regent, erfrischt durch die ersten erledigten Tagesgeschäfte, hutlupfend mit den Worten: »Votre serviteur!«

Auch von der Goltz verneigte sich militärisch kurz und entschwand mit den Hunden und dem Monarchen durch die Ausflucht an den Bedientenzimmern des Leibpagen und der Kammerhusaren vorbei, dann rechts die kleine Treppe hinunter, die des Königs gewöhnlicher Auf- und Abgang war.

Die Pagen hatten sich in Luft aufgelöst. Ein weiterer Diener oder Kammerhusar erschien nicht. Wahrscheinlich wurden sie alle beim Schneeschippen für die königliche Ausfahrt gebraucht. Alleingelassen vor der feudalen Schlafkemenate, schlenderte Langustier bis zur Treppe, ging erst links und dann geradeaus zur Tür des Versammlungsraums, die er unverschlossen fand. Das interimsweise zur Staatskanzlei gewordene, kapellenartig geformte Sitzungszimmer war leer, bis auf die Stapel von Aktenfaszikeln, die sich sauber geordnet in Mappen türmten und aneinanderreihten. Langustier nahm an einem der Tische Platz, legte das getrocknete Permissschreiben zusammen und verbarg es im Gewand. Er zurrte die blaue Schleife auf und öffnete die mitgebrachte Kladde. Das laute Ticken der Zwiebel, die er an der Uhrkette in der Jackentasche trug, war das einzige, fordernde Geräusch in der Stille dieses Morgens. Er hob das deckende Blatt von dem kleinen Papierstoß und las:

»Geheime Instruktion für den Grafen Finck von Finckenstein.

In der kritischen Lage, worin sich unsere Geschäfte befinden, gebührt es sich, dass ich Ihn meine Befehle erteile, so dass Er in allen unglücklichen Fällen ermächtigt seindt, die notwendigen Schritte zu tun.

1.) Wenn es sich (was der Himmel verhüten möge), fügen sollte, dass eine meiner Armeen in Sachsen total demolieret würde; oder dass die Franzosen die Hannöveraner aus ihrem Lande jagten und sich dort festsetzten, und uns mit einem Einfall in die Altmark bedrohten; oder dass die Russen durch die Neumark drängten – muss man die Königliche Familie, die Haupt-Dikasterien, die Ministerien und das Direktorium retten. Werden wir in Sachsen auf der Leipziger Seite geschlagen, so ist Küstrin der passendste Ort, wohin die Königliche Familie und der Schatz zu bringen seindt: in solchem Falle muss die Königliche Familie und alles oben Genannte, von der ganzen Garnison begleitet, nach Küstrin gehen. Wenn die Russen über die Neumark ins Land drängten, oder uns ein Unglück in der Lausitz passierte, müsste alles nach Magdeburg gehen: endlich ist der letzte Zufluchtsort Stettin – aber dahin darf man sich erst in der äußersten Not begeben. Die Garnison, die Königliche Familie und der Schatz sind untrennbar und gehen immer zusammen: diesem müssen die Kronjuwelen und das Silbergerät in den großen Appartements hinzugefüget werden, das dann, so wie auch das Goldgerät, sofort zu Geld auszumünzen seindt.«

Was war das? Langustier glaubte seinen Augen nicht zu trauen! Es war offensichtlich, dass der Sekretär ihm die falsche Mappe gegeben hatte, oder dass dieses Blatt sich an eine ungehörige Stelle verirrt hatte. Dies konnte keinesfalls für seine Augen bestimmt sein, doch er brachte nicht die Selbstverleugnung auf, den Bogen abzusetzen. Gebannt verschlang er auch den Rest des königlichen Geheimbefehls, als stehe die düstere Zukunft des Landes, die dort ausgemalt, schon morgen bevor:

»Sollte ich getötet werden, so müssen die öffentlichen Geschäfte ohne die geringste Veränderung, und ohne dass man merke, dass sie in anderen Händen seiend, ihren Gang fortgehen … Sollte mir die Fatalität widerfahren, von dem Feinde zum Gefangenen gemacht zu werden, so verbiete ich, dass man die mindeste Rücksicht auf meine Person nehme, oder sich im Geringsten an das kehre, was ich etwa aus meiner Gefangenschaft schreiben sollte. Wenn mir ein solches Unglück begegnet, will ich mich dem Staate opfern, und man muss meinem Bruder gehorchen – welcher, so wie alle meine Minister und Generäle, mir mit ihren Köpfen dafür haften, dass keine Provinz als Lösegeld für mich angeboten werde, sondern dass man mit dem Krieg fortfahre und seinen Vorteil betreibe, als wie wenn ich nie jemalen auf die Welt existierend gewest seindt. Friech«

Als Postscriptum folgten noch die persönlicheren Sätze:

»Lieber Finck, dies seindt gut vor alle Occasions, wenn's dahin kömmbt. Hoffe schwach, dass es nicht nötig werdend. Außerdem hab ich noch dem Ohpium. Die Tatsachen sprechen oft kurz angebunden, da seindt's von Vorteil, wenn man's auch seindt. An den Steuerrath Voss in Pots schreibe nur gleich, dass er mit dem Bauen an die Schlössers aufhört – jeder Pfennig ziehet ab sofort in den Krieg! Auch sollen sie in den Ämtern nicht so aasen mit dem Papier; das seindt viel zu viel Papier, das mich zu viel kostet. Zum Zeichen meines unerschütterlichen Willens und gesunden Überlegens siegle und zeichne dies mit eigener Hand ...«

Der unförmige Siegellackflecken neben dem hingehuschten »Friech« war durch ungestümes Einschlagen des königlichen Petschafts in den heißen schwarzen Brei entstanden. Doch was war das für ein Tropfen, der in einer Vertiefung der Siegelform saß? So etwas war nicht uninteressant!

Eine Nadel, die er mit Glück aus seinem Gewand fingerte, wo sie bis dato einen kleinen Riss vor der Vergrößerung bewahrt hatte, erlaubte es ihm nach zwei Anläufen, die winzige Probe aus der kleinen Schüssel des Abdruckes zu lösen und mit der zierlichen Dokumententasche seines italienischen Wunderwerks von Notizbuch zwecks späterer Rekognoszierung aufzufangen. Einer Analyse des Stoffes bedurfte es jedoch kaum, da er schon beim Heraushebeln gemerkt hatte, dass es sich um ordinäres Kerzenwachs handelte.

Er klappte das schicksalsträchtige Blatt nach links und fand auf dem nächsten glücklich den »Criminal-Rapport, so den Casus des ermordeten Münz-Juden Hamann betrifft«. Er überflog es, doch der Inhalt ging kaum über das hinaus, was er in der Zwischenzeit auch ohne offizielles Mandat schon herausgefunden hatte. Im Gegenteil: Nicht einmal die (an sich ohnehin wenig ergiebigen) Ellerschen Mutmaßungen über die Tatzeit waren hier korrekt wiedergegeben. Der Polizeichef Becker hatte wirklich Pygmäen-Arbeit geleistet. Von der Spur zur Mühle war ihm nichts aufgefallen; daher war er auch nicht in der »Ribbe« gewesen. Nur frühere Kriegsverdienste oder sein demonstratives Frühaufstehen schützten ihn wohl davor, entlassen zu werden, mutmaßte Langustier. Er schnippte entnervt nach Königsart gegen den Papierbogen, dann klappte er die Mappe zu.

Moritz von Happenwalde, der wenig später seine bohnenstangenförmige Gestalt in den Raum schob, sah aus, als könnte er den einen oder anderen Happen durchaus vertragen. Langustier übergab dem Kreideweißen die Mappe, nicht ohne auf das Versehen mit den Schriftstücken hinzuweisen. Als er von Happenwaldes bestürztes Gesicht sah, versicherte er ihm auf Ehre und Gewissen, dass kein Sterblicher von ihm den Inhalt erfahren werde, von dem er nur eine ganz oberflächliche Kenntnis hätte, da er sofort, als er das Versehen bemerkt, die Augen davor verschlossen habe. Happenwalde dankte überschwänglich, denn er konnte sich das Bekanntwerden einer solchen Verfehlung nicht leisten, die dem Hochverrat gleichzusetzen wäre. Von Langustiers Zuverlässigkeit war er durch das Permiss, das er selbst in des Königs Auftrag abgefasst, restlos überzeugt. Er schien noch etwas auf dem Herzen zu haben, denn als Langustier sich zum Gehen wenden wollte, hielt er ihn an der Schulter zurück.

»Monsieur, verzeihen sie mir die Zudringlichkeit, doch ich muss Sie im Namen der Wissenschaft um Rat in einer Sache fragen, die mich in den letzten Tagen nicht gering verstört hat. Zwar schreibe ich mein Problem einer zu abrupten Umstellung von der guten Landluft auf die stickige Atmosphäre der Schlossräume zu, aber so recht einleuchten will mir diese eigene Erklärung nicht.«

Langustier verstand kein Wort, doch er war ganz Ohr, während Happenwalde mühsam seine Skrupel überwand und etwas ihn zweifellos Bedrückendes freiließ und in Sprache kleidete.

»Monsieur, ich war bislang ein strikter Verächter jeden Aberglaubens; insonderheit die Geisterseher waren mir stets ein verlachenswertes Gesindel. Doch nun, seit einigen Tagen …«

Langustier ermunterte ihn mit nickenden Kopfbewegungen, vielleicht einen zweiten ganzen Satz hernachfließen zu lassen.

»Seit einigen Tagen nun – scheint mir 's hier im Haus nicht mehr geheuer zu sein.«
Langustier lächelte.
»Sie wollen mir doch nicht sagen, dass die Weiße Frau auch im Sekretariat umgeht? Mir ist nicht erinnerlich, dass jenes Gespenst, in dem die Volksmeinung gewöhnlich eine Geliebte des brandenburgischen Kurfürsten Joachims II. erkennen will, jemals den Weg in eine Amtsstube gefunden hätte?«
Happenwalde wäre bis in die Ohrläppchen erblichen, wenn es da noch etwas zu erbleichen gegeben hätte:
»Monsieur, auch wenn Sie mich auslachen werden – genau diese aber ist's! Es ist die Anna Sydow, die unheimliche Gießerin! Ich habe sie gestern Nacht und habe sie heute Nacht hier drinnen gesehen, als ich aus dem runden Zimmer herüberkam, in dem sich momentan meine provisorische Schlafstatt befindet. Hier, im behelfsmäßigen Schreibkabinett und Aktendepot, in dem sich normalerweise die Geheimen Kabinettsräte versammeln, gewahrte ich sie: eine weibliche Figur mit sandsteinfarbenem Gewand à la Carmelit und einer schneeweißen Haube! Mir standen die Haare zu Berge, als ich sie erblickte. Dampf und Nebel umwallten sie, und es roch nach Pech und Schwefel, dass ich nachher trotz der Kälte die Fenster aufreißen musste. Ich bin vor Schreck so durcheinander, dass ich die einfachsten Verrichtungen nicht mehr bewältige – wie Sie an der falschen Ablage der Schriftstücke erkennen können.«
Langustier wiegte den Kopf. Er sah, dass es dem Kanzlisten Ernst war mit seinem Bericht. Von Happenwalde zitterte nach allen Regeln der Kunst. Doch zum einen war es in dieser Schreibstube äußerst kalt, zum anderen kannte er aus eigener Erfahrung den Fall, dass man beim Erzählen hinzusetzt und nicht selten in die Lage kommt, sich bloß einzubilden, sich etwas eingebildet zu haben, das man doch im Augenblicke des Erzählens erst erfindet. Ganz so machten es wohl die Romanenschreiber, wenn ihre Fi-

guren nur ein Quäntchen Wahrscheinlichkeit bekommen sollten! Einige Gelehrte behaupteten schließlich, das Geistersehen käme von zu starkem Essen, weshalb es vor allem in adeligen Kreisen verbreitet sei. Langustier besah sich den Kanzlisten skeptisch: Wenngleich von Happenwaldes Adel auf diese Theorie leicht passen wollte, so tat es seine – nach dem Augenmaß des Koches – verhungerte Figur doch mitnichten.

»Glauben Sie nicht, dass ich mich erdreisten würde, die Wahrnehmungen eines anderen schnöde zu verlachen. Sie sind ein Mann, der in seinem Amt normalerweise alles bis aufs Tüpfelchen unter Kontrolle hat. Weshalb sollten Sie daher ein Gespenst weniger deutlich registrieren? Nur habe ich meine Zweifel, ob wir solche Erscheinungen tatsächlich als existent oder erscheinend annehmen dürfen. Haben Sie die Gestalt denn nicht schon am Tage gesehen? Ist es vielleicht nur ein Phantasma der Einbildungskraft, die sich vom vielen Schreiben und Lesen gelangweilt fühlt?«

Happenwalde verneinte.

»Des Königs Korrespondenz vermag sowohl Kurzweil als auch helle Aufregung zu verbreiten, doch dessen ungeachtet: So pünktlich wie nur je ein Geist gewesen, kam sie kurz nach Mitternacht aus dem Aktendepot, zu dem kein Mensch einen Schlüssel hat, außer dem König, von Goltzen und mir. Mein Gott, Monsieur, der König! Wissen Sie denn nicht, was das Erscheinen der Weißen Frau bedeutet: Ein Mitglied der Königlichen Familie wird sterben! Wer kann dies anders sein als der König, den momentan alle Welt bedroht?«

Langustier wandte ein, dass es zweifellos andere Möglichkeiten gäbe, wenn man sich denn auf diese Deutung einlassen wolle – insonderheit die Königinmutter sähe nicht sehr lebenskräftig aus.

»Ich verspreche Ihnen, dass wir bereits bald mehr über diese so genannte ›Weiße Frau‹ wissen werden, die ja zumindest schon einmal eine ›Sandsteinfarbene Frau‹ genannt zu werden verdient. Lassen Sie heute Nacht Ihre wieder Türe angelehnt und observieren ihr Treiben im Geheimen. Wenn es denn noch etwas zu beobachten gibt, werde ich für morgen Nacht, so es sich ergibt, zusätzlich eine kleine Kommission von akademischen Wissenschaftlern zur Geisterobservation laden. All dies muss aber ganz im Geheimen stattfinden, Monsieur – weniger des Gespenstes wegen, als vielmehr wegen der Distelfresser, die über solches Tun an einem aufgeklärten Hof die stacheligen Münder rühren könnten! Daher bitte ich Sie, behalten Sie Ihre Beobachtungen und unsere Absprache tunlichst für sich! Indessen, da fällt mir ein … Sie könnten mir einen kleinen Gegendienst leisten, denn es interessiert mich sehr …«

Happenwalde, erleichtert darüber, sein grausiges Wissen mit einem Sachverständigen zu teilen, hörte sich an, was dieser ihm ins Ohr flüsterte, und nickte. Mit artigen Beuge- und Rückwärtsbewegungen schieden die beiden voneinander.

II

Langustiers Gedanken waren durch eine Geistergeschichte nicht zu verschrecken. Sie kreisten weiter beharrlich um das erste der beiden Schriftstücke, das er – immerhin aufgrund der Angst und Verwirrung, die ein spektakuläres Gespenst beim königlichen Kammersekretär verbreitet hatte – noch vor wenigen Minuten in Händen gehalten: An dem Umstand, dass nirgends ein 2.) auf das 1.) folgte, ließ sich die Eile ermessen, in der sein König dieses Memorandum verfasst hatte. Es schien schlecht um die preußische Sache zu stehen, wenn der oberste Kriegsherr Überlegungen dieser Art schriftlich niederlegte. Am schrecklichsten berührte ihn die Zusatznote, mit der das Bauen in Potsdam untersagt wurde: Wenn es einmal so weit war, dass der König befahl, die Bautätigkeit an seinen Schlössern einzustellen, dann musste die Lage wirklich ernst sein!

Vor der Tür zur Schlossküche erwartete ihn ein Grünschnabel von Wachsoldat, der den Eintretenden scharf fixierte, als wolle er ihn sich unvergesslich einprägen.
Als Langustier zu erfahren wünschte, was gespielt werde, verwies der Wachhabende auf einen Aushang neben der Küchentür. Langustier las:
»Nachdem Sr. Königlichen Majestät Höchstmissfälligst hinterbracht worden, dass sowohl von den Küchenmeistern, Küchenschreibern, Köchen und andern bei Dero Hofküche befindlichen Personen, die Viktualien und auch andere ganze Schüsseln mit appretierten Speisen vom Schlosse heimlich weggetragen, und in solche Häuser gebracht worden, wo sie nicht hingehören; so haben Höchstdieselben Dero Allerhöchstes Missfallen darüber bezeuget, und mir die nachdrücklichste Ordre zugestellet, diesem Unwesen gänzlich abzuhelfen, und an denen Übertretern inskünftig scharfe Exempel zu statuieren. Es wird demnach obgedachten Personen hiermit zu ihrer Nachricht bekannt gemacht, dass man zur Vermeidung aller Unterschleife in denen sämtlichen Portalen der Königlichen Schlossküchen Aufseher bestellet hat, die auf eines jeden Schritte und Tritte Achtung geben, und denjenigen, der etwas aus der Königlichen Hofküche fortträget, bis an den Ort, wo er hingehet, verfolgen werden; und dafern sie denselben über den geringsten Diebstahl und Unterschleif ertappen, und dieserhalb die nötige Anzeige tun: soll derjenige, so sich über unerlaubte Dinge betreten lässet, allsofort, und ohn Umstände cum infamia kassieret und weggejaget werden. Berlin, den 6. Januarius 1757. Ausgefertigt im Auftrage von Sr. Königlichen Majestät Hof-Kammerier Gabriel Fredersdorf.«
Langustier war selbst nach mehr als sechzehn Jahren immer wieder bass erstaunt angesichts der Schnelligkeit, mit der in diesem Lande Regelungen getroffen wurden, um Missstände zu beseitigen. Und er freute sich, dass der alte Fredersdorf noch immer kräftig für des Königs Sache focht.

Da die Vorbereitungen für die Mittagstafel entfielen, durfte sich Langustier, nachdem er gegen sechs Uhr die kalte, leere Küche betreten hatte, ohne Furcht noch etwas auf dem Arbeitstisch ausstrecken und die versäumte Stunde Schlaf nachholen. Als gegen sieben die Küchenjungen eintrafen, hallte das Gewölbe noch grausig von seinem Schnarchen wider. Er erwachte vom geschäftigen Lärmen um ihn her, wie der Swiftsche Gulliver im Lande Liliput, inmitten seiner Küchenzwerge auf dem Tisch liegend, während neben seinen Ohren Zwiebeln und Knoblauch klein gehackt wurden.

Mit einem Pott Kaffee und einem Omelette versehen, kam er langsam wieder zu sich. Er zeigte Joyard das königliche Permissschreiben und stellte kürzere oder auch längere Abwesenheit im Laufe der nächsten Tage in Aussicht. Über das zurückliegende Büffet im Opernhaus fiel kein Wort mehr. Der Bratendieb Hakenmüller wurde gemeinschaftlich gefeuert, nachdem er zunächst aus einigem Unrat vom Boden eine Suppe hatte kochen müssen. Angesichts der Zumutung, hiervon zu essen, wofür ihn mehrere Küchenjungen und Köche auf einem Stuhl arretierten, machte er sich schreiend los, verschwand und ward nicht mehr gesehen.

Anschließend blieb Langustier am Vormittag nichts weiter zu tun, als zu den Präparationen für das neuerliche Abendbüffet im königlichen Singspielhause – diesmal stand italienische Oper auf dem Programm – das Seinige beizutragen. Die königlichen Klassiker Knoblauchpolenta, gegrillte Tomaten mit Ingwer-Sardellenfüllung sowie Seespinne mit Rindfleisch erforderten nicht viel mehr als mechanische Präsenz, so dass der Kopf das weitere kriminalistische Vorgehen erwägen konnte. Als es ans Abseihen des heißen Seespinnen- oder Dreieckskrabbenfleisches ging, hatte sich der Plan so weit gefestigt, dass er Geistesgegenwart genug besaß, zur Seite zu springen und der (kupfernen) Kasserolle mit siedendem Gänsefett auszuweichen, die der neben ihm arbeitende Bratenmeister Spick vom Herd katapultierte, nachdem ihn eine herabgefallene, am Boden verfaulte Tomate zu Fall gebracht. Zum Glück landete das Fett dort, wo es keinen Schaden anrichtete: in einem riesigen, gerade gereinigten Bräter, den einer der Küchenjungen just zur rechten Zeit vorbeitrug.

»Die Dreieckskrabben oder Majidae sind schon eine bemerkenswerte Schöpfung«, sinnierte Langustier, während er Spick aufhalf, auf dessen Rücken zahlreiche Kartoffelschalen und anderer Unschlitt Zuflucht gesucht hatten, »– niemand hat bisher enträtselt, warum sie auf ihrem Panzerrücken Fremdkörper anbringen, kleine Steine, Treibgut oder auch Tang. Am einleuchtendsten wäre noch die Deutung, dass es sich um ein Mittel handele, den Nachstellungen der Feinde durch Tarnung zu entkommen, indem sie sich durch dieses Tun etwa einem Untergrund aus Kies oder reichem Pflanzenwuchs, so gut es geht, angleichen …«

Langustier, Küchenmeister des Philosophen von Sans Souci, kam nicht umhin, eine kleine Betrachtung anzuschließen, da er auf seinem Nachttisch in der Rossstraße Rousseaus zweiten Diskurs »Über die Gründe der Ungleichheit der Menschen« von 1754 wiedergefunden hatte, dessen Lektüre er vor einem Vierteljahr wegen des Kriegsausbruches hatte unterbrechen müssen. Angesichts dieser Dreieckskrabbe nun schienen Tarnung, Ablenkung, Betrug, Verfolgung und Mord, wie sie im Tierreich grassierten, selbiges als Vorbild für die menschliche Gesellschaft kaum zu prädestinieren. Nur in einem Punkte wollte er Rousseau Recht geben: Die sklavische Ergebenheit dem Besitz und Eigentum gegenüber, welche die menschliche Rechtsungleichheit zur Folge hatte und befestigte, war den Tieren fremd. Sie lebten glücklich in Besitzlosigkeit, wenngleich ständig des nackten Lebens bedroht, während die Menschen ihre relativ gesicherten Zustände mit der Abhängigkeit von Haus, Hof und Broterwerb erkauften, ein Leben lang gegen das Gefühl des Neides ankämpften oder sich des Neides und der Messer der anderen zu erwehren hatten. Der König hatte seine eigene Meinung zu Rousseaus Ideal einmal La

Mettrie gegenüber deutlich ausgesprochen, der Langustier darüber unterrichtete: »Naturellement«, hatte der König gesagt, »seindt der asiatische Luxus, das Raffinement bei Tafelfreuden, Wollust noch Weichlichkeit zu unserem Leben unnötig. Wir könnten sehr wohl einfacher und mäßiger leben – doch warum auf die Reize des Daseins Verzicht leisten, wenn man sie genießen kann? Die wahre Philosophie seindt nach meiner Meinung darin zu bestehend, sich den rechten Genuss nicht zu versagend, aber den Missbrauch zu verurteilen. Man muss allem entbehren können und doch auf nichts verzichten!« – Das war ausgesprochen worden, kurz bevor La Mettrie an einer Überdosis getrüffelter Fasanenpastete gestorben war.

Langustier hatte nebenher einen großen Topf Gulaschsuppe erschaffen. Er vertraute ihn bis zum Abend dem jungen Splitgerber zur Observation an, der sich unter seiner rigiden Fuchtel zu einem brauchbaren Kochlehrling herangebildet hatte. Bevor er seine Vorbereitungen für abgeschlossen erklären konnte, verfertigte Langustier noch jene Wundersauce für seinen Rindfleisch-Seespinnensalat, die erst im vergangenen Sommer von dem Herzog von Richelieu erfunden worden war. Der Herzog, nicht nur ein guter Soldat, sondern auch ein ausgezeichneter Koch, hatte als britischer Verbündeter Preußens auf der Mittelmeerinsel Menorca im Haupthafen Port Mahón die Franzosen belagert und keine anderen Zutaten mehr an Bord zur Verfügung gehabt als Essig, Öl und Eier. Er verrührte all dies mit einer reichlichen Menge Wasser und erhielt eine dickflüssige, wohlschmeckende Materie, die er »Mahónnaise« taufte. Die Großtat war noch nicht lange bekannt, da experimentierte Langustier in Sans Souci schon mit diesem sämigen Wohlgeschmack, und der König wunderte sich, dass Dergleichen nicht überhaupt schon längst bekannt gewesen. In Sachsen dann, wohin der Experimentator sein Wissen mitnahm, machte die neue Sauce vor allem zu den Leipziger Lerchen Furore.

Langustier entschloss sich, da es auf den Mittag zuging, als nächstes dem unglückseligen Haus des Opfers einen Besuch abzustatten. Dabei hoffte er im Stillen, seine Tochter zur begleitenden Assistentin ernennen zu können, da dies den amtlichen Charakter der Visite mildern würde. Außerdem versprach er sich von Marie als Begleiterin eine gewisse theoretische Vorbereitung, was die jüdischen Sitten und Gebräuche betraf, mit denen sie – geschult durch den Umgang mit ihrer Kundschaft – weit mehr vertraut war als er. Als er in der Rossstraße angekommen war und sie fragte, willigte sie ohne Zögern ein, da sie der guten Kundin ohnehin einen Kondolenzbesuch hatte machen wollen.

III

Sie legten den Weg in die Wilhelmsstraße zu Fuß zurück und vermieden es, der Kälte und der dicken Schneeflocken wegen, die sich unangenehm anfühlten, wenn sie im geöffneten Mund verschwanden, viele Worte zu machen. Da die kleine Wanderung wegen der Wegesglätte gut und gern ihre zwanzig Minuten dauerte, selbst wenn sie den direktesten Weg an der düsteren Hausvogtei am Jerusalemer Platz vorbei durch die Jägerstraße nahmen, hatte Langustier Muße genug, die jüdischen Essensgewohnheiten zu memorieren, über die ihm seine wohl informierte Tochter etliches hatte mitteilen können.
Mit der Ablehnung des Schweinefleisches glichen die jüdischen Speisevorgaben den Verboten der Muslime; das strikte Trennen von Fleisch und Milch war hingegen eine besondere Eigentümlichkeit. Diese akribische Trennung ging bis ins Tischgedeck, wo es Teller für Fleischiges und Teller für Milchiges gab, Löffel für Milchiges und Löffel für Fleischiges bzw. besondere Teller für Milchsuppen und besondere Teller für Suppen mit Fleisch. Heillose Spülerei!, dachte Langustier angesichts der zu erwartenden Geschirrberge.

Die Frage, was reine und unreine Tiere waren, artete bereits ins Akademische aus, denn es wurden die Tiere vorderhand unterteilt in solche, die auf dem Lande lebten, solche im Meer und Tiere mit Flügeln. Von den Landtieren galten als »rein« alle Wiederkäuer mit gespaltenen Klauen, als »unrein« dagegen alle anderen. Kamel, Kaninchen und Hase erlangten das Prädikat »unrein«, weil sie zwar Wiederkäuer, ihre Klauen aber ungespalten waren. Dagegen besaß das Schwein gespaltene Hufe, käute aber nicht wieder – eindeutiges Zeichen für »Unreinheit«. Wer es genau nahm, durfte nicht einmal den Namen unreiner Tiere aussprechen! Das galt für die Vögel nicht minder, bei denen die Liste der »unreinen« eher kurz war: Steinadler, Habicht, Fischadler, Weihe, Rabe, Strauß, Schleiereule, Falke, Reiher, Wiedehopf, Sperber, Möwe, Storch, Pelikan, Trappe und Kormoran. Fledermäuse durfte man ebenso wenig essen, aber wer hätte das schon gewollt? Die Feldheuschrecke, die als einziges Insekt auf dem jüdischen Tisch erlaubt war, verlockte ihn ebenfalls kaum.
Marie, in deren Delicatess-Comptoir hin und wieder reiche jüdische Familien einkauften, hatte ihm über weitere Vorschriften der Tora in Bezug auf Tiere berichtet, die man als Jude verzehren durfte oder nicht: So war es ebenfalls verboten, reine Tiere zu essen, die eines natürlichen Todes gestorben waren – alles musste rituell geschächtet werden und gut ausbluten. Wie das Fleisch vom Blut zu befreien war – darüber gab es ganze Kodizes von Vorschriften. Der Vorgang dauerte Stunden, Tage, Wochen und genügte, nicht zuletzt das Blut eines jeden Küchenmeisters in den Adern stocken zu lassen.
Weiterhin jedoch galt es zu beachten, dass ein reines Tier, das körperliche Mängel oder Missbildungen aufwies, keinesfalls gegessen werden durfte, sei es auch vorschriftsmäßig geschlachtet worden. Aber die Vorschriften machten dabei noch nicht Halt: Selbst ein reines Tier, das rituell geschächtet wurde und weder Aas war noch missgebildet, besaß Teile, deren Genuss von der

Tora verboten war, nämlich Blut, Talgfett und Hüftsehne. Der Fleischer oder Schächter musste viel Zeit darauf verwenden zu erlernen, was ihm die »Kaschrut«, die Vorschrift über verbotene Speisen, anheim stellte. Er war gar im Besitz eines Diploms, das es ihm erlaubte, Großvieh, Kleinvieh oder Geflügel zu schlachten. Trotz dieser Kontrolle durfte er dennoch bestimmte Handlungen am Fleisch nicht selbst vornehmen, obwohl er sie handwerklich ohne weiteres hätte bewerkstelligen können: Für das Entfernen von Talgfett und Sehnen stand ihm ein ausgebildeter Fachmann, der Menakér, zur Seite.

Das Tun des Fleischerduos wurde aufs Schärfste vom Rabbiner überwacht. Er kontrollierte insbesondere ihre Messer, welche ihm täglich vorgewiesen werden mussten. Zeigte sich nur die kleinste Scharte an einem Messer, wurde nämlich alles, was man damit geschlachtet hatte, zum Aas …

Unterdessen waren Marie und ihr Vater um Schlag zwölf bei Hamanns Haus am Wilhelmsplatz angelangt und traten ein, nachdem ihnen ein Hausmädchen geöffnet hatte. Im kleinen Innenhof des Gebäudes, der vom Atrium aus einsehbar war, ragten aparte Statuen der neun Musen aus dem tiefer und tiefer werdenden Schnee, geschaffen um 1750 von Glume, der ähnliche Bilder für Sans Souci verfertigte: Kalliope, zuständig für den heroischen Gesang; Terpsichore für den Tanz; Euterpe für Lyrik und Flötenspiel; Thalia, Muse der Lustspieldichtung; Melpomene, betraut mit der Sparte Tragödiendichtung; Erato mit dem Liebeslied; Polyhymnia mit der Hymnenpoesie; Klio, die Muse des Heldenliedes und der Geschichte, sowie Urania, Inspiratorin der Astronomie.

Lea Esther Hamann, die Dame des Hauses, erschien. Sie zeigte sich verweint und gezeichnet von den Strapazen der am Vortage bereits erfolgten Beisetzung ihres gewesenen Gatten. Deutlich war die »Kerija« in ihrem Gewand zu sehen, die man ihr nach Vorschrift beigebracht – ein wirklicher Riss, der den Riss symbolisieren sollte, den der Tod in der Familie bewirkt hatte. Während der Trauerzeit war das eingerissene Gewand an Werktagen zu tragen, nicht jedoch am Schabbat. Erst am Tag nach dem Begräbnis, mit dem die »Awelut«, die Trauerzeit mit der Trauerwoche oder »Schiwa« ihren Anfang genommen hatte, war es der Hinterbliebenen gestattet, wieder eine Mahlzeit zu sich zu nehmen. Diese durfte aber weder von ihr selbst oder ihren Kindern noch vom Hauspersonal zubereitet werden, sondern nach alter Sitte nur von den zu Besuch herbeigekommenen Freunden und Nachbarn, mit denen Lea Hamann sich gerade nach ebenso altem Herkommen zu Tisch begeben wollte, als Langustier mit seiner Tochter ins Haus trat. Marie hatte für die Witwe einen Korb mit koscheren Waren mitgebracht, den sie nun der Bedienten übergab. Lea Hamann dankte für diese Freundlichkeit und bat die beiden, eine Kleinigkeit mitzuessen, worauf Langustier insgeheim gehofft hatte, denn er war trotz seiner wichtigen Nebentätigkeit in seinem Innersten doch am jüdischen Essen nicht minder interessiert als am Spurenlesen.

»Seien Sie versichert, Madame, dass der König lebhaften Anteil an dem schweren Schicksal nimmt, das über Ihr Haus gekommen ist«, beeilte er sich zu sagen und wies der Hausfrau nur pro forma sein Permissschreiben vor, nicht bedenkend, dass dies ihrer Trauer sogleich neuen Auftrieb verlieh. Der inzwischen hinzugetretene Sohn missbilligte das Auslösen dieser Aufregung sichtlich und war dankbar, dass seine junge und reizende Schwester Judith sich der Mutter sofort tröstend annahm.

Abraham Jeremias Hamanns schwarzer Rock war genauso eingerissen, wie es sich für ein Mitglied der sieben »Awelim« – der trauernden Familienangehörigen: Vater und Mutter, Sohn und Tochter, Bruder und Schwester und die Eheleute untereinander – gehörte. Da es sein eigener Vater war, um den er trauerte, würde er den Riss nach dem über die Schiwa hinaus noch vorgeschriebenen Trauerjahr von zwölf jüdischen Monaten zwar notdürftig flicken, aber niemals völlig ausbessern dürfen.

In der geräumigen Wohnhalle, die einem Schloss-Saale bis auf die korinthischen Säulen und das Deckengemälde glich, brannte in einem Winkel das »Ner Tamid« als ein ewiges Licht, das fortan während des Trauerjahres nicht verlöschen durfte und an den Toten erinnern sollte. Statt an der Tafel nahm man – wie während der Schiwa üblich – auf flachen Hockern Platz und hatte die Speisen vor sich auf dem kostbaren Teppich stehen, der jedoch durch eine weiße Decke geschützt war. An der Wand hing ein Spruchband, auf dem etwas in hebräischen Lettern geschrieben stand.

Nachdem er sich im »Netilat Jadaim« – einem Gefäß für rituelle Säuberung – vor der Mahlzeit mit dem »ersten Wasser« die Hände benetzt hatte, schnappte sich Langustier etwas Brot. Sauerteig, das war auch so ein Thema, besonders beim jüdischen Neujahrsfest im August! Selbst das übers Jahr benutzte Besteck musste dann abgekocht werden, um auszuschließen, dass ihm noch etwas Gesäuertes anhaftete. Die Gäste hatten Glück, nicht am Tag der Beerdigung gekommen zu sein, denn da hatte es außer dem Brot nur einige gekochte Eier geben dürfen. Aber am jüdischen Leichenschmaus durften sowieso nur Angehörige teilnehmen. Zu einem wirklichen Gastmahl wurde aus Anlass der »Hesped« nicht geladen.

Jetzt aber galt es zu begutachten, was auf dem Tisch stand. Langustier diagnostizierte zumindest schon einmal: Fisch! Damit hatten es die jüdischen Köche ja bedeutend leichter als mit Fleisch. Da die im Wasser schwimmenden Tiere automatisch starben, wenn man sie an die Luft zog, brauchten sie nicht geschächtet zu werden. Man durfte sie mit Milch kochen, obwohl sie doch ebenfalls bluteten, wie Langustier grübelnd bei sich befand. Allerdings durfte Fisch, der in einem sonst dem Fleisch vorbehaltenen Topf gekocht wurde, nicht mehr mit Milchspeisen zusammen gegessen werden. Das Fischbesteck durfte entweder nur für Fleisch- oder für Milchgerichte verwendet werden, nachdem es abgewaschen und abgekocht worden war. Soweit die Fische.

Mit den übrigen Meerestieren war es eine eigene Sache, denn die Tora schrieb vor: »Alles was ohne Flossen und Schuppen im Wasser lebt, haltet für abscheulich!« Hummer, Krebs, Austern, Muscheln und Schnecken waren somit unreine Meerestiere und zählten nicht zu dem, was Juden essen durften. Langustier legte die Stirn in krause Falten und witterte sinnenfeindliche Indoktrination.

Momentan jedoch war er ganz auf den Wohlgeschmack konzentriert, den der seltsam malträtierte, nämlich aus seiner Haut gezogene, sorgsam entgrätete und mit zwei Scheiben Schabbatbrot, Zwiebel und Knoblauch durch den Wolf gedrehte, wieder in die eigene Haut gefüllte, in diese eingenähte und anschließend bei geringer Hitze gegarte Hecht entfaltete.

Nach dem Essen forderte der Sohn des Hauses zum Dank auf, wozu alle Anwesenden sich rituell die Hände mit dem »letzten Wasser« wuschen, das ihnen über die Finger gegossen wurde. Es folgten die vier nötigen Segenssprüche: der so genannte lange, mit dem für die Speisen gedankt wurde, der »Segen über das Land«, mit dem des Auszugs aus Ägypten, des Empfangs der Tora sowie des rechtmäßigen Anspruchs auf das Land Israel gedacht wurde, und sodann der dritte, in Gebetsform:

»Erbarme dich, Ewiger, unser Gott, über dein Volk Israel, über deine Stadt Jerusalem … O, lass uns nicht angewiesen sein, Adonai, unser Gott, nicht auf die Gabe von Fleisch und Blut und nicht auf ihr Darlehn, sondern nur auf deine Hand, die volle, offene, heilige und reiche … Und baue Jerusalem, die heilige Stadt, schnell in unseren Tagen. Gelobt seist du, Ewiger, unser Gott, der du in deinem Erbarmen Jerusalem erbaust. Amen!«

Der vierte Segensspruch begann mit »Der gut ist und Gutes erweist« und hielt das Andenken an die Erschlagenen von Betar wach. Er erinnerte an ihre Beisetzung in einem israelitischen Grab und an die wunderbare Tatsache, dass ihre Leichname nach langer Zeit völlig unversehrt erhalten waren. Der Satz, mit dem er endete, traf auf den Gott genauso zu wie auf den göttlichen Koch:

»Kein Gutes wirst du uns fehlen lassen.«

Es waren noch jede Menge Gebete abzuwarten, die alle mit »Der Barmherzige« begannen, bevor ein abschließender Segen gesprochen wurde.

Der Anstand gebot es Langustier, von allzu eindringlichen Fragen an die Witwe abzusehen. Er fühlte sich seltsam unwohl in dieser Umgebung, was vor allem daran lag, wie er sich selbst eingestand, dass sein Unwissen über die Gebote und Tabus dieser fremden Kultur noch so groß war. Als sich die beiden Bedienten mit den geleerten Tellern zurückgezogen hatten, sagte er:

»Madame, dieser farcierte Hecht war köstlich! Ich werde dieses Gericht Sr. Königlichen Majestät bei der nächsten Gelegenheit vorschlagen und könnte mir vorstellen, dass es bald auf der Karte seiner mit Vorliebe genossenen Speisen steht. Gern würde ich mich mit Eurem Koch über die Zubereitung austauschen!«

Noch ehe er über seinen Irrtum aufgeklärt werden konnte – denn der Hamannsche Koch war am Wohlgeschmack dieser von den Nachbarn bereiteten Fischspeise ganz unschuldig –, stand der junge Hamann auf und zog den sich hastig bei der Gesellschaft Entschuldigenden mit sich fort. Nachdem Abraham Jeremias Hamann die Tür des väterlichen Arbeitszimmers geschlossen hatte, das künftig sein eigenes sein würde, erklärte er:

»Ich möchte nicht, dass meine arme Mutter mit Ihrer bohrenden Nachfrage belästigt wird. Es könnte sonst leicht geschehen, dass das Messer des Mörders noch ein zweites Opfer fordert, indem es sich verletzend in die Seele der Trauernden senkt. Leider weiß ich über das zuletzt anvisierte Geschäft meines Vaters mit dem König praktisch nichts, was sich zu erzählen verlohnte, da es sich um eine höchst geheime Angelegenheit zu handeln schien, von der er selbst mir gegenüber nicht hat reden dürfen. In seinen Unterlagen habe ich bloß ein kryptisches Blatt gefunden, das zu enträtseln mir nicht möglich ist, da ich zu aufgeklärt erzogen wurde, um die Kabbala zu verstehen, die wohl dahinter steckt. Daher muss ich Sie bitten, über die Art des Geschäftes den König selbst zu befragen. Ich weiß nur, dass er im November in Sachsen war und seitdem noch mehr Geheimniskrämerei betrieb als vorher. Dass mein Vater mit seinen Kontrahenten Herrschel, Fränkel, Isaak, Itzig und Friedländer, die der König nach Dresden und Meißen zitiert hat, bei Geschäften nicht auf dem vertrautesten Fuß stand, bedarf keiner Betonung. Alle Generalprivilegierten buhlen um die Gunst des Königs. Jeder will ihm die besten Konditionen bieten. Da geht es ohne Intrigen und kleine Blessuren im Umgang nicht ab. Doch dass in der Familie still geschwiegen werden muss, war mir neu.«

Langustier hatte der gewandten Rede mit Vergnügen gelauscht und sagte:

»Mon compliment, Monsieur! Sie sprechen exzellent! Der Stolz Ihres Vaters wäre Ihnen sicher gewiss. Glauben Sie aber, dass Sie der rauen Herausforderung der Geschäftswelt genügend Härte entgegensetzen können? Am Tische saß ich gestern neben einem Mann, der noch eben Ihr Hofmeister gewesen ist und nun um sein Amt bangen muss – ist es nicht zu früh, dass Ihnen dieses Joch aufgezwungen wird?«

»Mitnichten!«, antwortete Hamann. »Ich habe schon lange an den Affären meines Vaters teilgehabt – wenn auch bedauerlicherweise nicht an der letzten. Und ich habe in dem Vater meiner künftigen Braut einen Berater, der es sich nie unterstehen würde, etwas gegen meinen Vorteil ins Werk zu setzen, denn er würde es sich nie verzeihen, seiner Tochter Zukunft zu gefährden. Herrschel und mein Vater waren sich nicht spinnefeind und haben in kleineren Transaktionen mitunter am selben Strange gezogen, so etwa, indem sie sich das Risiko der Finanzierung von Braquemarts Seidenfabrik teilten. Leider hatten sie Gründe, Distanz zu halten.«

Nun fand es Langustier angebracht zwischenzufragen:
»Ihre Zuneigung zu einer der Herrschel-Töchter war einer dieser Gründe, stimmt's?«
Hamann nickte betrübt.
»Niemand sollte uns aus unseren Gefühlen einen Strick drehen. Wenn Vater nicht auf so grässliche Weise zu Tode gekommen wäre ...«
Er beendete den Satz nicht, zum Leidwesen Langustiers, der auf den zweiten Teil sehr erpicht war.
»Was hätten Sie unternommen? Gegen seinen Willen zu heiraten, wäre wohl nicht in Frage gekommen.«
»Warum nicht? Denken Sie, der schnöde Mammon würde mir alles bedeuten? Lieber hätten Frommet und ich uns als arme Betteljuden durchgeschlagen, als uns von einem Tyrannen die gemeinsame Zukunft verbauen zu lassen.«
»Nun sprechen Sie nicht wie ein treu liebender Sohn von seinem treu sorgenden Vater!«
»Nun denn, bei aller Liebe: Nennen Sie es etwa treu sorgen, dem eigenen Sohn nur wegen geschäftlicher Erwägungen die Liebe abzusprechen?«
»Was für Erwägungen?«
»Mein Vater bildete sich ein, mit Herrschel ginge es geschäftlich bergab. Die Schmuckdosen für den König würden ihn mehr Geld kosten, als sie einbrächten. Außerdem dachte er, es sei abzusehen, dass der König die Meißener Porzellanmanufaktur übernähme und somit Wegely auf den Bankrott zusteuere. Da Herrschel Wegely viel geliehen habe, das er nach dessen Pleite verlöre, wäre es unklug, in Herrschels Haus einzuheiraten. Wer könnte sich schon den Klagen und Bitten des Vaters der Schwiegertochter um Unterstützung verschließen, wenn dessen Handel zum Erliegen käme? So jedenfalls dachte mein unbarmherziger Vater.«
Langustier machte sich eifrig Notizen und fragte:
»Und wie denken Sie? Warum hat Herrschel ihn nicht eines Bes-

seren belehrt? Die Hochzeit zwischen Frommets Schwester und dem jungen Eschwege ist doch ein Zeichen der Sicherheit, oder nicht?«

»Der gute Herrschel hat mit Engelszungen geredet, doch mein Vater war starrköpfig. Wenn er sich einmal ein Bild gemacht und eine Entscheidung gefällt hatte, dann konnte man ihn kaum mehr umstimmen. Er setzte häufig Ehre und Verstand beiseite, aber niemals einen Profit. Diese Beharrlichkeit hat ihm wohl viel eingebracht, aber in Herzensangelegenheiten war sie unmenschlich.«

»Was haben Sie am Abend, als der König eingeholt wurde, gemacht? Wo sind Sie zwischen nachmittags und nachts gewesen? Ich muss dies fragen, denn ich glaube nicht, dass die Polizeioffiziere es getan.«

»Und sie taten gut daran! Ich musste sie daher nicht für infame unverschämte Menschen halten!«

Er war laut geworden, und Langustier hatte nicht übel Lust, es ebenfalls zu werden. Doch schnell gewann er seinen angeborenen Gleichmut zurück und sagte:

»Es wird Ihnen wenig übrig bleiben, als noch einmal genau darüber nachzudenken. Und es ist vielleicht besser, Sie erzählen es mir, als jemand anderem. Ich nämlich kann gut schweigen, wenn es sich nicht um ein weltliches Vergehen handelt.«

Abraham Jeremias rang mit sich. Schließlich gewann die Vernunft die Oberhand.

»Ich war seit dem Morgen bei Herrschel, bin mit ihm gemeinsam zur Hochzeit seiner Tochter gegangen und den Abend über dort geblieben. Die ganze Hochzeitsgesellschaft aß in Herrschels schön geschmücktem Haus. Frommet, ihre Eltern und ich haben bei dieser Gelegenheit beraten, wie wir meinen Vater umstimmen und bewegen könnten, seine Meinung über eine Verbindung mit dem Hause Herrschel doch noch zu ändern.«

»Also stand es nicht so schlecht um Herrschel, wie Ihr Vater argwöhnte?«

»Keine Spur. Wegely ist nach wie vor guten Mutes, und die Juwelenhändel mit dem König bringen Herrschel andere Vorteile. Er sieht schon darauf, dass sein schöner Besitz nicht vor die Hunde geht. Um den König wohlwollend zu stimmen zu einer eventuellen Beteiligung an den Münzgeschäften im eroberten Sachsen, ließ er dem König am Abend seiner Ankunft – und des Mordes an meinem Vater – eine herrliche Tabatière überbringen.«
»Was Sie nicht sagen! Nun, das dürfte seine Wirkung nicht verfehlt haben. Ich würde zu gern wissen, was der König gestern Abend mit nahezu allen Anwärtern auf die Nachfolge Ihres Herrn Vaters – mit Ihrer Ausnahme – im Konfidenztafelzimmer beratschlagte!«
Hamann entgegnete zögernd:
»Ich kann mir vorstellen, Monsieur, dass es mit dem Geschäft zu tun hatte, das mir Grünschnabel jetzt durch die Lappen geht, da ich nicht eingeweiht und in den Augen des Königs wohl zu jung dazu bin. Mein künftiger Schwiegervater Herrschel wird mir helfen, dass ich bald auf eigenen Füßen stehen und mit dem König in Geschäftsbeziehung treten kann. Bis dahin werde ich mich ganz aufs Geldverleihen, den Seidenhandel und die zugehörige Manufaktur konzentrieren müssen, die ich von Braquemart zu erwerben gedenke.«
Langustier fragte, bevor sie sich wieder in den Speisesaal begaben:
»Können Sie mir sagen, wer bei Ihrem Vater am ärgsten in der Kreide stand?«
Hamann nickte und führte Langustier zu einem Schreib- und Lesepult, auf dem nebst dem kaufmännischen Hauptbuch, das dort stets aufgeschlagen lag, ein Band mit dem Goldaufdruck »Debitoren« verschlossen ruhte.
Wenig später verabschiedete sich Langustier von der Trauergemeinde und von Marie, die noch etwas verweilte. Es war gegen zwei Uhr, als er unter den Linden gegen heftiges Schneetreiben ankämpfte und sich langsam in östliche Richtung vorwärtsbewegte.

IV

»Guten Schabbes!«

Mit der Verzögerung, die das Erstaunen bewirkt, kam es zurück: »Guten Schabbes, Mösjö ... Was verschafft mir die Ehr?«

Mendele Mocher Abramson im Geckhol stellte bei Langustiers Eintreten gerade den Besen aus der Hand, mit dem er die Spuren des letzten Arbeitstages zusammengefegt hatte. Altem Herkommen gemäß ruhte für ihn die Arbeit schon seit dem Mittag. Nun galt es, gemächlich in der Werkstatt aufzuräumen. Abramson freute sich auf das heilige Wochenende, auf das Erscheinen der »Königin des Schabbats«, jener »Braut«, »Prinzessin« oder »Quelle der kommenden Welt«, die eine Welt der seligen Muße und des letzthinnigen Feierabends sein würde. Langustier musterte den Mann und stellte fest, dass er so gar nicht dem Bild eines filigranen Handwerkers entsprach: Er war groß und kräftig, hatte keine Brille nötig wie viele Menschen allerorten, die sich ihre Augen durch kleinstückige Arbeiten bei schlechtem Licht oder durchs Lesen ruinierten.

Dass nun statt der Schabbes-Königin, gleichsam als Schabbat-Ersatz-Engel, der Hofküchenmeister des preußischen Königs erschien und sich dreist des jüdischen Schabbatgrußes bediente, mochte für Abramson sicheres Unheil andeuten, denn er verschanzte sich hinter seinem Kehrbesen gleichsam wie hinter einer Haubitze. Verflogen seine Vorfreude auf den Gottesdienst in der nahen Synagoge und den festlich weiß gedeckten Tisch droben in der Stube, an dem ihn später am Abend geputzte Messingleuchter mit den Schabbatkerzen, der kunstreich gearbeitete Qiddush-Becher für den Schabbatwein und schöne, vor Eidotter glänzende Festtags-Striezel erwarten würden – nebst Frau und Kindern, versteht sich.

»Monsieur Abramson, n'est-ce pas?«

Der lauernde große Mann nickte.

»Seid sans souci, Monsieur – ich weiß inzwischen über die jüdischen Sitten gut genug Bescheid, um nicht jetzt noch eine Arbeit von Euch zu verlangen, wo der heilige Abend der Woche bevorsteht, der alle Familienmitglieder auf Ruhe und Gebet einstimmen soll. Aber ich muss –«, und hier nestelte er sein königliches Permissschreiben unter dem voluminösen Schutzmantel hervor, den er gegen die Kälte umgelegt hatte, »– die letzten Minuten nutzen, bevor Euch der Schabbat umfängt und alle Mitteilsamkeit gegen ungebetene Gäste verbietet –«

(jetzt endlich gelang es ihm, den Wisch hervorzureißen und Abramson zu präsentieren)

»– um mich nach Eurem Verhältnis zu Joseph Israel Hamann zu erkundigen. Ihr seid, wie mir sein Sohn erzählt hat, einer seiner Hauptschuldner gewesen.«

Abramson, der nun vollends im Bilde zu sein schien über das Bestreben seines unzeitigen Besuchers, seufzte auf.

»Und ich bin's jetzt seines Sohnes.«

»Das ist wohl wahr, doch habt Ihr jetzt, dank der Schiwa, in der die Geschäfte ruhen müssen, sieben Tage gewonnen, um den Bankrott und damit die Ausweisung abzuwenden.«

Abramson kratzte sich verblüfft am Kopf.

»Sie sind ja gut im Bild, Mösjö!«

Er zog eine Schublade auf, in der ein dicker Stapel Papier lag. Nach einem Augenblick des Blätterns zog er ein schon gebräuntes Blatt hervor, auf dem in großen, schönen Lettern zu lesen stand: »EDICT Daß künftig die Schutz-Juden welche einen BANQUEROUT machen, und nicht im Stande seyn werden, ihre CREDITORES befriedigen zu können, vor sich und die Ihrigen des Schutzes verlustig gehen, und ihr SCHUTZ-BRIEF dergestalt erlöschen solle, daß auch solcher nicht mit einer neuen Juden-FAMILIE besetzet werden dürffe. De Dato Berlin, den 25sten Decembr. 1747. Gedruckt in der Königl. Hof-Buchdruckerey.«

»Sind das alles Juden-Erlasse?«, fragte Langustier entsetzt, auf den Papierstoß in der offenen Lade deutend.
»Sind es. Aber was nun dieses spezielle Edict und meine private, in der Tat zeitlich gebundene Schuldverschreibung bei Hamann angeht, so darf ich Ihnen zweierlei entgegnen: Erstens hatte ich mit ihm noch am Dienstagvormittag eine Unterredung, bei der er mir weitere zwei Monate Frist gewährte –«
(er wedelte mit einem Schriftstück, das in der Tat mit »Hamann« unterzeichnet war, und gab es Langustier zur Lektüre, der es eingehend besah)
»– zweitens wäre mir im äußersten Fall mein bester Auftraggeber, Levin Herrschel, jederzeit beigesprungen, hat er durch mich doch guten Vorteil gemacht! Die Tabatièren, die ich für ihn gearbeitet, halfen ihm beim König zum neuen Münz-Entrepreneurs-Contract.«
Dass Hamann der Sieger im Wettstreit an der Konfidenztafel war, wusste Langustier noch nicht, denn der König hatte gerade diesen Punkt verschwiegen. Er ließ sich nichts anmerken und entgegnete:
»In der Tat! Ohne Hamanns Tod wäre es aber schwerlich dahin gekommen. Wie könnt Ihr auf Herrschels Hilfe so sicher sein? Ob er dem König jetzt noch Tabaksdosen schenken muss? Jetzt, wo er am Ziel ist? Warum habt Ihr nicht bei ihm geliehen? Doch weil er selbst wegen der kostspieligem Gebilde am Rande des –«,
(er buchstabierte korrekt nach dem Edict:)
»– BANQUEROUTS stand!«
Ärgerlich winkte Abramson ab.
»Finstere Nachrede, der Herrschel hat Geld genug. Hamann wollte nicht, dass sein Söhnchen in eine Familie einheiratet, in der es vor Urzeiten einmal einen Fall von, na sagen wir: Geldnot gegeben hat.«
»Hat Herrschel Geld genug, wenn Wegely falliert?«, fragte Langustier, der sich der Worte von Hamanns Sohn noch gut erinnerte.
Abramson antwortete ärgerlich:

»Diese Wenns gehören nun einmal zum Handel! Ohne Risiko ist schwerlich ein Gewinn zu haben. Ich muss zugeben, dass ich kein allzu guter Händler bin und ein schlechter Kalkulator dazu. Aber meine Schulden rühren nicht vom Gewerbe her, sondern von der teuren Aussteuer meiner Tochter und der noch viel teureren Hochzeit. Sie können sich nicht vorstellen, was so was kostet! Bei Christi Jüngern sind solche Unsummen nicht vonnöten, um den heiligen Bund zu besiegeln und die Verwandtschaft zufrieden zu stellen. Dass ich so gut wie pleite war, sollte Herrschel freilich nicht erfahren, denn es ist nie gut, wenn der andere weiß, wie nötig man ein Geschäft hat. Deshalb ging ich zu Hamann, der treulich den Mund gehalten hat über meine Bedrängnis, und es eigentlich immer nur gut gemeint hat. Aber er war halt oben, und ich bin unten.«
Langustier zeigte sich betroffen. War dies der Zusammenhalt der jüdischen Nation? Abramson schien arg an sich halten zu müssen, um nicht in Tränen auszubrechen. Das Papier, das ihm Frist gewährte, war hieb- und stichfest, soweit er dies beurteilen konnte.
»Monsieur, ich bitte Euch!«, entgegnete Langustier begütigend. »So Ihr reinen Gewissens seid, wird es Euch dank Eurer Kunst nie mangeln. Ich habe Euer jüngstes Meisterwerk in des Königs Hand gesehen und kann Euch sagen, dass er sich wohl selten über eine Tabaksdose mehr gefreut hat! Ihr solltet Euch Herrschel in Fragen Eurer Schuld nun wahrlich anvertrauen. Sicher wird er sich generös zeigen, jetzt wo er's unfehlbar kann. Aber eines interessiert mich doch noch ...«
Abramson, der sich schon entspannt aufgerichtet hatte, soweit die für seine Größe viel zu niedrige Decke es zuließ, nahm den Besen wieder fester in den Griff.
»Wo wart Ihr am Dienstag zur Zeit, als der König eingeholt wurde? Bei den Handwerkern, im Festzug?«
Abramson lachte und stellte den Besen in die Ecke.
»Sie sollten wissen, Monsieur, dass wir kein Zunfthandwerk trei-

ben dürfen. Ergo kann ich den König nicht einholen. Nein, ich war in der Synagoge. Dafür gibt es Zeugen. Sie können Meyer, den Synagogendiener, fragen.«

Langustier notierte etwas und empfahl sich. Da er schon einmal im Kern des jüdischen Viertels war, nutzte er die Gelegenheit, wenigstens einen Eindruck der Synagoge mitzunehmen, die von einer kleinen Abzweigung der Rosenstraße, der Heidereutergasse aus, zu erreichen war. Er fand ein stattliches, im Äußeren aber nicht weiter hervorragendes Gebäude, das einzig im Inneren durch Absenkung unter das Straßenniveau eine gewisse Geräumigkeit gewann. 1714 hatte man es im Beisein der Gattin des Soldatenkönigs eingeweiht. Bereitwillig gab Tobias Behrend Meyer, der Pedell, auf Langustiers Fragen Auskunft. Insbesondere interessierte dieser sich für alles, was am Abend von Hochzeit und Festgottesdienst an irgendwie auffälligen Dingen passiert und noch in Meyers Gedächtnis haften geblieben war. Wer wo wann und warum davongelaufen sei – Meyers Auskünfte blieben dürftig. Nur eines hatte er so klar angeben können wie kein zweites: Abramson war den ganzen Gottesdienst über da gewesen.

V

Der Weg zur königlichen Münze im ehemaligen Dalençonschen Haus zwischen dem Werderschen Rathaus und der Friedrichsgracht, nahe bei der Schleusenbrücke und dem alten Packhof an der Friedrichswerder am Canal geheißenen Straße gelegen, war kein allzu weiter. Langustier hätte ihn, bei guter Sicht und Witterung, in fünfzehn Minuten gut bewerkstelligen können. Doch inzwischen waren die Straßen zu einer einzigen Rutschbahn transmutiert. Hunderte von Schuhen hatten die lockere Schneeschicht des Vortages und Vormittages erst bretthart gepresst und dann spiegelnd glatt geschliffen. Unablässig senkte sich noch immer Flocke um Flocke darauf herab, wodurch für denjenigen, der beherzt einher schritt, eine infame, weil gut getarnte Falle entstand.

Langustier präsentierte den Wachen am Eingangsportal des trutzigen, burgartigen Baus der Königlichen Münze, der aus seiner Umgebung in vielfacher Hinsicht unelegant hervorstach, seinen königlichen Pass und wurde auf das freundlich vorgetragene Verlangen, den Münzdirektor Knöffel zu sprechen, ins Hinterhaus verwiesen, worauf er zuerst im Dunkeln tappte, einmal links und einmal rechts ging und dann in ein Labyrinth von engen Gängen geriet, aus dem es absolut kein Entkommen mehr geben wollte. Erst vor wenigen Jahren, genauer gesagt 1750, waren die Räume des neben der damals viel kleineren Münze gelegenen Hofgefängnisses, jener berüchtigten alten Hausvogtei, der raumgreifenden Münze angegliedert worden. Beklommen wähnte sich Langustier, als nun doch eine Tür sichtbar wurde, kurz vor einer Folterkammer, die auf wundersame Weise alle Zeiten überdauert haben mochte.

Er drückte die Klinke, denn etwas anderes blieb ihm schwerlich übrig, und stand mit einem Male vor einem großen, hallenartigen Raum, in dem ein riesiges, turm- oder kranartiges Gerät aufragte, dessen Verankerung, so wie es aussah, bis in das Fundament dieses Münzgebäudes selbst hinabreichte. Immerhin – hier war Leben und Bewegung! Mehrere Arbeiter brachten mit Zugriemen einen riesigen metallenen Göpel, oder genauer: eine doppelarmige Schwingachse, an deren Enden schwere Schwunggewichte befestigt waren, in Fahrt. Diese drückte, wenn sie in vollem Lauf war, eine mittig unter ihr gelagerte Spindelschraube in die Tiefe, an deren Ende sich der Oberstempel befand, der die unförmigen Schrötlinge in den Unterstempel presste und mit finalem lauten Knacken zu glatten Münzen verwandelte. In einer Grube vor dem Spindelwerk saßen drei Männer, welche die schönen Ausprägungen nach dem nachherigen Hochgehen der Spindelpresse entnah-

men und neue Schrötlinge in knapp drei Dutzend schüsselartige Vertiefungen des Unterstempels einlegten, bevor sich der Oberstempel wieder mit ungeheurem Druck herabsenkte.
Langustier, der gebannt alles dies in sich aufgenommen hatte, wurde jetzt von einem feingliedrig wirkenden Beamten angesprochen, der sich als »Wardein« Kapellen vorstellte und auf die Lektüre des Permissschreibens hin bereitwillig Fragen zum Münzvorgang zu beantworten begann. Mit Blick auf das in unablässiger Bewegung befindliche riesige Prägewerk verkündete er stolz:
»Mit dieser Spindelpresse, Monsieur, können wir dreißig Münzen in jeder Minute prägen!«
Langustier war sichtlich beeindruckt und fragte etwas einfältig:
»Wie stellen Sie eigentlich sicher, dass alle Münzen auch wirklich gleich viel wert sind?«
Der Wardein reckte sich:
»Wenn Sie es genau nehmen und nicht nur den Wert derselben auf dem Markte meinen – der selbstredend gewissen, oft nicht unerheblichen Schwankungen unterworfen ist –, so ist eben dies zu kontrollieren des Wardeins, sprich: mein Geschäft. Die Schmelzer haben dazu vor allem die genauen, vom Münzdirektor festgelegten Rezepte für die Münzlegierungen, die sie bei Strafe nicht verfehlen dürfen. Sie stellen das Rohmaterial für den Guss der Schrötlinge her, die hernach unter der Spindel, wie Sie sie hier sehen, ausgeprägt werden. Meine Kontrolle setzt somit bei den Schrötlingen an, von denen ich an Ort und Stelle Proben mit Datum, Gewicht und Feingehalt der Legierung entnehme und in dieses Behältnis, die so genannte ›Fahrbüchse‹ werfe.«
Das zylindrische, weinbouteillengroße Behältnis, das Kapellen nun hochhielt, sah wie eine längliche Spardose aus, fand Langustier. Er rappelte etwas damit und fragte:
»Soweit mir bekannt ist, hat der gewesene General-Münz-Direktor Grauman den noch heute maßgebenden Münzfuß eingeführt?«

»D'accord, Monsieur. Aus einer Kölner Mark Feinsilber werden 14 Taler zu je 24 guten Groschen oder 288 Pfennigen geschlagen. Beim goldenen Friedrichs d'or ist das Feingewicht auf 6,05 Gramm limitiert. Darüber wache ich, und solange ich mein Amt bekleidete, wurde hiervon kein Jota abgewichen!«

»Es sei denn, Se. Königliche Majestät würden hier Änderungen verfügen?«

»Selbstredend, Monsieur, selbstredend!«

Kapellen schwieg für einen Moment. Mit etwas schmalerem Elan und gedämpfter Stimme fuhr er fort:

»Doch geschieht so etwas wohl kaum im Sinne einer stabilen Währung im Land. Viele Herrscher haben sich durch unmäßige Seigneuriage über Gebühr bereichert und dadurch ihr Geld zuschanden geritten. Zu Beginn des Dreißigjährigen Krieges ist so eine Zeit gewesen. Damals hatten die Münzen nur noch ein Dritteil ihres vormaligen Edelmetallgehalts. Und die ›Seigneuriage‹ oder der ›Schlagschatz‹ waren gewaltig, bis das Volk dahinter kam und niemand mehr das unwertige Gepräge haben wollte. Was war die Folge? Handel und Wandel brachen zusammen! Damit das nicht wieder geschieht, dafür war im Grunde ich eingesetzt. Denn es galt noch immer das Münzedikt vom 14. Juli 1750, wie Sie es im Corpus Constitutionum Marchicarum, Band 4, 1755, nachlesen können.«

»War? Galt? Ja, sind Sie es denn nicht mehr? Gilt denn das Edikt nicht mehr?«

Kapellen wiegte bedenklich und leicht resigniert den Kopf, der seinem spindeldürren Leib wie ein zu großer Fremdkörper aufsaß.

»Ich bin es – und bin es nicht. Es gilt – und es gilt nicht. Verzeiht mir diesen Rätselspruch, denn ich weiß es selber nicht besser: Auf dem Papier und meinem Gehalte nach bin ich noch der Wardein, allein nach der Befugnis, mein Handwerk auszuführen, bin ich's wohl nicht mehr, denn sie endet an der Tür zur zweiten Prägehalle hier darunter. Was ist ein Amt wert, frage ich Euch, wenn man es räumlich beschränkt? Und da das Amt nicht mehr alles kann, was es soll, ist von unumschränkter Geltung des Edikts wohl auch nicht mehr zu sprechen.«

Wahrscheinlich will man die Verantwortlichkeit bei so heiklen Geschäften möglichst auf mehrere Aufseher verteilen, mutmaßte Langustier bei sich, der unterdessen fleißig in sein Büchlein geschrieben hatte und nun fragte:

»Würden Sie die Freundlichkeit besitzen, mir zu verraten, wie man aus Schlägen einen Schatz horten kann?«

»Aber selbstverständlich, Monsieur!«

Es tat Kapellen sichtlich gut, von seinem Fache reden und nicht mehr an die Grenzen seiner Befugnis denken zu müssen.

»Das Wort kommt noch von dem alten Prägeverfahren, der Hammerprägung, bei dem die ›Schrötlinge‹ oder das ›Schrötlingsquetschgeld‹, das ›kurzgeschlagene‹ und schließlich das ›Kurfürstenquetschgeld‹ – all dies sind Bezeichnungen, mit denen die Münzer die Rohlinge in den verschiedenen Bearbeitungsstadien bezeichnen – durch Hammerschlag auf den Oberstempel zu Münzen geprägt wurden. Das Geld wurde ›geschlagen‹. ›Schlagschatz‹ oder ›Seigneuriage‹ heißt gemeinhin nichts anderes als die Differenz zwischen dem Nennwert einer Münze und ihrem Sachwert abzüglich der Münzkosten, ist eigentlich jedoch alles, was bei der Produktion des Geldes für den Inhaber des Münzregals unterm Strich als Reingewinn herauskommt. Nun kann er aber seinen Gewinn auch schon beim billigen Einkauf des Münzmetalles machen: Nicht umsonst müssen die Juden ihr jährliches Schutzquantum Silber unter Kurs abliefern. Die Differenz zum wahren Edelmetallwert ist bereits Bestandteil des Schlagschatzes, denn es können mehr Münzen ausgeprägt werden, als wenn das Silber zum wahren Wert gekauft werden müsste.«

Langustier hatte sein Geld bisher einfach ausgegeben, ohne sich große Gedanken über seine Herstellung und den damit verbundenen Profit des Königs zu machen. Dies eröffnete ganz neue Perspektiven.

»Das heißt, ich könnte als Münzunternehmer den Graumannschen Münzfuß gewissermaßen aushöhlen wie einen Markknochen und nur die Hälfte oder noch weniger an Gold etwa in die sächsische Pistole oder den Friedrichs d'or einfließen lassen, sie aber trotzdem als vollwertige Münze kursieren und gegen gewöhnlich goldhaltige eintauschen?«

»Wenn Ihr denn unbedingt ein Münzverschlechterer genannt werden wolltet – ja! Aber –«

(er machte eine Ehrfurcht erheischende Geste, die zu seiner schmächtigen Gestalt komisch kontrastierte)

»– ohne mich!«

Langustier dankte, schaute ein letztes Mal zu, wie sich die monströse Spindel senkte und mit lautem Knacken die Schrötlinge in Münzen verwandelte, bevor er sich, um einem erneuten Irregehen vorzubeugen, von Kapellen zum Münzdirektor geleiten ließ, der im obersten Geschoss über ein geräumiges, reich ausgestattetes Büro verfügte.

Sie waren etliche Gänge weiter gegangen und mehrere Treppen höher gestiegen. Eine polierte Wandverschalung aus Nussbaum zeigte an, dass sie die Etage des Direktors erreicht hatten. Kapellen wies auf die große, mit schöner Intarsie gearbeitete Tür und nahm respektvoll Abschied.

Langustier war überrascht, als ihm nach seinem Eintreten in Knöffels Büro der oberste Bevollmächtigte des Königs für alle Münzstätten, der General-Kriegs-Kommissar und Münz-Intendant, Generalmajor von Retzow, mit einladender Geste entgegentrat. Der Duzfreund Sr. Königlichen Majestät hatte die Kochkunst des Zweiten Hofküchenmeisters schon öfters genossen und war daher voll des Wohlwollens, wo immer er ihn erblickte. Der Witz des Königs zeigte sich darin, dass er diesen, von ihm so hoch geschätzten Mann in Anspielung auf Colbert, den fähigen

Finanzminister des Sonnenkönigs, liebevoll »mon petit Colbert« nannte, wo dieser doch alle Schwierigkeiten hatte, mit seinem Gardemaß durch eine gewöhnlich dimensionierte Tür zu kommen. Das breite, etwas grobschrötige Gesicht von Retzows, durch zahlreiche Degenschmisse gezeichnet, aber keineswegs entstellt, blieb entspannt, als er sagte:

»Wenn sich der Koch des Königs außerhalb der Küche zeigt, steht nichts Gutes zu befürchten. Sagen Sie bloß, Monsieur, der Mörder Hamanns hat sich in die Goldberge in unseren Tresoren verkrochen?«

Langustier lachte und sagte:

»Dies vielleicht nicht, aber ich fand bei meinen Recherchen etwas, das mir gar goldige Rätsel aufgibt. Denn es glänzt so schön, als sei es direkt aus einer Eurer Spindel-Quetschen gefallen!«

»Pressen, Monsieur, Spindel-Pressen!«

Langustier begrüßte den mit diesem Ausruf ebenfalls hinzugetretenen Knöffel, einen kleinen, käferartigen Mann, der seinen General-Münz-Intendanten umkreiste, als sei er nicht nur in rein physischem Sinne ein höheres Wesen. Langustier entledigte sich seines vielfaltigen Überwurfs, der ihm in diesen gut geheizten Räumen schier den Atem raubte, und kramte die in der Mühle sichergestellte Goldmünze hervor, um sie den beiden Sachverständigen zu präsentieren. Knöffel, naturgemäß der Sache näher stehend, ergriff den August d'or, besah ihn kurz und reichte ihn mit wortlosem Erbleichen an von Retzow hinauf, aus dessen Gesicht sich mit einem Mal jedes freundliche Lächeln verflüchtigte.

»Woher habt Ihr dieses Probe-Stück aufgelesen? Wir sollten im Haus mehr Ordnung halten, Knöffel! Ihr könnt es Euch übrigens als eine hohe Ehre anrechnen, Monsieur Langustier, bei uns als Besucher frei umherlaufen zu dürfen – diese Gelegenheit werden außer Euch hier schwerlich viele andere erhalten.«

Langustier verbeugte sich leicht, um Dank zu signalisieren, dann jedoch stellte er klar:

»Sie irren, Monsieur, wenn Sie annehmen, es stamme diese Münze aus den hiesigen Hallen – sie lag vielmehr am Fundort der Leiche Hamanns. Ich vermute stark, dass der gewesene Münz-Entrepreneur des Königs sie daselbst verloren hat, oder sein mörderischer Kontrahent. Nun weiß ich über diese Münze nicht mehr, als dass sie golden aussieht. Das reizt meine Neugier und ist nebenbei das – zugegeben, recht kleine – Rätsel, das ich Ihnen aufgeben möchte. Desto rascher Sie es mir lösten, sprich: mir sagen könnten, wo und wann diese Münze geprägt wurde, desto rascher und beruhigter würden Se. Königliche Majestät wieder schlafen können. Hamanns Tod hat unseren geliebten König doch über Gebühr beunruhigt, was gerade in der momentanen, angespannten Lage der Politik nicht sehr wünschenswert ist.«
Aufmerksam forschte Langustier in den Gesichtern der beiden Münzbeamten, die nunmehr innerlich beklagten, mit seiner und der ominösen Münze Präsenz konfrontiert zu sein. Von Retzow setzte zu einer umgehenden Deutung an.
»Der Stempel hier deutet darauf hin, dass die Prägung dieser Pistole in Dresden stattfand, und zwar schon vor sechs Jahren, wie die Jahreszahl Euch ausweist! Ich nehme an, dass ein armer Schurke sie sich zuvor lange zusammengespart und dann gut verwahrt als Schatz für Notzeiten aufbewahrt hat, bis sie dann doch zum Geldverleiher kam. Wahrscheinlich waren die Schulden anders nicht mehr zu tilgen. Es ist immer das Gleiche bei den Tagelöhnern.«
Indem der Münz-Intendant von Retzow die Münze mit hochamtlicher Geste dem kurzen Knöffel zur sicheren Aufbewahrung und Weiterleitung anvertraute, legte er Langustier ebenso begütigend wie bestimmt den Arm um die moirébespannte Schulter und führte ihn sachte Richtung Tür. Der Geführte aber stoppte resolut, entwand sich der ausladenden Umfassung, griff seine Überjacken und -mäntel und ließ sich mit unnachgiebiger Bestimmtheit gegen den sprachlosen Knöffel hin vernehmen:

»Se. Königliche Majestät, zu deren täglichem Rapport ich bestellt bin, verlangt von Ihnen eine etwas weniger oberflächliche Erklärung, Messieurs. Ein Bediensteter aus dem Haus ist dem Vernehmen nach am Mordabend mit Hamann an öffentlichem Ort zusammengetroffen. Hat diese Münze dort vielleicht auch nichts mit dem Casus zu schaffen, so bleibt es doch ein Rätsel, wieso sie so frisch aussieht, als sei sie gerade aus der Spindel gefallen. Ein Tagelöhner kann nicht Jahre mit einem solchen Schatz zubringen. Monsieur, das ist sehr schlecht erfunden! Und was sollte er beim Juden damit? Ein ebenso wertvolles Pfand auslösen, das er ihm überließ? Ich denke eher, dass hier ein Schwindel im Gange ist! Ich muss Sie bitten, mir das hübsche Stück wieder auszuhändigen. Es ist Bestandteil in einem ominösen Kriminalcasus und sollte nicht in ihrer Amtsstubenschublade zu liegen kommen!«
Widerwillig und mit schwer zu deutenden Blicken gegen von Retzow hin, der sich weiterer Abschiedsworte an Langustier enthielt, gab Knöffel das Goldstück zurück. Der königliche Sonderkommissar entschwand resoluten Schrittes und tat sogleich alles, um sich erneut zu verlaufen, was ihm umso müheloser gelang, da er die eiligen Schritte des ihm nachgesandten Knöffel im wuchtigen Treppenhause über sich vernahm. Flugs war er in einem Gang verschwunden, der ihn bis vor eine Tür führte, an der ihm ein Wachsoldat den Zutritt verwehrte und selbst des Königs Permissschreiben nicht gelten ließ. Brüsk wies er Langustier mit der Bemerkung ab, gegenläufige königliche Ordre zu haben und nur Personen einlassen zu dürfen, die ihm zuvor vom Generalmajor von Retzow persönlich als zugangsbefugt vorgestellt worden seien.
Ein Keuchen hinter ihm zeigte Knöffels Ankunft an, der den Ausreißer glücklich gestellt hatte.
»Bitte, Monsieur, folgt mir. Ich bringe Sie sicher wieder hinaus. Der Bau ist doch arg labyrinthisch.«
Als Langustier sich gezwungenermaßen umwandte, ging die hochheilige Tür auf, und ein schmächtiger Mann mit auffällig

langen Armen, großem Kopf und Geiernase trat heraus, um sorgsam wieder abzuschließen. Er warf ihm im Vorbeigehen einen feindseligen Blick zu, dass Langustier nicht umhin konnte, Knöffel nach seinem Namen zu fragen, sobald er außer Hörweite war.

»Dieser arme Mann; der Charité-Eller hätte etwas an ihm für seine Schädelsammlung! Wie heißt er und was macht er?«

»Amelang heißt er und ist Münzer, ein Kerl, mit dem ich ständig Ärger habe. Er gehört zu den Sachsen, die nach der Besetzung der Münzen hierher verlegt worden sind.«

Langustier, der sich den Namen gut aus der Physiognomie ableitete, fragte nach dem Grund des Ärgers.

»Ach, er ist ein arger politischer Wirrkopf, der sich unentwegt in die Weltgeschichte einmischen will, in der er doch überhaupt nichts zu suchen hat. Er sollte lieber darauf sehen, dass seine Arbeit gut genug ist, was gar nicht immer der Fall ist. Er hält es mit seiner Pflicht den ihm untergebenen Münzarbeitern nicht sehr genau und lässt ihnen allerlei durchgehen, was bei strengem Blick nicht korrekt ist – und in einer Münze ist der strengste Blick noch oft zu nachlässig –, so dass ich ihn schon mehrfach mahnen musste.«

Keine Minute später hatte sich Langustier in seine Überkleider gehüllt, was angesichts des Schneegewirbels, das eingesetzt hatte, mehr als geboten war, und trat um halb fünf mit großem Elan auf die Straße Am Kanal hinaus. Freilich hätte er seine Antrittsgeschwindigkeit anders bemessen, wenn er die Eisfläche erahnt hätte, die sich unter dem trügerischen Schnee befand! Nach einigen hilflosen Flugbewegungen der Arme ging seine zum Glück gut gepolsterte Gestalt unsanft zu Boden. Die Posten vor der Tür waren heftig bemüht, sich das Lachen zu verbeißen und möglichst unbeteiligt dreinzuschauen. Wütend klopfte Langustier den Schnee von seinem Roquelor und stakte mit vorsichtigen Sondierungsbewegungen weiter am spiegelglatten Ufer entlang. Aus

dem Wirbeln der weißen Flocken war ein respektables Schneetreiben geworden.
Der Schmerz in seinem verlängerten Rücken klang umso rascher ab, je deutlicher er sich vor Augen hielt, dass Amelang der Mann gewesen sein musste, mit dem man Hamann zuletzt gesehen hatte. Von dem Gedanken, ihn gleich zur Rede zu stellen, nahm er Abstand, denn oftmals war es günstiger, wenn sich ein verdächtiges Subjekt noch eine Weile in Sicherheit wiegen konnte.

VI

Er schien der Einzige weit und breit zu sein, der an diesem Freitagnachmittag bei einsetzender Dämmerung noch durch die Winterwelt stapfte. Hinter den Fenstern glommen hie und da anheimelnde Lampen auf, die dem frierenden Wanderer zu Signalfeuern wurden und glücklich verhinderten, dass er vollends die Orientierung verlor, im Kreise oder gar rückwärts lief.
Hinter der Schleuse querte Langustier die Jungfernbrücke, um dann in die Scharrnstraße einzubiegen, die ihn direkt zum Mühlendamm mit den zehn Mühlen des Königlichen Amts Mühlenhof führte.
Endlich strahlte ihm Herrschels Haus entgegen, dessen von Laternen hell erleuchtete Fassade all die kleinen Lichter in der Umgebung verblassen ließ. An markanter Stelle stand es, erhaben gleichermaßen gegenüber dem Molkenmarkt und der Nicolaikirche, an der Ecke von Poststraße und Mühlendamm, etwas zurückgesetzt vom Berlinischen Fischmarkt.
Der elegante Mittelrisalit verknüpfte vielgliedrig zwei stumpfwinklig aufeinanderstoßende Gebäudeflügel. Vier toskanische Säulenpaare, die der König Herrschel nach siegreicher Beendigung des zweiten Schlesischen Krieges gegen acht Tabatièren von Abramson eingetauscht hatte, bildeten den Auftakt einer

Kaskade aus reich ornamentierten schmiedeeisernen Balkonen, zwischen denen gedoppelte korinthische Pilaster an der Fassade hinaufliefen. Wenn man es mit dem schlossartigen Palais Hamanns verglich, hatte es zwar noch immer etwas Bürgerliches an sich, wirkte jedoch im Detail viel reicher und filigraner.
Langustiers Schabbatgruß beantwortete der Hausdiener mit einem Lächeln. Der livrierte Bediente nahm ihm die nasse Überkleidung ab und schüttelte sie kräftig vor der Tür, bevor er ihn bei seiner Herrschaft meldete. Weil aber Levin Elias Herrschel, der Hausherr, gerade in seinem Kontor unabkömmlich war, während die Dame des Hauses noch eine letzte Inspektion der Küchenvorbereitungen für den Abend abhielt, spielte Frommet Herrschel Empfangsdame, die zweitälteste Tochter und heimliche Verlobte des jungen Hamann.
Die junge Frau, in deren Antlitz Lebensfreude und Tugend einen ständigen, Funken sprühenden Zweikampf auszufechten schienen, hatte etwas Schwärmerisches. Ihr ganzes Wesen vibrierte vor Lebhaftigkeit. Langustier, der vom unmittelbaren Liebreiz der Sächsinnen verwöhnt war und sich schwer tat, in den spröde wirkenden Töchtern Berlins noch Spuren echten Gefühles zu entdecken, stand wie verzaubert, war es ihm doch, als käme ihm in Frommet Herrschel die Anmut selbst entgegen.
Und wirklich – sie tanzte oder sprang mehr, als dass sie etwa schritt oder einfach nur ging! Das kastanienbraune Haar fiel ihr dabei in natürlichen Locken auf die Schultern herab, die aufgrund der angenehmen Temperatur im Haus mit einem zarten Spitzenschleier mehr als ausreichend bedeckt waren, wie sich auch das Decolleté nur unter einer gelben Bandschleife namens »Postillon d'amour« sowie einer »Respectueuse« genannten Bedeckung verbarg, die aus durchsichtigem Filet bestand. Langustier schluckte entzückt vor so viel Liebreiz, und seine Augen glänzten.
»Mademoiselle, ich muss annehmen, dass Sie Frommet Herrschel sind!«

Das Mädchen spitzte belustigt den Mund, bevor es fragte:
»Und wer oder was zwingt Sie, solches zu tun?«
Langustier replizierte genüsslich:
»Der Ausdruck in den Augen Ihres künftigen Gemahls! Ich sprach ihn heute Mittag und sah seinen Blick sich jäh aufheitern, als Ihr Name fiel. Nun habe ich den Grund für dieses Leuchten leibhaftig vor mir und kann nur zu gut verstehen, was ihn verzauberte. Wäre ich nicht in einer verdrießlichen Mission unterwegs, würde ich es glatt selber wagen, Euch um ein Tänzchen zu bitten.«
Frommet errötete leicht über diese Eröffnung. Sie hielt Langustier für einen unverbesserlichen alten Galan und fragte rasch, um die Klippe der Unschicklichkeit zu umschiffen:
»Sicher seid Ihr nicht gekommen, Monsieur, um mir dieses Geständnis zu machen, wenngleich mir dies wohl ungemein schmeicheln müsste, bei diesem Ungewitter draußen.«
Sie lächelte Langustier halb belustigt, halb übermütig an, der sich plötzlich an sein Alter und seinen Stand erinnert sah und rasch wieder zu einer nüchternen, kälteren Weltbetrachtung zurückfand. Mit der gebotenen Würde wies er ihr sein königliches Permissschreiben vor und fragte:
»Wie standet Ihr zu Monsieur Joseph Israel Hamann?«
Als der Name Hamanns gefallen war, schnurrte Frommet Herrschels Übermut wie nichts in sich zusammen. Sie erbleichte und versteifte sich, sah mehr wie eine hölzerne Puppe, denn noch wie ein lebendiger Mensch aus. Ihre Stimme kam stockend und belegt:
»Wenn Ihr bei Abraham Jeremias gewesen seid, werdet Ihr bereits wissen, wie es um uns beide stand, als sein Vater noch am Leben war. Doch bitte ich Euch, nicht anzunehmen, ich sei dem alten Herrn deswegen mit weniger Ehrfurcht oder Anstand begegnet – Gelegenheit dazu gab es ohnehin fast nie. Wenn ich ihn gesehen habe, so geschah dies stets nur von fern und bei öffentlichen An-

lässen. In der Synagoge beim Gottesdienst, bei Festen oder Hochzeiten.«
»Saht Ihr seinen Sohn am Dienstag?«
»Ja, Monsieur.«
»Und wo war das, Mademoiselle?«
»Bei der Hochzeit meiner Schwester.«
»Dies glaubt ich wohl, allein wo genau? In der Synagoge?«
»Ja, Monsieur, und in diesem Haus.«
»Nicht auch noch an einem anderen Ort?«
»An einem ... O nein, nein! Durchaus nicht!«
Sie errötete wie eine ungeübte Lügnerin, und Langustier verzichtete darauf, weiter nachzufragen, da es offensichtlich war, dass sie die Unwahrheit sagte. Doch es widerstrebte ihm momentan, Frommet Herrschel mit seinen Schlüssen in Widersprüche zu verwickeln oder in die Enge zu treiben. Es hatte zweifellos noch keine Eile mit dem Forcieren dieser Befragung.
Da ihr Vater nun aus dem ersten Stock herunterkam, knickste Frommet kurz und verschwand, noch bevor Langustier ihr eine Artigkeit zum Abschied nachschicken konnte.
Levin Elias Herrschel, Hofjuwelier des Königs und seit einem Tag neuer Generalpächter der Königlichen Münzstätten, wirkte ermattet nach den Anspannungen der letzten Tage. Drei verschieden hohe Angebote hatte er zur Vorlage beim König ausgearbeitet, als er nebst sämtlichen übrigen Anwärtern auf das Amt des neuen Generalpächters zu einem Abendessen ins Maschinentafelzimmer des Schlosses geladen worden war. Bis zuletzt hatte er versucht, hinter die Pachtsummen zu kommen, welche die Kontrahenten dem König vorschlagen würden, allein vergebens. So hatte er sich dazu entschlossen, kein Risiko einzugehen und dem König die beste ihm mögliche Offerte zu unterbreiten, die keiner der übrigen am Tisch übertreffen könnte. Bereits während des Essens war er sich sicher gewesen, den überraschend ausgelobten königlichen Wettbewerb zu gewinnen. Indessen hatte er sich

kaum die richtige Vorstellung von dem nach glücklicher Erteilung des Auftrags nunmehr vorzulegenden Tempo gemacht. Binnen Tagesfrist musste er Strategien und Pläne für die Auftragserfüllung im kommenden Jahr entwerfen, denn der König erwartete die umgehende Vorlage noch während der kurzen Zeit, die er vor Ort in Berlin zu verweilen gedachte.

Trotz der Wichtigkeit und Vordringlichkeit der geschäftlichen Materien war Herrschel am Mittwochabend der Wohlgeschmack des Langustierschen Essens nicht verschlossen geblieben, weshalb sich seine Miene nun, als er des späten Gasts ansichtig wurde, kurzzeitig aufhellte. Doch sie verschattete sich sogleich wieder, als ihm Langustier den königlichen Freibrief präsentierte und ihn fragte:

»Monsieur Herrschel – ich will Ihre kostbare Zeit nicht stehlen, denn ich kann recht gut ermessen, wie sehr Sie Ihre neue Stellung beanspruchen wird, zu der ich aufrichtig gratuliere. Nicht immer ist es ein Zuckerschlecken, in Sr. Königlichen Majestät Diensten zu stehen, um es einmal gelinde auszudrücken! Ich kann mir denken, dass es Sie vor allem zu Beginn hart ankommen wird, und wünsche Ihnen allen Erfolg bei Ihren Unternehmungen, nur muss ich – in einer Funktion, in die mich frühere kriminalistische Ausspähungen am Hofe gebracht haben – Ihnen ein paar Minuten abtrotzen, damit ich umso sicherer von weiteren Belästigungen Abstand nehmen kann. Würden Sie mir einige Fragen beantworten, auch wenn eigentlich statt meiner der Schabbat vor der Tür stehen sollte?«

Herrschel lächelte gequält. Vom Schabbat schien er wenig zu halten, war er doch zu so später Stunde noch unausgesetzt tätig. Während Langustier dem mittelgroßen Mann über die schier endlose marmorne Wendeltreppe in sein Kontor im Obergeschoss folgte, kamen ihm Hamanns angebliche Befürchtungen, es könnte mit Herrschel bergab gehen, gegenstandslos vor. Diese Pracht war schwerlich längere Zeit auf Pump zu haben. Es musste schon ein gesundes Unternehmen dahinterstecken.

Das Kontor zeigte sich in einer geradezu blendenden Ordnung.
»Wann und wo haben Sie Hamann zuletzt gesehen?«
Herrschel schien angestrengt nachzudenken.
»Das war, warten Sie, am Dienstagabend, als ich die Hochzeitsgesellschaft in der Synagoge verließ. Hamann schickte sich an, gemeinsam mit seinem Sohn zum Schlesischen Tor zu fahren.«
»Gemeinsam mit seinem Sohn?«
Langustier war bass erstaunt, denn das konnte eine denkwürdige Neuigkeit genannt werden! Hatte ihm der junge Hamann nicht erzählt, er sei den ganzen Abend nach der Hochzeit in Herrschels Haus gewesen? Er wiegte den Kopf in schwerem Nachdenken.
»Nun, das ist eigenartig. Hat Abraham Hamann denn nicht den ganzen Hochzeitsabend hier durchgetanzt? Er wird doch nicht über die ›Tscheck-Ral-Fso‹ genannte Gabe der tahitischen Zauberer verfügen, an zwei Orten gleichzeitig zu erscheinen?«
Herrschel schüttelte energisch den Kopf.
»Wer immer Ihnen dieses berichtet hat, verdient, ein dreister Lügner zu heißen, denn es entspricht nicht der Wahrheit. Und die Wahrheit sollte von jedermann, ob gläubig oder ungläubig, für alle Zeiten geheiligt werden!«
»Sie setzen mich in Verlegenheit, Monsieur, weil es niemand anderes als Abraham Jeremias Hamann war, der mir solches versicherte!«
Herrschel stand wie erstarrt.
»Wie kann er sich unterstehen und dieses fälschlich behaupten – glauben Sie nicht auch, dass er damit etwas zu verbergen trachtet?«
Langustier ließ sich ungern auf Erörterungen dieser Art ein und gab die Frage zurück:
»Und was meinen Sie, Monsieur? Gibt es da vielleicht etwas, was Ihr künftiger Schwiegersohn zu verbergen hätte?«
Herrschel bemühte sich um einen festen Ton in der Stimme:
»Dass Frommet und er Braut und Bräutigam werden, gilt noch

keinesfalls für völlig ausgemacht! Wir wollen erst einmal die Trauerwoche abwarten und dann vielleicht noch ein halbes Jahr. Sie sind beide noch sehr jung, da weiß man noch nicht sicher zwischen den Aufwallungen des Gefühls und den Festlegungen des Herzens zu unterscheiden!«

Langustier musste seine eigentliche Frage nach Hamanns eventuellen Geheimnissen repetieren, und Herrschel erklärte widerstrebend:

»Darauf zu antworten verbietet mir die gute Meinung, die ich bisher von ihm hegte. Er war für mich über jeden Zweifel erhaben. Seine Aussage will mir nur als eine Lüge in der Not erklärlich sein, der er sich bediente, um gar nicht erst in Verdacht zu geraten. Was sie indessen nicht minder schandbar macht! Angesichts seiner prekären Ausfahrt mit dem Vater ist es schwerlich zu vermeiden, dass man sich für seine Rolle an diesem Abend interessiert, und alles Ankämpfen dagegen wohl ganz vergeblich. Ich hätte ihm mehr Rückgrat gewünscht.«

»Sie sagten, Sie seien mit der Hochzeitsgesellschaft aus der Synagoge gekommen. Indessen hat mir der Synagogendiener erzählt, dass Sie gleich nach dem Ende der eigentlichen Zeremonie, während alle anderen noch drinnen waren und auf das Wiederauftauchen des jungen Pares warteten, aus dem Gotteshaus geeilt wären. Was ist nun richtig, da Sie von Wahrheit sprachen, womit Sie wahrscheinlich Wahrhaftigkeit gemeint haben dürften?«

Herrschel verneinte.

»Sie zitieren mich gänzlich falsch, Monsieur, und tun selbiges – wie ich beinahe befürchte – con interesse, da Sie vielleicht glauben, ich wollte den jungen Hamann in einen üblen Verdacht bringen! Alles, was ich sagte, war, dass ich noch in der Synagoge von ihm wie von der übrigen Gesellschaft Abschied nahm. Aus einigen vor dem Gottesdienst mit ihm gewechselten Worten wusste ich, dass er mit seinem Vater vor das Schlesische Tor zu fahren beabsichtigte, um die Ankunft des Königs aus nächster Nähe zu verfolgen. Ich meinesteils fuhr mit einer bestellten Kutsche hierher, da ich mich von der Beendigung der Hochzeitsvorbereitungen persönlich überzeugen wollte. Der Zug der anderen kam zu Fuß. Da war es schon fast sieben.«

Langustier machte sich Notizen und fragte weiter:

»Haben Sie das Hochzeitsfest, nachdem es dann im Gang war, noch einmal verlassen? Ich glaube kaum, dass es einen besseren Ort geben kann, wenn man sich unbemerkt verabsentieren möchte, als ein rauschendes Fest. Keiner achtet, schwitzend und jauchzend beim Contretanz oder philosophierend, genießend und debattierend überm Wein, auf die Anwesenheit des Hausherren. Sie bleibt im Grunde ständige, unangezweifelte Voraussetzung für ein häusliches Fest.«

Herrschel nickte lächelnd.

»Nun, und deshalb werden Sie nicht leicht jemanden finden, der meine Anwesenheit für den ganzen Abend beschwören könnte. Aber ich versichere Ihnen, dass ich bis zum Ende keinen Schritt mehr vor die Türe ging und insbesondere um die zehnte Stunde, da man den König hatte einholen wollen – wenn er nicht so rüde ›überholt‹ hätte, wie sich alle Welt erzählt – eine Tischrede gehalten habe. Wegen des Gottesdienstes für den König verließen übrigens nur wenige mein Haus, ich kann Ihnen die Namen angeben. Hamanns Sohn kam – weit nach elf Uhr, denke ich – noch zu unserem Fest. Er hatte sich mit dem Vater gestritten und war von ihm, wie er sagte, in Unfrieden geschieden. Umso tragischer, dass dies ihr letzter Abschied auf Erden sein sollte. Als ihn die Nachricht ereilte, von seiner Mutter per Boten herübergeschickt, brach er zusammen.«

»Hat er erzählt, worüber sie gestritten und wo das gewesen ist?«

»Wo nicht, nein. Ich dachte bisher, im Schlesischen Busch! Und worüber – das brauchte er gar nicht, denn es gab schon seit geraumer Zeit nur ein einziges Streitthema zwischen ihnen, und das war das Einheiraten in meine Familie.«

»Finanzielle Gründe können da doch schwerlich eine Rolle spielen?«

Langustier blickte auf den überreich bestückten Kronleuchter aus der Spiegel- und Kristallglasmanufaktur in Neustadt an der Dosse, dann auf den schwarzsamten gekleideten Hausherrn, der ärgerlich abwinkte.

»Aber ich bitte Sie! Hamann hat herausgefunden, dass einer meiner Urgroßväter einen Ehevertrag aus pekuniären Schwierigkeiten nicht voll hatte einhalten können, so dass die Frau, von der er sich trennte, mit einer statt mit zwei Millionen Holländischer Gulden abgefunden worden war. Seit diesem Fund in irgendwelchen alten Folianten des Oberlandrabbiners war Hamann der Überzeugung, dass der Bankrott todsicher erblich in meiner Familie läge, und wollte seinem Sohn keine Verbindung mit meiner Tochter gestatten. Er war in geschäftlichen Dingen ein sehr engstirniger Patron, von Aberglaube und Mystizismus angekränkelt. Eigentlich völlig unausstehlich und als Münzunternehmer eines halbwegs aufgeklärten Fürsten schwerlich am rechten Fleck!«

Langustier, der eifrig mitgeschrieben hatte, schienen diese Dinge sehr zu interessieren. Bevor er sich verabschiedete, fragte er Herrschel noch:

»Gesetzt den Fall, die Ermordung Hamanns hatte etwas mit seinen Geschäften für den König zu tun, wären Sie – auch in den Augen seines Mörders – das nächste Opfer, denn nun sind Sie der königliche General-Münz-Entrepreneur.«

»Monsieur!«, entgegnete Herrschel unerschrocken. »Dass der Tod eines Geschäftsmannes seinen Kontrahenten zum Vorteil ausschlägt, das mag wohl hin und wieder geschehen. Doch Mord und Totschlag sind in der Geschäftswelt noch nicht zu den üblichen Mitteln des Wettkampfes geworden. Ich muss diese Möglichkeit ganz ausschließen, wenn ich vor mir selbst noch bestehen und vor meinem Berufsstand noch eine gewisse Ehrfurcht empfinden will.«

Langustier nahm Abschied von Herrschel, indem er sich kurz verneigte. Dann wendete er sich zum Gehen, schritt ins Erdgeschoss hinunter, wo er Frommet, die sich kurz in ihrer bezaubernden sommerlichen Garderobe zeigte, einen chevaleresken Abschiedsgruß mit dem Dreispitz zuwedelte. Er zwang sich, vor das Haus in die Winterkälte hinauszutreten, die ihm unerbittlich ins Gesicht schlug.
Wind und Schneetreiben waren einem unaufhörlichen, nahezu lotrechten Schneefall gewichen. Es war fast totenstill. Wenn man den Atem anhielt, vermeinte man ein leises Knistern in der eisigen Luft zu hören, das vom gleichzeitigen Niedergehen ungezählter Schneeflocken herzurühren schien.
Von den Spuren der Langustierschen Ankunft waren vor Herrschels Haus nur mehr schwache Grübchen im stetig dicker werdenden weißen Straßenbelag auf dem Berlinischen Fischmarkt übrig geblieben. Ein Stück weit musste er über die Mühlendammbrücke zurückgehen, um endlich, auf dem Cöllnischen Fischmarkt links in die Rossstraße einbiegend und ins töchterliche Obergeschoss hinaufkraxelnd, seinen wohl verdienten Schabbat zu genießen. An sein weiteres Vorgehen und die damit verbundenen beschwerlichen Wege wollte er gar nicht denken, damit unbewusst das jüdische Schabbatgesetz befolgend, das es untersagte, am Freitag Reiserouten zu planen.
Doch als er wenige Schritte über den Mühlendamm hinausgekommen war, fiel ihm dennoch etwas ein, das auf den folgenden Tag Bezug nahm. Mit einem Seufzen wandte er sich von der Rossstraße ab und der Breiten Straße zu. Weit hinten ragte schwarz, wie eine Felswand vor einem Katarakt aus Schneeflocken, das Schloss auf. Langustier bog ab, ging an der Petrikirche vorbei die Scharrnstraße entlang, bis zur Ecke, wo die Brüderstraße einmündete. Dort läutete er an einem stattlichen Gebäude, in dem der frühere Polarforscher und seit 1740 amtierende Akademiepräsident Maupertuis residierte. So lange, bis er diesen hochgelehrten

und urskeptischen Menschen von der Notwendigkeit überzeugt hätte, an einer Studie von unerhörter wissenschaftlicher Tragweite teilzunehmen, die noch dazu in einem schlecht geheizten riesigen Stadthaus vorzunehmen wäre, das man gemeinhin als das Schloss bezeichnete – so lange würde der Schabbat noch warten müssen.

Sonnabend, 8. Januar 1757

I

Schabbat, fand Langustier, war doch eine ganz wunderbare Einrichtung! Er hatte, ohne weiter an irgendetwas anderes als an die schöne Aktrice zu denken – von der er noch immer nicht einmal den Namen wusste! –, einfach den ganzen Sonnabend im Bett gelegen: Hätten König oder Hofmarschall ihn doch mit zehn Gäulen holen lassen – das wäre ihm gerade grundegal gewesen! Bei dem Ausblick, die sich ihm am Sonntagmorgen bot, lag aber nichts ferner als die Vermutung, dass sich am vorherigen Tag in Berlin viel bewegt haben konnte, denn das Berlin seiner Erinnerung existierte schlechterdings nicht mehr! Der Schnee lag jetzt schon etwa fünfzehn Lachter hoch, so dass er bequem aus dem Fenster im vierten Stock steigen und dem Nachbarn von gegenüber, der vergebens nach dem Dache seines viel kleineren Hauses suchte, Bescheid geben konnte. Weiße Hügel zeigten vergrabene kleinere Häuser an, während sich auf den Dächern der früher größten Gebäude ellenhohe Schneetürme gebildet hatten, was den Resten von Berlin ein groteskes Aussehen verlieh. Schneetürme nebst Schneehügel in einer Schneewüste. Das Schloss ragte als ein Gebirgsmassiv in der Ferne auf, bequem einsehbar, wenn er sich auf der freigeräumten Balkonbrüstung nach rechts wandte. Und es schneite verstärkt weiter! Doch urplötzlich wurde der Druck, der auf dieser nordischen Schneestadt lastete, so groß, dass ganz Berlin mit lautem Getöse einstürzte – und mit ihm der Traum des selig sägenden Langustier, den die Enkel reichlich unsanft mit einem Schneeball weckten, den sie ihm ins Schlafgewand schoben.

Marie, die er wenig später in einer Art von Halbtraumzustand

nach dem Wochentag fragte, bestätigte ihm zu seinem allergrößten Leidwesen, dass es erst Schabbat, also Sonnabend war – er selbigen somit keinesfalls verschlafen haben konnte. Immerhin hatte ihn kein Lakai schon vor sechs Uhr zum König gerufen. Das war immerhin ganz erfreulich. Der Blick aus dem Fenster unterschied sich zum Glück ziemlich deutlich von der horriblen Traumvision, für die das Weiß sämtlicher Brandenburgischer Gespenster nicht ausgereicht hätte. Immerhin lag im Hier und Jetzt der Schnee hoch genug auf den Häusern, dass man einzelne verzweifelte Hausbesitzer sah, die das Einstürzen ihrer Dächer zu verhindern suchten, indem sie die Schneelast eigenhändig zu entfernen begannen – ein höchst gefährliches Vorhaben, bei dem es nachgerade auch einen Toten gab, wie man später erfuhr.
Das Frühstück war erquicklich, nicht allein wegen der schmackhaften Zanderterrine, die Langustier auf frischem, dünn gebuttertem und gesalzenem Weißbrot vorzüglich mundete, sondern auch aufgrund der Beobachtungen, welche ihm Marie von der Hamannschen Mittagstafel mitgebracht hatte.
Insbesondere Abrahams Schwester Judith war ihr aufgefallen, die als einziges Familienmitglied die Tragödie durch ihr fröhliches Gemüt etwas abzumildern schien. Ohne Judiths Gegenwart hätten sich Bruder und Mutter wohl ganz in ihrer Trauer verzehrt. Judith sei ein blondes, in ihrer Art zuweilen leicht närrisch anmutendes und zum Übermut neigendes Geschöpf, berichtete Marie, das jedoch über einen klaren Verstand verfüge. Verschiedene Nachfragen, die sie in Bezug auf seine, Langustiers, Rolle bei der Suche nach dem Täter getan, hätten dies deutlich gezeigt.
»Ob du mit der Polizei zusammenarbeitest, wollte sie wissen. Das hat mich leicht in Bedrängnis gebracht, da ich es ja weder prinzipiell in Abrede stellen, noch aber direkt behaupten konnte. Ihren armen Bruder hat sie mit der despektierlichen Frage gelöchert, ob ›Awelim‹ – Trauernde –, besonders aber die Kinder eines Toten im vorgeschriebenen Trauerjahr sich verloben oder

verheiraten dürften oder nicht, worüber er am Ende so erbost war, dass er aufgestanden und ins Kontor gegangen ist.«

»Eine interessante Frage! Und – dürfen sie's? Verloben sich Juden überhaupt?«, fragte Langustier.

Marie hatte sich gründlich umgehört, wenngleich sie nicht in allem sicher war:

»Soweit ich weiß, spricht nichts gegen eine Verlobung oder Eheschließung im Trauerjahr. Nur in der Trauerwoche, der Schiwa, und den dreißig Trauertagen für entferntere Angehörige, den ›Scheloschim‹, wäre beides wohl nicht angezeigt. Und was die Verlobung angeht: Die modern Gesinnten tun es nicht mehr zwangsläufig, doch die orthodoxen Talmudisten in jedem Fall. Sie nennen es ›Erusin‹ und machen miteinander einen Vertrag, wie es die anderen beim Heiraten tun. Ihnen gilt die Verlobung als die eigentliche Eheschließung. Aber Hamanns zählen wohl nicht zu dieser Gruppe, genausowenig wie Herrschels oder sonst eine von den wohlhabenderen Familien.«

»Hm.« Langustiers abschließender Kommentar zum Frühstücksei verbalisierte zugleich seine Ratlosigkeit im Casus Hamann. Kein Gedanke wollte sich fassen lassen, alles in seinem Kopfe gestaltete sich weich wie Eidotter. Lautes Klopfen an der Haustür schreckte ihn aus der wieder heftig einsetzenden Morgenmüdigkeit hoch. Marie blickte fragend; sie wusste nicht, wer das sein könnte.

Das Hausmädchen erschien im Türrahmen und vermeldete, dass eine Mamsell »Härschl« draußen sei und den Hofküchenchef zu sprechen wünsche.

Langustier blieb auf diese Vorwarnung hin keine Zeit mehr, in seine Tageskleidung zu schlüpfen. Die goldene Schnur mit den Quasten fester um den tiefblauen Casaquin zu zurren, der sich eng über den gewölbten Leib spannte, war alles, was er tun konnte, bevor die edel bepelzte Frommet in die Küche einfiel.

»Monsieur! Es ist etwas Fürchterliches geschehen!«

Zu mehr reichte es nicht – schon lag sie zusammengesackt auf dem Terrazzoboden.
Marie befreite die Ohnmächtige von ihrem Mantel und bedeutete ihrem Vater, sie ins Wohnzimmer zu tragen, wo auf der Chaiselongue eine weiche Bettstatt improvisiert wurde, während sie nach dem geeigneten Belebungsmittel suchte.
Langustier, dem der Anblick der Schönen keine geringe Röte auf die Backen trieb – trug sie doch unter dem Zobel ebenfalls nur einen (paprikaroten) Morgenmantel –, benötigte eine geraume Weile, bis er seine bewusstlose Last aufs Polster senkte. Marie stieß ihn mit einem enervierten Schnauben zur Seite, damit sie ihre Wiederbelebung ungehindert ins Werk setzen konnte.
»Wie wäre es, Herr Vater, wenn Ihr Euch um Eure dienstliche Montierung bemühtet, statt hier den Schwerenöter zu mimen?«, fragte sie mit unverhülltem Ärger, worauf der Gemaßregelte eilig in seiner Kammer verschwand, die Gedanken füglich auf die unbekannte Bühnenschönheit richtend.
Als er wieder im Wohnzimmer erschien, war auch Frommet Herrschel soweit wiederhergestellt, dass sie ihm ermattet zulächeln konnte. Aus den wärmenden Decken, die sie einhüllten, lugte nur noch ihr hübscher Kopf hervor, wie Langustier etwas enttäuscht bemerkte, wiewohl er aufrichtig froh darüber war, sie wieder halbwegs wohlauf zu sehen. Ihre Stimme kam nun tastend, was den Worten aber nichts an Gewicht nahm.
»Monsieur, Ihr seid meine einzige Hoffnung! Abraham ist verhaftet worden und sitzt nun in der Hausvogtei! Er ist unschuldig, das weiß ich sicher. Ihr müsst ihn befreien, sonst lässt ihn der König aufhängen!«
Langustier machte diese Neuigkeit im ersten Moment sprachlos. Als er sich wieder gefasst und einen gemäßigten Fluch gegen den Polizeipräsidenten Becker losgelassen hatte, der hinter dieser Verhaftung stecken musste, ließ er sich von Frommet weitere Einzelheiten berichten.

»Judith hat mir die Schreckensbotschaft überbracht, und ich bin direkt zu Euch gelaufen. Ich hatte meine Morgentoilette noch nicht beendet und komme daher so, wie ich war, denn mir scheint, dass jede Minute, die man zögert, ihn näher ans Gericht, sprich: an den Galgen bringt! Eine Abordnung Gens d'armes hat ihn abgeholt, ohne dass Mutter und Schwester etwas dagegen ausrichten konnten. Er ist sehr gefasst gewesen und hat wohl noch erklärt, dass in einem aufgeklärten Staate wie dem preußischen keine Justizirrtümer vorkämen. Kaum hatte er dies verkündet, waren Beckers Handlanger bereits dabei gewesen, ihn für ihre vergitterte Kutsche transportfähig zu machen. Immerhin durfte er sich einen warmen Mantel und ein paar Decken mitnehmen, was darauf hindeutet, dass die Gefangenenquartiere in diesem rohen Gebäudeklotz nicht ordnungsgemäß beheizt werden!«
Langustier sprach sehr ernst:
»Sie haben völlig richtig gehandelt, indem Sie gleich zu mir kamen, denn mit dieser Geschichte ist wahrlich nicht zu spaßen. Lassen Sie sich von Marie eine tüchtige Stärkung verabreichen und nach Hause begleiten. Übrigens: Haben Sie mit Abraham Hamann einen Vertrag über ihrer beider Verlobung geschlossen?«
Frommet Herrschel lachte hell auf.
»Machen Sie Scherze? Für die Erusin bedarf es Vater und Mutter und Zeugen. Ohne den seligen Vater Hamann wäre das gar nicht möglich gewesen. Aber auch wenn, so altmodisch sind wir nicht. Uns reicht der Ehevertrag, bevor wir unter die Chuppa treten. Und daran wird uns jetzt niemand mehr hindern –«
Sie hielt erschrocken inne:
»– es sei denn, sie lassen ihn im Gefängnis verschmachten oder bringen ihn um!«
Langustier legte den Finger auf die Lippen und sagte:
»Das dürfen Sie nicht einmal denken, Mademoiselle! Etwas Mokka wird Ihnen die Zuversicht wiederbringen. Wenn er unschuldig ist, so sorge ich dafür, dass er so rasch als möglich wieder

auf freien Fuß gesetzt wird. Doch hierzu ist vor allem nötig, dass er nicht mehr offen lässt, wo er in der Nacht gewesen. Es wäre schön, wenn Sie mir vielleicht hierüber etwas sagen könnten.«
Frommet Herrschel, die bis dato gänzlich wiederhergestellt schien, tat einen Seufzer; ihre Augen rollten zur Zimmerdecke, während ihr Kopf im Kissen versank. Eine erneute Ohnmacht hatte sie umfangen.
Langustier seufzte ebenfalls und klagte, zu Marie gewendet: »Das ist für euch Frauenzimmer immer sehr einfach, mit den Augen zu rollen und die Sinne entschwinden zu lassen. Oftmals ist der Schwindel aber auch nur hilfreicher Schwindel ... Vielleicht könntest du ja einmal ... sozusagen von Frau zu Frau ...?«
Marie, die sich sofort bemühte, Frommet Herrschel wieder zu Bewusstsein zu verhelfen, indem sie ihr ein starkes Riechsalz unter die Nase hielt, sah ihn böse an, und er entfernte sich lieber.

II

Der Schnee fiel stetig wie zuvor, als Langustier von der Rossstraße in Richtung Hausvogtei davoneilte, sofern sich seine halb tastende, halb schlitternde Bewegung denn »eilen« nennen ließ. Gern hätte er einen Fiaker genommen, um schneller vorwärts zu kommen, doch der halsbrecherische Weg zum Schlossplatz, wo vielleicht ein geeignetes Gefährt zu finden gewesen wäre, hätte ihn ebenso viel Zeit gekostet wie der Eismarsch zu seinem eigentlichen Ziel.
Nach fünfzehn Minuten stand er glücklich am Jerusalemer Platz auf der nach Feldmarschall Sparr benannten Sparrschen Bastion, der Bastion No. 3 der ehemaligen Stadtbefestigung. Nachdenklich blickte er um sich: Wie der Schnee alles veränderte! Wie verzaubert er selbst das lang gestreckte Gebäude vis à vis erscheinen ließ!

Die Form der Bastion aufgreifend, war das doppelt abgeknickte Haus zwei realiter völlig verschiedenen Zwecken gewidmet, die man jedoch gedanklich leicht miteinander in Konnex bringen konnte: Das Jägerhaus rechter Hand enthielt alle zur edlen Jagd und zum adeligen Waidwerk nötigen Instrumente – das Hofgericht linker Hand bot dagegen den nötigen Raum, um Beute vornehmlich adliger Natur lebend gefangen zu setzen. Das Hofgericht, besser bekannt unter der Bezeichnung »Hausvogtei«, zu der Langustier jetzt hinüberschlitterte, ragte vorn zwei Geschosse hoch auf. In diesem vorderen Teil befanden sich die Gerichtsstube, die Wohnung des Hofrichters sowie ein als Kirche nutzbarer Saal. Das Hinterhaus dagegen beinhaltete die Zellen für sämtliche Gefangene »eximierter Kondition«, das bedeutete: für alle diejenigen, die der normalen Gerichtsbarkeit enthoben waren. Neben straffälligen Personen des Hofes oder auswärtiger hoher Stände wurden hier auch Juden inhaftiert, was Langustier sich mit den besonderen religiösen Sitten zu erklären suchte, deren Einhaltung man für die Gefangenen in einem gewöhnlichen Gefängnis wohl nicht hätte garantieren können.
Wenn dem so wäre, dachte Langustier, so möchte man dies immerhin eine humane Geste einem bloß geduldeten Volk gegenüber nennen, das ansonsten nur geknechtet wurde, und für diese Gnade des Bleiberechts noch Unsummen von Geld bezahlen musste. Dass jüdische Kaufleute Hofjuden wurden und gar einem ihnen feindlichen König das Geld fabrizierten, war dem Zweiten Hofküchenmeister als einem aufgeklärten und freiheitsliebenden Mann so unerklärlich wie nur irgendwas. Vielleicht konnte dies überhaupt nur von Juden begriffen werden, die gezwungen waren, sich in Bedrohung und Erniedrigung dauerhaft einzurichten. Musste es ihnen nicht täglich aufs Neue so erscheinen, als lebten sie in einer absurden, grundverkehrten Welt? Langustier konnte nicht umhin, sich selbst zu korrigieren – der Grund, Juden in die Hausvogtei zu bringen, war einfach der, dass sie dem Schutz des

Königs unterstanden: dafür bezahlten sie schließlich! Folglich unterlagen sie der Hofgerichtsbarkeit.
Nachdem er der Torwache sein Permissschreiben gezeigt und die Bitte vorgebracht hatte, mit dem frisch eingelieferten Arrestanten Hamann zu sprechen, wurde ihm bedeutet, einen Augenblick zu warten, bis dem Hausvogt dieses Ersuchen hinterbracht worden und von diesem darüber entschieden worden sei. Immerhin brauchte Langustier nicht draußen auf dem öden Platz zu erfrieren, sondern konnte in der mäßig warmen Stube des Pedells notdürftig auftauen. Dieser lief unterdessen zu Friedrich Gregor Wille, dem Leiter der Institution, und kam wenig später wieder zurück, um Langustier mit behördlicher Erlaubnis denselben Weg antreten zu lassen. Sechsunddreißig Treppenstufen später stand er dem Hausvogt gegenüber, einem mittelgroßen, leicht untersetzten Herrn mit für den Pykniker typischen, kräftigen bis groben Gesichtszügen, die im Falle Willes zum kugelig-knolligen Charakter tendierten. Eine markante, im Doppelschwung gerundete Nase bildete die Vorderkante seines rundlichen Profils, in dem Stirn und Doppelkinn in gleichem Maße auf der Flucht waren. Sehnige volle Backen deuteten aufs Gernessen, tief liegende Knöpfchenaugen auf lange Nachtsitzungen nach Dienstschluss. Die grau melierte Perücke, welche rückwärts in einen kleinen künstlichen Zopf mit großer, dunkelgrauer Samtschleife auslief, verdeckte mit ziemlicher Sicherheit eine blank polierte Kugeloberfläche. Wille trug einen hellbeigen Armeerock mit schwarzem Kragenaufschlag und brauner Halsbinde über weißem Hemd mit Rüschenbesatz. Entgegen Langustiers Erwartung, war dieser königliche Beamte keineswegs behäbig. Noch ehe er den Mund aufmachen konnte, hatte ihm Wille Platz geboten:
»Ihr kommt wahrlich schneller, als Becker mir prophezeit hat! Um Euch die Frage nach den geschehenen Verfahrensdingen zu ersparen, fordere ich Euch auf, gleich gut zuzuhören.«
Nach diesen flinken Worten mundierte er dem seitlich sitzenden

Hofgerichtsschreiber die Zusammenfassung der Inhaftnahme und Befragung Hamanns laut und deutlich in die gespitzte Möwenfeder. Langustier fand somit ohne weitere Umstände den Bericht Judith Hamanns über die Verhaftung ihres Bruders, den ihm Frommet Herrschel überliefert hatte, bestätigt. Über den Anlass zu dieser Inhaftnahme, die auf direkten Befehl von Polizeichef Becker erfolgt war, vermochte Wille indes wenig mehr zu diktieren, als dass es einen namentlich nicht gezeichneten brieflichen Hinweis gegeben habe, der dahingehend gelautet, dass »der Sohn des ermordten Juden sich durch sein Lügen vehemente verdächtig gemachet«. Wille zeigte Langustier eine Art Quodlibet aus verschiedenen ausgeschnittenen Wörtern, die – neuen Sinn ergebend – hintereinander weg auf einen gebrauchten Bogen Kanzleipapier geklebt waren, offenbar, um die Handschrift zu vermeiden, die den Absender dieser Botschaft verraten haben würde. Indessen hätte es dieser Mühe kaum bedurft, wie Langustier durch eine Betrachtung des Bogens gegen das trübe Tageslicht am Fenster rasch bemerkte: Ein halb angeschnittenes Wasserzeichen zeigte deutlich ihm wohl bekannte Insignien: LEH – Levin Elias Herrschel. Die zurückliegende Unterredung mit Langustier hatte dem frischgebackenen Münzunternehmer des Königs anscheinend aufrichtige Zweifel an der Vertrauenswürdigkeit seines zukünftigen Kompagnons Hamann eingegeben, so dass er sich keinen anderen Rat mehr wusste, als die Gerichtsbarkeit über Wahrhaftigkeit oder Lüge und alles etwa daran Geknüpfte entscheiden zu lassen.

Langustier bat Wille, im Rahmen seiner vom König erteilten Erlaubnis zu allen Ausforschungen, die den Fall der Lösung näher brächten, mit dem Festgesetzten reden zu dürfen, was ihm der Hausvogt erfreulicherweise zugestand.

Zuvor aber musste er dem Küchenmeister noch einen Blick in diverse Gesetzeskodizes und Regierungshandbücher verstatten, die sein Amtszimmer tapezierten. Grummelnd blätterte Langustier in aller gebotenen Hast zuletzt noch in einer widerlich eng gedruckten Riesenschwarte über kaiserliches Münzrecht und fürstliche Münzregale, bevor er einem hageren Wachmann in den Zellentrakt folgte.

Langustier, der hier etwas mehr Komfort erwartet hatte als in Spandau, wo die normalen Verbrecher einsaßen, sah sich in diesem Punkt herb getäuscht. Abraham Jeremias Hamann, dem er kurz darauf gegenüberstand, schlotterte trotz seines vergleichsweise guten Kälteschutzes wie ein Schneider. Weit und breit war kein warmer Ofen oder Kamin in Funktion. Die meisten der Arrestanten entbehrten selbst der wärmenden Mäntel und behalfen sich in ihrer Not – angetan mit den gewöhnlichen Jacken, die in der Zeit ihrer Verhaftung wohl hingereicht hatten, jetzt aber viel zu dünn waren – mit schmutzigen, modrigen Decken, welche aus alten Kartoffelsäcken zusammengenäht schienen. Türen fehlten im ganzen Haus, so dass sich eine widrige Zugluft überall bis in die letzten Winkel stehlen konnte und Lungenerkrankungen sehr begünstigt wurden. Hamann sah mit seinem grünen Mantel aus wie ein Rabe, der sich unters Hühnervolk verirrt hatte. Seine Decken hatte er an die beiden Mitbewohner des kahlen, trüben Raumes verteilt, damit sich ihr Los wenigstens etwas besserte.

Die veränderten Umstände ließen ihn beim zweiten Zusammentreffen mit Langustier weitaus zugänglicher erscheinen. Kaum hatte er seinen Besucher erkannt, erhob er sich von der klammen Holzpritsche, die wohl auch sein künftiges Nachtlager bilden würde, und kam ihm mit gefesselten Händen entgegen.

»So haben Sie mich also arretieren lassen, weil Sie sich meiner Schuld sicher sind! Aber was soll ich anderes beteuern, als dass ich gänzlich schuldlos bin am Tod meines geliebten Vaters!«

Hamanns Blick wirkte aufrichtig resigniert, so dass Langustier dem Unglücklichen möglichst moderat entgegnete:

»Monsieur, Sie irren, da Sie von ›sicher‹ reden. Wenn etwas Sie hierher gebracht hat, dann war es eine Unsicherheit in den Antworten, die Sie mir und Herrschel gegeben haben, der offenbar an Ihre Aufrichtigkeit und Unbescholtenheit nicht länger glaubt. Nicht ich, er hat Sie angezeigt.«

»Herrschel?«

Hamann fiel aus allen Wolken.

»Das kann doch nicht sein! Was tat ich, ihn in Zweifel zu setzen?«

»Sie erzählten ihm von Ihrer beabsichtigten Fahrt mit dem Vater, während Sie mich im Glauben ließen, den ganzen Abend auf der Herrschelschen Hochzeit getanzt zu haben. So ist momentan alles unsicher, was Ihre Rolle in jener Nacht betrifft, woraus sich direkt Ihre jetzige Lage ableitet. Sagen Sie mir, wo Sie wirklich waren, und ich werde alles daransetzen, dass Sie schnellstmöglich nach Hause entlassen werden. Wo nicht, so möchte ich für nichts einstehen – es sind in diesem Land schon Leute für weniger als nichts gehenkt worden. Frommet Herrschel hat übrigens erwirkt, dass ich so früh von Ihrer Verpflanzung an diesen unwirtlichen Ort erfahren habe.«

Frommets Name zauberte ein Leuchten auf Hamanns Gesicht, und es kam Langustier vor, als wirkte er wie ein magischer Schlüssel, der ein ansonsten nicht zu öffnendes Schloss aufsprengte.

»Sprechen Sie offen zu mir, was die fragliche Nacht angeht – es ist dies ganz im Interesse Ihrer Liebsten, denn sie verzehrt sich schier vor Schmerz über Ihren Verbleib!«

Die Helle auf Hamanns Antlitz verschwand wie ein flüchtiger Mondstrahl aus aufgewühlten Nachtwolken. Schatten legten sich wieder darüber, als er nachdrücklich sagte:

»Halten zu Gnaden, Monsieur Langustier, aber zu erklären, was Sie en passant und scheinbar fühllos von mir fordern, ist so umstandslos nicht möglich, denn es gibt süße Geheimnisse, die gar nicht kriminell, indessen für ihre Träger gefährlich genug sind, um alles daranzusetzen, dass ihr Enthülltwerden unterbleibt – zumindest ein zu frühes ...«

»Ich will vermuten, dass dieses Geheimnis Frommet und Sie betrifft und von einer Art ist, dass Herrschel tunlichst nicht von ihm erfahren sollte? Sie wollten den Trubel des Festes nutzen, um etwas zu tun, was die Orthodoxie selbst Braut und Bräutigam noch nicht erlaubt?«

Hamann junior nickte, und seine Atmung war erleichtert, da sich das kaum Aussprechliche in immer engeren Andeutungen nun von selbst Bahn brach. Dennoch wand er sich vor Scham, als er sagte:

»Die höfische Libertinage mag Ihnen dies verhohlene Geständnis wie einen Scherz erscheinen lassen, doch unter strenggläubigen Menschen ist die Fleischeslust ein Sakrileg, mag sie auch mit der reinsten und moralischsten Liebe einhergehen, die nur je ein Wesen für ein anderes empfunden hat. Sie gilt für nichts als lästerliche Unkeuschheit und haftet, wo sie offenbar wird, an allen Abtrünnigen als ein lebenslanger Makel.«

Langustier verstand jetzt Frommets Verhalten und bewunderte umso mehr den Mut, der sich in ihrem morgendlichen Besuch ausgedrückt hatte. Auch dämmerte ihm der Sinn des wollüstig-gefährlichen Tuns:

»Sie wollten die Väter mit diesem – nennen wir es: – ›Mittel‹ an den Vertragstisch zwingen!«

Hamann bejahte zögernd.

»So könnte derjenige, welcher es gewohnt ist, alles zwischen den Menschen Vorkommende immer auch als res jurae zu betrachten, es nennen. Vor allem meinen Vater hätten wir mit der Nachricht von dieser gemeinsamen Nacht in die größte Bedrängnis gebracht. Er hätte, um seine Position in der Judenschaft nicht durch eine solche Befleckung zu schwächen, in unsere Forderung eingewilligt und die Heirat erlaubt. Doch sollte Ihr Fühlen als Mensch Sie daran hindern, uns allein für zwei der versuchten Erpressung Schuldige anzusehen. Das in dieser Nacht Geschehene war zu heilig und den irdischen Gesetzen und Verträgen zu weit enthoben, als dass es noch eine Rolle gespielt hätte, was mein Vater, Frommets Vater oder auch der Oberlandrabbiner dazu gesagt hätten. Schließlich wäre – und ist – unsere Heirat nach dem Gesetz nur noch die offizielle Bestätigung der bereits vollzogenen Eheschließung. Denn nach unserem Glauben gilt eine Ehe als besiegelt, sobald Frau und Mann einander ... erkannt ... haben.«

Langustier war im Bilde. Was hier geplant gewesen, konnte zweifellos eine subtile Erpressung heißen. Es war aber nichts, was er nicht hätte nachfühlen und verstehen können. Der religiöse und ökonomische Starrsinn hatte den Liebenden auf der Welt schon so viel Leid gebracht, dass kein Mittel verwerflich war, das ihm Paroli bot, ausgenommen Mord und Totschlag – am wenigsten die natürlichste Liebe selbst.

Obschon Langustier sich für die jungen Glücklichen freute und er einem schleichenden Gefühl von altväterlichem Neid nur unter Aufbietung echter, weltumfassender, abstrakter Menschenliebe entraten konnte, war mit diesem Eingeständnis Hamanns noch nicht viel gewonnen, wenn keine genaueren Zeit- und Ortsangaben folgten.

»Darf ich denn daraus schließen, dass Ihr Herr Vater, nachdem Sie beide die Synagoge verlassen hatten, allein zum Schlesischen Tor gefahren ist?«

»Es wäre unbillig, Monsieur, Ihnen jetzt noch zu verschweigen, dass ich mich nicht gleich nach dem Gottesdienst von ihm trennte. Ich wollte einen letzten, vernünftigen Versuch unternehmen, mit ihm über Frommet und mich zu reden, doch es ging schrecklich schief. Er stürzte, sobald er merkte, wohin ich ihn dirigieren wollte, aufgebracht in Herrschels Palais, wo wir, recht lauthals geworden, anlangten. Herrschel hat wohl über unseren Besuch geschwiegen, weil es kein gutes Bild macht, wenn das Mordopfer in der Tatnacht noch auf dem polierten Marmor seiner heiligen Vorhalle steht.«

Langustier konnte den spöttischen Unterton nicht überhören, der ihm zeigte, wie sehr Hamanns Achtung vor Herrschel gesunken war. Dicke Eisblumen, aus dem niedergeschlagenen Atem der Gefangenen am kalten Glas hervorgegangen, zierten die winzigen Scheibchen, aus denen das seinesteils sehr kleine Fenster zusammengesetzt war.

»Ich werde beim Hausvogt Klage erheben und notfalls mit meinem eigenen Holz dafür sorgen, dass Ihnen hier schnell eingeheizt wird, Monsieur. Dies ist kein Zustand – das unschuldige Erhängen wäre wohl dem Erfrieren noch vorzuziehen! Nur müssen Sie mir abschließend verraten, wie die Begegnung zwischen Ihrem und Frommets Vater verlief, wie Sie sich trennten und wo Sie mit Frommet zusammen waren. Ich verspreche Ihnen, dass es aus meinem Munde niemand erfahren soll, wenn es nicht zwingend notwendig wird, davon zu reden.«

Hamann schluckte angesichts von so viel Noblesse, die der außerordentliche Kommissar des Königs, den er noch gestern für hartherzig und unnahbar gehalten, hiermit bewies; er merkte, dass Langustier ihm helfen wollte, und war sich mehr denn je bewusst, dass dieser dicke Mann seine einzige Rettung vor dem Galgen am Hamburger Tore wäre.

»Ihr Benehmen beschämt mich, Monsieur. Ich verließ die beiden Streithähne im Herrschelschen Haus, nachdem ich mich förmlich gezwungen hatte, eine kurze Weile ihr fruchtloses Debattieren und Beratschlagen mit anzuhören, und strebte dem Ort zu, an dem ich mich mit Frommet treffen wollte. Um sich unbemerkt von der Hochzeitsgesellschaft davonzustehlen, sollte sie eine Weile zuwarten, bis das Fest in vollem Gange wäre und keiner mehr auf den Gedanken käme, nach ihr zu suchen. Beides war ihr trefflich gelungen, wie sie mir stolz berichtete, als wir uns bei Fleck getroffen haben, meinem Hofmeister, der mir wie ein guter Freund ist. Einer seiner Nachbarn in dem üblen Mietshaus, das er zu bewohnen gezwungen ist, war gerade zu einem Vetter in Frankfurt abgereist und hatte ihm seinen Zimmerschlüssel anvertraut, auf dass er zuweilen nach seinen beiden Katzen sehe. Fleck ließ uns gegen sieben ein, und als wir kurz vor elf wieder das Haus verließen, um zur Hochzeit zu gehen, war er verschwunden. Im Hause meines Vaters erst traf ich ihn wieder, nachdem man mich bei Herrschel alarmiert hatte, und er war reichlich verunsichert, fürchtete er doch, es könnte herauskommen, dass er mir und Frommet einen Unterschlupf verschafft hatte. Ich habe ihn später heimlich gefragt, warum er mich in der Nacht nicht unterrichtete – wenngleich ich ihm dafür auch Dank schulde –, und er hat mir erzählt, dass ein Bekannter mit der Hiobsbotschaft gekommen sei, dem er begreiflicherweise nicht meine und Frommets Anwesenheit nebenan verraten wollte.«

Langustier war es soweit zufrieden. Diese Zeit- und Ortsangaben machten, wenn sie denn stimmten, die Täterschaft Hamanns so gut wie unmöglich. Er schied von Hamann mit einem festen Händedruck und versicherte, alles daranzusetzen, ihn aus diesem kalten Loch zu holen.

Der Hausvogt war von etwaigen Erleichterungen oder gar Bequemlichkeiten für den Neuzugang nur schwer zu überzeugen. Widerstrebend und kopfschüttelnd bewilligte er die Beheizung der Zelle, sofern Langustier das Brennholz bezahlte, machte jedoch keinen Hehl daraus, dass er dies bei einem sicheren Todeskandidaten für reine Geldverschwendung hielte. Für die Gefahr, der Arrestant möchte mit dem offenen Feuer die ganze Hausvogtei in Brand stecken, entbot sich Langustier großmütig, die Verantwortung zu übernehmen – reichlich großmütig, wie ihm beim Verlassen des Gebäudes dämmerte –, doch dann siegte sein Glaube an das Gute in diesem Menschen.

III

Mit dem Gefühl offizieller Dringlichkeit bahnte sich der Zweite Hofküchenmeister seinen Weg durch die in eisigem Weiß versunkene Stadt. Seit dem Morgen hatte es unaufhörlich weitergeschneit! Trotz der neuesten, verschärften königlichen Order, »das Schüppen« betreffend, waren die Wege äußerst unsicher und beschwerlich. Im Polizeihauptquartier, das sich traditionsgemäß auf der Wache der Gens d'armes im vorderen, den Linden zugewandten Teil des Großen Stalles neben dem Königlichen Prinz-Heinrich-Palais befand, hatte er keine großen Schwierigkeiten, den äußerst korpulenten Polizeichef von Berlin, Adalbert von Becker, ausfindig zu machen, gegen den er selbst nachgerade verhungert aussah. Becker schnaubte beinahe angewidert, als Langustier ihm gegenübertrat und in aller Kürze seine neuesten Erkenntnisse darlegte, sein königliches Permissschreiben angelegentlich präsentierend.

»Eure Verhaftung traf den Falschen, Monsieur! Hamann hielt sich, wie er glaubhaft machen konnte, zur Zeit des Verbrechens weit vom Tatort entfernt auf. Er verschwieg dies zunächst aus etwas, nun ja, delikaten Gründen. Allerdings irrte er wohl nicht, wenn er annahm, dass Sie seinen Aussagen ohnehin wenig Gewicht beimessen würden. Bei Ihnen scheint der Fall ja klar. Ist Ihnen nicht aufgefallen, Monsieur, dass die anonyme Meldung von Herrschel stammte, dem Hamann, ohne es zu wollen, Zweifel an seinem wahren Verbleib an jenem Abend beibrachte? Herrschel weiß nur, wo sein potenzieller Kompagnon zugegebenermaßen *nicht* war. Aber für seinen eigentlichen Aufenthaltsort werde ich Ihnen zwei Zeugen beibringen können, seine Zukünftige und seinen Hofmeister! Daher möchte ich, dass Ihr ihn freilasst!«

Becker war puterrot angelaufen und schnaubte erbost. Es schien nicht so, als ob er Langustiers Worten großes inhaltliches Gewicht beimessen wollte.

»Se. Königliche Majestät haben nach der Verhaftung des jungen Hamann expressis angeordnet, dass alle weiteren Recognoscierungen und Raisonnements in betreffs des Hamann obsolet seien! Wie kommt Er dazu, Herr Koch, hier noch nachzuforschen, wo doch alles schon besiegelt ist? Der Junge wollte heiraten, und da ihn der Alte nicht ließ, murkste er ihn ab – so einfach ist das. Und die Widersprüche in seinen Aussagen deuten darauf, dass er sich ein Lügengespinst zusammengewoben hat, in das sicher auch sein Hofmeister, dieser Flick, verstrickt ist. Ich würde ihn noch hinterdrein arretieren, wenn ich nicht gegenläufige Anweisung hätte!«

»Fleck!«, korrigierte Langustier. »Er heißt Fleck. Er war mit den Brautleuten am fraglichen Abend zur fraglichen Zeit zusammen bei sich zu Hause.«

»So so! Und habt Ihr auch Zeugen dafür, dass dieser Fleck wirklich bei sich zu Hause war? Mein Herr, darauf lässt sich nichts bauen, das ist Humbug! Eine Lügenmär, von allen dreien erdacht, um den Mörder freizubekommen. Fleck war bereits bei Hamann, als Hamann junior von der Herrschelschen Hochzeit gerufen wurde, um die Kunde vom Tod seines Vaters zu erfahren. Warum kannte er sie nicht bereits, wenn er doch zuvor bei Flick gesteckt haben soll?«

»Fleck und die beiden hatten sich getrennt, das ist wahr. Aber der Aufenthaltsort der Brautleute war nach wie vor die Flecksche Behausung.«

Langustier wollte nicht deutlicher werden, woraus Becker schloss, dass ein abgekartertes Spiel im Gange war, einzig zur Ablenkung gedacht und daher nicht weiter von Belang.

»Bringt Ihr mir den wahren Täter, lasse ich Hamann frei. Aber auf windige Entlastung hin, wie Ihr sie bisher konstruiert, wird der Hausvogt seine Türen nicht aufschließen! Guten Tag!«

IV

Vor einem stattlichen Haus in der Friedrichsstraße angelangt, betätigte der reichlich entnervte Langustier wenig später einen Türklopfer in Form zweier verschlungener Leiber, die das symbolische Bild der »chymischen Hochzeit« darstellten, bei welcher Mann und Frau einander als Reagenzien begegnen. Ein Bedienter öffnete und führte ihn vier Treppen hoch in ein geräumiges Gelass, das ein ungeheures Gewirr aus Reagenzkolben und Glasrohren beherbergte. In den Gefäßen zischte, brodelte und knallte es.

Im Hintergrund des Raumes, vor einer gewaltigen Kaskade von Retorten, die bis unter die hohe Stuckdecke reichte, hielt sich beharrlich eine Dunstglocke. Zwei gedämpfte Stimmen waren zu hören, die ein dem Köhlerglauben des gemeinen Volkes verhafteter Beobachter wohl als zwei Unterteufeln zugehörig gedeutet hätte. Die Wolke, aus der sich Michael Gabriel Fredersdorf und sein hoch besoldeter Alchemist Samiel Aaron Rosenblüth nun höchstpersönlich herausschälten, war alles andere als wohlriechend. Sie roch nach Hölle mehr als nach Küche. Der Anblick Langustiers riss Fredersdorf abrupt aus alchemistischen Gedankenspielereien. Bei dem festlichen Anlass vor Tagen hatte es zwischen ihnen nur zu wenigen Worten gereicht.

Fredersdorf fragte auch jetzt erst nach dem Gesundheitszustand des Königs und ließ sich die Unbequemlichkeiten und Unpässlichkeiten, wie sie im Felde an der Tagesordnung waren, in allen Einzelheiten schildern. Da es jedoch in Dresden zuletzt recht komfortabel zugegangen war, konnte der fürsorgliche Diener über das relative Wohlergehen der Majestät beschwichtigt werden und die Unterhaltung persönlicher werden.

»Monsieur Langustier! Ich habe ohne Ihre Leckerbissen nur gedarbt die letzten Monate. Sagen Sie, gehen Sie wieder mit zurück ins Feld? Sie sind doch nicht mehr der Jüngste.«

Langustier, Bild des strotzenden, prallen Wohllebens, lachte über das ganze Gesicht und entgegnete:

»Da haben Sie wohl Recht. Ich sollte weiß Gott nicht so töricht sein, aber so lange ich noch kann, werde ich keinen Marschbefehl Se. Königlichen Majestät ignorieren. Doch was ist mit Ihnen? Wieso fehlten Sie bei der Bataille? So gut auf den Beinen waren Sie nicht, als ich wegging. Haben Sie und Ihr Famulus gar insgeheim den Stein der Weisen bereits entdeckt, der alle Wunden heilt und Krankheiten zum Verschwinden bringt?«

Fredersdorf lächelte trübe über diese Schmeichelei. Dass es mit seinen Beinen unausgesetzt schlimmer geworden war über die Jahre, konnte niemandem verborgen geblieben sein. Inzwischen kämpfte Fredersdorf mit mehreren Krankheiten gleichzeitig, wovon die Wassersucht nur das kleinste Übel war. Der König schickte ihm immer seltener seine guten Ratschläge, die richtige Kur und Medizin betreffend, denn er war mit seinem Latein am Ende. Aber er erteilte seinem Kämmerer und Schatullenverwalter nach wie vor kleinere Aufträge und informierte ihn über die neuesten Heeresbewegungen und Waffengänge. Zuletzt war Fredersdorf, die Krücken beiseite legend, an seine verstaubten Pläne und Landkarten getreten und hatte mit dem Finger verzweifelt ein Nest namens Lobositz gesucht.

Der König wusste inzwischen aus eigener Erfahrung, dass vom Goldkochen nichts zu halten war, doch seinen manchmal recht kindischen alten Fredersdorf, der mit einem großen Gut, mit Seidenbau, Seehandel und Brauerei Unsummen verdiente, beseelte ein Glaube, den rationale Einwände nicht zu erschüttern vermochten, was der König daher auch nicht weiter probierte. Mit einer Schalkhaftigkeit, die der Adressat, am Ofen seines Labors in der Friedrichsstraße stehend und seinem neuen Goldmacher zusehend oder assistierend, kaum weiter beachtet haben dürfte, hatte ihm der König den Rosenblüth verschrieben und in den höchsten Tönen angepriesen:

»Der goldtmacher seindt wahrlich nicht zu verachtend! Er kann wie ein Midas mit dem Blick treffen und einen ›goldenen Kämmerer‹ aus dihre machend! Er ist sehr erfahren und schafft Dihr in 14 tage eine Millijohn! das ist keine bagathelle! und wann du nuhr 8 oder hunderttausend Taler zu Setztest, So schwimmstu darnach im lautersten Golte!!!«
Fredersdorf hatte geantwortet:
»Ewr. Maj. danke unterthänigst vor den Berlinischen Goldtmacher, es kostet mich Lehrgeldt genug! Meine Absicht wehre endlich: wenn es wehr Zustande gekomen, wolt es Nicht vor Mich haben, lediglich vor Ew. K. Maj. Nutzen, denn Ew. Königl. Maj. haben Mich so viel gegeben und so glücklich gemacht, dass ich Ihnen nicht genugsahm Zeit Meines Lehbens danken kan!«
Er klammerte sich umso mehr an den kostspieligen Zeitvertreib, je weniger Kraft er fand, sein ihm vom König geschenktes Gut Zernikow selbst zu bewirtschaften und am Leben seiner dort ohne ihn bestens auskommenden schönen, lebensfrohen Gattin teilzunehmen. Der Glaube an die Möglichkeit, aus unedlen Metallen Gold machen oder aus Laken allerlei Salze den Lapis Philosophorum zu kristallisieren, war noch stärker in ihm geworden, als er es je zuvor gewesen. Was lag daran, dass Rosenblüth nun noch zwei Kilo echtes Gold benötigte, um »transmutiertes« Gold in Fülle zu schaffen? Wenn der König für die siegreiche Absolvierung seiner Kriege alles Gold der Welt brauchte, so würde er, Fredersdorf, es ihm eben beschaffen. Mit strahlenden Augen sagte er zu Langustier:
»Es kann wirklich nicht mehr lange dauern, Sie werden es schon erleben! Wir haben noch nicht das Elixier, und auch für Transmutationen en gros fehlt der letzte Durchbruch. Doch die Prinzipien, nach denen unsere spagirische Kunst gedeihet, sind wohl ausgereift.«
Langustiers humanistische Bildung klapperte los wie ein gut geschmiertes Windmühlengetriebe:

»Spagirische Kunst – von spagein: trennen, und ageirein: vereinen? Ich erinnere nur an Ihre ersten Versuche in Potsdam, die der ganzen Garnison zum Unglück ausschlugen! Die übers Ohr Gehauenen trennten oder schieden sich vom Gold, die alchemistischen Verführer dagegen vereinten sich blendend mit ihm. Jeder hegte die Hoffnung, seine Spielschulden mittels Alchemie bezahlen zu können, und plötzlich konnten wir uns nicht mehr retten vor Goldmachern. Erinnern Sie sich an die Pfuel aus Sachsen! Ihr größtes Kapital waren ihre beiden Töchter, die mehr durch die üppigen Reize ihrer Silhouetten als durch die Qualität ihrer Künste bestachen und die Augen ihrer Anhänger durch dreiste Zurschaustellung weiblicher Reize von allfälligen Manipulationen bei ihren Vorführungen ablenkten – oder denkt an die verführerische Nothnagel, die vor dem Soldaten liebenden König in einer Mannsuniform erschien. Der Tropp schließlich ist nicht zu vergessen, der sich eine Leibrente von achttausend Talern erschlich und für Monate auch erhielt – mein Gott, was haben diese Menschen für sich ein Gold gemacht – *das* bedeutet in meinen Augen die Goldmacherei!«
Mit einem Hüsteln und einer Ehrfurcht heischenden Gebärde war Samiel Aaron Rosenblüth aus seiner Rauchwolke getreten. Langustiers herablassende Nichtachtung des Berufsstandes, dem er sich zugehörig fühlte, verstimmte ihn sichtlich, doch er war besonnen genug, sein verklärendes Wort vor soviel geballter Aufklärung ruhen zu lassen.
»Immerhin werden Sie zugeben«, wandte Fredersdorf ein, »dass der Creuz ein fähiger Alchymiste gewesen ist! Er konnte einen Theriak bereiten, der selbst Scheintote aus ihrem Dornröschenschlaf erweckte!* Soll übrigens in Hohenfließ nun das Amt eines Geheimen Etatsministers bekleiden und der Berater des Landgrafen bei allen heiklen Geschäften sein, was Ihnen Beweis ge-

* siehe: »Königsblau. Tödliche Passion«

nug dafür liefern kann, dass aus der königlichen Kunst auch zuweilen edle Karrieren hervorgehen. Meister Rosenblüth wird uns mit Sicherheit eine ähnliche Überraschung bereiten auf dem Gebiete der Golderzeugung – er bedienet sich zur Erstellung seiner Umwandlungsgleichungen nämlich der kabbalistischen Methode.«

Langustier suchte sich zu erinnern, was darunter noch einmal zu verstehen war, doch Fredersdorf entband ihn solcher Mühen.

»Schon die Phytagoreer belegten die Buchstaben mit symbolischen Zahlen. In der späteren jüdischen Geheimtheologie hat man die wahren Zahlenbelegungen der heiligen Buchstaben erkannt und entschlüsselt, so dass es nun ein Leichtes ist, die Schrift der Elemente umzuschreiben.«

»Sie sind Jude?«, fragte Langustier, dessen Interesse an Rosenblüth mit einem Male entfacht war. Noch ein Schabbat-Verächter, vermerkte er innerlich.

Der Adept nickte vorsichtig, weil er sich nicht sicher war, ob diese Feststellung in Langustier den Verächter oder den an Kuriositäten Interessierten signalisierte.

»So müssen Sie mich einweihen in Ihre Geheimzeichen! Der tote Hamann hatte es sehr mit Münzen und Symbolen, und ich muss im Auftrag des Königs hinter die Kabbala dieser Erscheinungen kommen.«

Er hatte es hier nicht nötig, des Königs Freibrief herzuzeigen, da die Zustimmung Fredersdorfs alle Bedenken des Alchemisten beseitigte. Langustier zeigte Rosenblüth die Gravur auf der Klinge des Mordwerkzeugs, so wie er sie ins Notizbuch übertragen hatte, und der Sachverständige zog über der Zeichnung seine Stirn kraus. Er murmelte ewas vom alchemisch-kabbalistischen Grundprinzip, die Mysterien der oberen göttlichen Sefirot-Welt mit den Mysterien der unteren, irdischen Gold- und Silberwelt zu versöhnen, was sich in der Doppelschlaufe der Hieroglyphe ausdrücke, doch er hatte augenscheinlich Mühe, etwas Genaueres in die Schnörkelzeichnung hineinzulegen, die er für reichlich arabisch erklärte. Am Ende musste er eingestehen, gerade über dieses kabbalistische Symbol zum Schweigen verurteilt zu sein, da die Geheimnisse, die es bezeichne, dem Laien schlechterdings nicht nahegebracht werden dürften, da sie ihm nur gefährlich werden würden.

Langustier hatte nicht viel mehr erwartet als irgendeine Ausflucht und war daher nicht weiter enttäuscht. Erfolg versprechender schien es ihm zu sein, den dunklen Goldkocher mit der Frage zu behelligen, wie viel Gold anteilig in der Münze stecke, die er in der Mühle gefunden hatte und die er nun zur Überprüfung in Fredersdorfs und Rosenblüths Obhut gab.

»Dies ist schnell getan!«, rief Rosenblüth, der hierin offenbar eine willkommene Gelegenheit erblickte, seine angekratzte Berufsehre zu restaurieren. Er zog einen polierten Probierstein aus der Tasche des vom Labordasein lädierten blauen Samtmantels, mit dem das Käppi auf seinem Rundschädel farblich harmonierte, und strich den Rand der Münze mehrfach darüber hin. Ein bronzener Strich blieb auf dem Mineral zurück, und Rosenblüth zog die Brauen hoch.

»O-o! Das sieht nicht gut aus, gar nicht gut!«

Langustier wartete gespannt auf weitere diagnostische Verlautbarungen. Mit Gold mochte sich der Mann schon auskennen, auch wenn er für gewöhnlich nur altes einnahm, statt neues auszuspucken.

»Dieser Stein heißt Lydit«, erläuterte er, zu Langustier gewandt, der dem Vorgang aufmerksam, wenngleich mit leichter Sorge um den August d'or zugesehen hatte. »Es ist nur eine hauchdünne Schicht von der hübschen Münze entfernt worden, die sich nun auf dem Probierstein befindet. Wenn Ihr Gold rein wäre, würde ein goldgelber Strich erscheinen, aber das hier deutet auf nichts Gutes. Ich werde die metallische Spur jetzt der Beeinflussung durch Probiersäure aussetzen. Bereits die Alten kannten diese

Goldprobe, die auch schon etliche Scharlatane unter den Jüngern des Hermes den Kopf gekostet hat. Es ist dies –«
(und damit zog er eine kleine Batterie von Fläschchen aus einem ledernen Futteral, das ihm vor der Brust baumelte)
»– das so genannte ›Königswasser‹, eine Mischung aus konzentrierter Salz- und Salpetersäure, mit dem auch der König aller Metalle – das Gold – solviert, will sagen: gelöst zu werden vermag. Ich führe es hier in vielen verschiedenen Solvationsgraden mit mir, die ich anhand von Goldstücken bekannten Feingoldgehaltes probiert habe. Da mir die Reaktionen der Proben nun bekannt sind, brauche ich sie nur genau wiederzufinden, um ihnen zu sagen, wie viel wirklich in diesem goldigen August steckt!«
Er entnahm nun der Reihe nach mit einem dünnen Glasfaden den Fläschchen kleine Tropfen der königlichen Probierwasser und setzte sie in gewissem Abstand voneinander auf den Goldabrieb, bevor er mit dem zuvor in Wasser getauchten und abgewischten Glashaar eine subtile Vermischung von Säuren und Goldstrich vollzog. Dieses Experimentum crucis zog sich um einiges in die Länge; ein zweiter Strich wurde notwendig, und das Operieren auf kleinstem Radius verlangte die ganze Konzentration des Adepten. Langustier ließ sich derweil vom stolzen Fredersdorf durch die geheiligten Hallen seiner künftigen Goldproduktionsstätte führen, nickte, lächelte und schwieg beredt zu allen Wundermaschinen, die er dort sah.
Nebenbei beglückwünschte er den Kammerier zu seiner Kontrollverordnung an den Kücheneingängen, was den Initiator in nicht kleine Verlegenheit setzte.
»Monsieur, ich bitte Sie vielmals, diese Kriegslist zu verzeihen, die Ihnen und Ihren Mitstreitern vielleicht die eine oder andere Ungelegenheit bereitet, und mein Schweigen darüber war nur in der festen Überzeugung gegründet, Se. Königliche Majestät hätten Sie bereits von dieser Intervention in Kenntnis gesetzt.«

»Lediglich von einem schwarzen Schaf in unseren Reihen ist mir königlicherseits berichtet worden, selbiges haben Joyard und ich schon entfernt. Aber das war doch nicht der berühmte Tropfen, der das Fass zum Überlaufen bringt. Da steckt doch mehr dahinter, wenn ich mich nicht irre?«

Langustier selbst hatte in Kriminalangelegenheiten schon mehrfach Delikatessen zur Bestechung von Gutachtern und Zeugen entwendet, ohne dass diese »Entnahmen« vom Erlaubnisschreiben des Königs abgedeckt gewesen wären. Fredersdorfs Erlass, wiewohl er ihn im Falle Hakenmüllers billigte, machte ihm daher ein schlechtes Gewissen. Fredersdorf seinerseits beeilte sich, seine Maßnahme zu erläutern:

»Se. Königliche Majestät haben mir von dem Versuche der Königin von Sachsen geschrieben, geheime Korrespondenz über die Befindlichkeit der preußischen Heere mit den Österreichern zu führen und sich zu diesem Zwecke der Hofküche zu bedienen. Daher wollte ich wenigstens hier in Berlin Wachsamkeit sicherstellen. Sie wissen selbst, dass die Stadt gerade jetzt vor Spitzeln wimmelt, wo im Schlosse Karneval und mit wenig Maskerade viel zu erreichen ist.«

Langustier schnaufte tief. Daher wehte also der Wind – es ging um die Vermeidung einer zweiten Dresdner Wurst-Affäre! In der Tat hatte Augusts Gattin einmal im Inneren von Würsten geheime Korrespondenz für die Österreicher versteckt. Bei der Kontrolle am Stadttor hatte ein preußischer Offizier sich unterstanden, in eine Knackwurst zu beißen und statt des erwarteten Wohlgeschmacks Papier und Tinte im Mund gespürt. So war man der Indiskretion noch rechtzeitig auf die Spur gekommen.

Langustier musste Fredersdorf durchaus Recht geben. In entführten Braten und Poularden, ja selbst in Schnepfen und Lerchen verpackt, ließen sich Einzelheiten leicht ins Lager des Feindes tragen, wo wegen einiger Fettflecke auf den Papieren sicher kein großes Lamento entstünde. An was für Geheimnisse konnten

Köche oder Küchenhilfen nicht gelangen, wenn sie, wie er, Zutritt zu des Königs Gemächern erhielten und gar durch gespenstische Versehen sekrete Ordres in die Hand gedrückt bekamen! Hier war eine offene Stelle in der königlichen Abwehr. Der König steckte in gewaltigen Schwierigkeiten.

Unterdessen war Rosenblüth zu ihnen getreten.

»Ihre Münze ist so schwach auf der Brust, dass ich schon glaubte, mich bei den Fläschchen vergriffen zu haben; allein ich habe die Probe zweimal wiederholt und immer das gleiche, blässliche Resultat erhalten. Das ist eine rechte Räuber-Pistole, denn sie hat nur ein Sechstel des normalen Feingewichts an Gold. Sie sollten Sie ausgeben, bevor alles Gold von der Oberfläche abgerieben ist und sie noch schwächer wird.«

Langustier dankte und empfahl sich eilig, um nicht mehr Zeit als nötig am okkulten Ort zu verbringen. Vom Vormittag war nur noch eine Stunde übrig.

V

Bei sich verstärkendem Schneefall sann Langustier über den Fortgang seiner Berliner Odyssee nach. Unter Einsatz aller gestischen Kräfte gelang es ihm, einen Mietschlitten zu stoppen, der leer zum Schlossplatz unterwegs war. Das traf sich ausgezeichnet, fand er, denn genau dort, am Hauptstandplatz der Mietchauffeure, musste er jetzt eine kleine Umfrage veranstalten.

Nur wenige Kutscher wagten sich momentan überhaupt hinaus, denn es mangelte an Schlitten oder aufsetzbaren Kufen für die Karossen. Den Unentwegten, so schätzte Langustier, würde jeder Fahrgast somit doppelt fest im Gedächtnis haften.

Das Ergebnis seiner Befragung bewog ihn, sich zunächst ein zweites Mal zur Münze zu begeben. Er hatte in der Tat einen Kutscher gefunden, der sich an Hamann als Fahrgast am vergangenen

Dienstag erinnerte. Viel wichtiger war: Er entsann sich auch des späteren Begleiters dieses Herren! Nein, es war nicht der Sohn Abraham Israel gewesen; Langustier nahm es mit Befriedigung zur Kenntnis, da dies die Investition des Brennholzes als gerechtfertigt erscheinen ließ. Es hatte sich auch weder um Herrschel noch um Abramson gehandelt – was immerhin im Bereich des Denkbaren gelegen hätte, sondern um einen Herrn mit einem so markanten Merkmal, dass sich der Kutscher schon allein deswegen an die Fuhre erinnerte. Allerdings war er erst am Schlesischen Tor eingestiegen, wo schon um diese frühe Abendstunde wegen des bevorstehenden Einholens kaum mehr ein Durchkommen gewesen war. Langustiers Verdacht in Bezug auf den Münzarbeiter Amelang hatte sich weitgehend erhärtet.

Er wand sich aus der schweren Decke, die den Fahrgästen zum Schutz im Schlitten lag, und dankte dem Kutscher mit einem überreichlichen Trinkgeld. Wie eine überdimensionale Streusandbüchse ragte das Werdersche Rathaus vor ihm auf. Er ließ es rechts liegen und steuerte zielsicher eine schmale Tür neben dem Kriegs-Collegium an.

Es war dies ein drei Geschosse messendes Gebäude mit zwei Eingängen am Ende der Straße, rechter Hand an der Ecke des Marktes gelegen. Unter Kurfürst Friedrich III. hatte es der Staatsminister Freiherr von Danckelmann nach Nerings Rissen erbauen lassen. Nachdem er jedoch beim Kurfürsten in Ungnade gefallen war, ward dieser Palast eingezogen und zur Wohnung fremder Fürsten, die sich eine Zeitlang in Berlin aufhielten, gewidmet. Im Untergeschoss befand sich die Generalkriegskanzlei, der die Besorgung der Montierungsstücke der königlichen Armee oblag, während ganz zuoberst die königlichen Pagen wohnten, solange Se. Königliche Majestät in Berlin weilten. Auch das übrige gehobene Hofpersonal hatte hier seine Zuflucht gefunden, soweit es nicht andere Wohnungen zur Verfügung hatte. Langustier, der sich glücklich schätzte, dieser Notunterkunft nicht zu bedürfen, zeig-

te dem Torsteher das Permiss und trug seinen Wunsch vor, den Wardein Kapellen zu sprechen. Da er am Vortag von der anderen Seite gekommen war, kannte ihn der Posten nicht und beschrieb ihm, wie er sich durch das labyrinthische Gebäude zu bewegen hatte, um der gewünschten Person über den Weg zu laufen.
Diesmal maß Langustier die ganze Tiefe des Gebäudes aus und erkannte bald den Grund für sein Irrelaufen am Vortag. Leicht fand er wieder zu der großen Prägehalle, in der er den Wardein zuerst angetroffen hatte. Er hielt ihn für einen Aufseher, der seinen Posten so gut wie nie verließ, und er hatte Recht mit dieser Annahme. Kapellen freute sich, den Herrn, mit dem er so ausgiebig über sein Geschäft hatte plaudern dürfen, wiederzusehen. Langustier kam gleich zur Sache, die ihn beschäftigte:
»Ihr erzähltet mir gestern von dem zweiten Prägeraum, den ich besichtigen wollte, aber in der Tat fest verschlossen fand. Indessen begegnete mir ein Mann, dessen Äußeres ein sehr markantes Merkmal aufweist und der in diesem Raum zu arbeiten scheint; warten Sie –«
Er nestelte an dem kleinen, mit Maulwurfsfell bezogenen Notizbuch, das die fliegenden italienischen Papierhändler »Moleskine« nennen, und las den Namen ab, den er sich dort aufgeschrieben hatte.
»Directeur Knöffel nannte ihn ›Amelang‹! Könnt Ihr mir vielleicht etwas über ihn verraten?«
Kapellens Gesichtsausdruck hatte sich zu verändern begonnen und spiegelte nun völligen Abscheu wider. Er zog Langustier in sein kleines Büro, schloss die Tür und sagte halblaut:
»Amelang gehört zu der Art von Arbeitern, die der König tunlich trachten müsste loszuwerden, um seine Geschäfte auf Trab zu halten. Er entwirft Ihnen einen kompletten Feldzugsplan gegen die Russen und erörtert Ihnen das Hertzbergsche ›Mémoire‹, doch seine Arbeit lässt er schleifen, wo immer es geht. Ich begriff nicht, was für einen Narren Hamann an ihm gefressen hatte, um-

so weniger freilich, wie man meine Kompetenz ihm gegenüber so rüde hat beschneiden können, indem man die zweite Halle, in der er arbeitet, meiner Kontrolle verschloss. Aber es tröstet mich immerhin der Gedanke, dass er dort für seine Versehen und Schlampereien selbst verantwortlich zeichnen muss.«

Kapellen hatte sich in Groll geredet. Langustier fragte:

»Haben Sie ihn je mit dem Münz-Unternehmer Hamann zusammen gesehen?«

»Hamann war nicht sehr oft hier; aber ich kann mich entsinnen, dass ihm Amelang zuletzt regelmäßig den wöchentlichen Rapport in das Kontor in seinem Palais gebracht hat.«

»Wie kann man ihn erwischen, wenn er immer in diesem verschlossenen Saal ist? Ich kann leider nicht den ganzen Tag meiner knapp bemessenen Zeit darauf verwenden, ihm vor der Türe aufzulauern.«

Kapellens Äuglein blitzten interessiert:

»Ja, haben Sie denn etwas gegen ihn in der Hand?«

Langustier schwieg und wartete.

»Nun, dann gehen Sie am besten zu Knöffel und zu von Retzow. Diese beiden Unzertrennlichen sollen ihn zu sich rufen.«

Langustier bedankte sich für diesen guten Einfall, auf den er auch selbst hätte kommen können, und entschwand Richtung Direkteursbüro. Der Wardein, der ihn wie selbstverständlich begleiten wollte, konnte nur mit Mühe davon überzeugt werden, dass seine Wegweisung nicht länger vonnöten war:

»Bitte, bemüht Euch nicht! Ich finde mich in diesem Fuchsbau jetzt schon ganz gut zurecht!«

Kapellen war die Enttäuschung auf die Stirn geschrieben.

Wenig später trat Langustier in Knöffels Büro und fand ihn mit von Retzow im vertraulichen Gespräch – als hätten sie sich nicht von der Stelle gerührt, seit er sie gestern verlassen. Der einzige Unterschied war, dass sich auf von Retzows grüner Brust nunmehr ein Schwarzer Adlerorden niedergelassen hatte.

Das Auftauchen des Koches zauberte Verwunderung auf ihre Gesichter. Wolf Friedrich von Retzow zog mit einer schnellen Bewegung ein Stück Papier über ein kleines geöffnetes Kästchen, die jedoch nicht behände genug erfolgt war, als dass Langustier nicht einen Goldschimmer in dem Pappgeviert bemerkt hätte. Der General-Münz-Intendant machte mit seiner reich dekorierten Uniform gegen den Eindringling Front und sagte:
»O – ich dachte, Sie hätten gestern ausgiebig Gelegenheit gehabt, Ihre Neugier zu stillen? Ich wünschte nicht, Ihnen so rasch wieder zu begegnen, außer an des Königs Tafel!«
Auch Knöffel, offensichtlich nach aller Möglichkeit darauf bedacht, es seinem Vorgesetzten gleichzutun, stützte empört die Fäuste in die seidenüberspannten Hüften.
»Ganz dito, Monsieur, ganz dito!«
Langustier lächelte, denn Knöffel war noch nie zu des Königs Beitafel geladen worden, und sagte:
»Ich störe Sie auch wirklich nur ungern. Aber es sieht nach meinen bisherigen Recherchen im Fall Hamann ganz danach aus, als hätte einer Ihrer Münzarbeiter, den ich gestern flüchtig vor einem verschlossenen Produktionsraum sah, etwas mit dem geschehenen Mord zu tun. So muss ich Sie erstens bitten, mir das zweifelhafte Vergnügen seiner Gegenwart zu verschaffen, damit ich ihn über seinen Verbleib in der Mordnacht befragen kann, zum anderen mir zu verraten, an welch hoch wichtigem Projekt er arbeitet, dass man selbst vor dem königlichen Wardein, dem doch die Kontrolle über die Münzstätte – das heißt vor allem: über ihre Endprodukte, die Münzen – obliegen sollte, den Zutritt dazu verwehrt.«
Knöffel und von Retzow verständigten sich mit Hilfe einiger Blicke. Auf ein Läuten erschien ein Amtsdiener, der sofort nach Amelang ausgesandt wurde. Von Retzow entgegnete:
»Den Herrn Amelang zu sehen und im erwähnten Casus zu verhören, das können wir Ihnen leichthin ermöglichen. Doch was

Ihr zweites Begehren betrifft: dem ist schon schwerer stattzugeben, weil damit königliche Order tangiert, um nicht zu sagen, unterlaufen würde! Ich hoffe, Sie verübeln es uns nicht, wenn wir eine direkte Entscheidung des Königs darüber einholen. Der herbeizitierte Amelang wird Ihnen für Erläuterungen dieses Aspektes ebenfalls erst nach erfolgter höchstrichterlicher, sprich königlicher Freigabe Rede und Antwort stehen.«

Langustier vertraute auf die kurzen Wege innerhalb der Residenz und war ganz zuversichtlich, was die Dauer bis zum Eintreffen dieser königlichen Erlaubnis anging. Erst einmal wurde mit dem Münzarbeiter Victor Amelang nun eine Figur im Raume vorstellig, die Langustiers ganzes physiognomisches und modisches Interesse erregte. Auf Amelangs spindeligem Körper, den Kurzbeine mit zu großen Füßen trugen, thronte ein rechter Dickkopf, von widerspenstigem braunem Haar bewachsen. Obwohl die Natur den Münzer mit den Luxus eines überlangen Halses versehen hatte, war ihm ein Kinn verwehrt geblieben und eine Greifennase zuteil geworden. Zwei giftig grüne, stets funkelnde Augen unter wimpernlosen Lidern, aber desto buschigeren Augenbrauen verliehen diesem unholden Wesen einen lauernden Ausdruck.

Amelang suchte diese körperlichen Hintansetzungen durch die Natur zu überspielen, indem er sich mit den erlesensten Stoffen behängte und das teuerste Schuhwerk anlegte. Das tadellos gearbeitete und wie angegossen sitzende schokoladenbraune Justaucorps hatte freilich entsetzlich lange Ärmel: Amelangs affenartige Arme erforderten es. Auch der Schuhmacher dürfte in Materialnot gekommen sein, als er das Leder für die eleganten, überbreiten Schuhe mit besonders hohen Absätzen abmaß. Eine dick gepuderte Allongeperücke, deren Haar weit über Amelangs schmächtige Schultern herabwallte, des Weitern ein mit Spitzen besetztes Hemd, eine lange Weste, eng anliegende Beinkleider sowie weiße Strümpfe, die zierliche, blauseidene Kniebänder schmückten, ließen bei Langustier den Eindruck eines Mannes entstehen, der sich über den ihm zukommenden gesellschaftlichen Stand erheben wollte. Woher hatte er das Geld?

Auf die Frage, was man von ihm wünsche, wies ihm Langustier seine königliche Vollmacht vor und eröffnete ihm ohne Umschweife:

»Mehrere Zeugen sahen Sie am Mordtag mit dem vormaligen Königlichen Münz-Entrepreneur Hamann zusammen in der ›Ribbe‹. Was taten Sie dort?«

Das Funkeln in Amelangs Augen verstärkte sich.

»Wir tranken etwas Bier. Fredersdorfer. Es schmeckte ganz ausgezeichnet!«

»Waren Sie mit Hamann verabredet?«

»In der Tat. Er gedachte, unsere gute Zusammenarbeit rechtfertige es, sich auch in politischen Dingen etwas ausführlicher auszutauschen und einander näher kennen zu lernen. Er hegte die Absicht, mich in seiner eigenen Silbermanufaktur in einer aussichtsreichen Position einzusetzen, denn ich hatte schon verschiedentlich gegen ihn meine Unzufriedenheit mit meiner Arbeit in der Münze sowie den Wunsch nach einer vorteilhaften Veränderung geäußert.«

»Nun ist es aber von einem Zeugen klar verbürgt, dass nicht er die Zeche zahlte, sondern Sie! Wie viel verdienen Sie eigentlich, dass Sie es sich leisten können, wertvolle, maßgeschneiderte Kleidung zu tragen und auch noch großzügige Einladungen auszusprechen? In der ›Ribbe‹ haben Sie überdies einen blanken August d'or auf den Tisch gelegt und auf ein Rückgeld verzichtet. Das fällt auf, Monsieur! Jeder muss denken, Sie seien mit Gold gespickt!«

»Ich weiß nicht, was Sie damit ausdrücken wollen? Ist es in Berlin etwa verboten, sein eigenes, sauer verdientes Geld unter die Leute zu bringen?«

Amelang wurde vor Wut puterrot, was einen recht lebendigen Kontrast zur grünen Jacke ergab. Langustier sah ihn vor sich wie

ein beim scharfen Anbraten Farbe bekommendes Fleischstück. Das Fleischstück zischte:
»Wollen Sie mich etwa einen Dieb nennen?«
Langustier hatte den August d'or erneut hervorgekramt und hielt ihn anklagend vor dem Inquisiten hoch, wobei er sagte:
»Das kommt drauf an.«
Knöffel und von Retzow machten im Hintergrund große Augen.
»Wie wollen Sie mir den Umstand erklären, dass Ihr goldener Landsmann hier, den ich in der Mühle aufgegabelt, wo Hamann ermordet wurde, zwar ein glänzendes Äußeres, aber einen recht kupfernen Kern aufweist?«
Langustiers Worte schlugen im Direktionszimmer ein wie eine schwere Kartätsche.
»Der Mord geschah doch am Flutgraben? Nahe am Schlesischen Tor?«, wandte von Retzow mit unsicherer Stimme ein. »Ich habe selbst das Blut im Schnee gesehen!«
»Zweifeln Sie etwa daran, dass dies Geld vollwertige Münze ist?«, fragte Knöffel mit schlecht gespielter Entrüstung.
»Nein, ich zweifle nicht daran, Monsieur Knöffel – ich stelle es klar in Abrede! Und was den Ort betrifft – als Militär dürfte Ihnen das Legen falscher Fährten nicht unbekannt sein, Monsieur von Retzow! Indem der Mörder sein Opfer dort ablegte, wo es schließlich gefunden wurde – am Flutgraben –, wollte er vom wahren Ort des Mordes, der Mühle, ablenken. Leider vertraute er zu sehr auf den erneuten Schneefall, der Blut und Spuren am Spreeufer verwischt hätte. Der kam dummerweise einen Tag zu spät.«
Während Langustier den Blick auf den schmächtigen, saft- und kraftlosen Körper Amelangs gerichtet hielt, der leicht zitterte, wie eine vergessene Kornrispe auf verschneitem Acker, musste er sich innerlich die Absurdität seines beabsichtigten Vorwurfs eingestehen: Amelang konnte nie und nimmer die schwere Last des Toten auf sich genommen, Hamanns Leiche einen halben Kilo-

meter durch die Schneewüste getragen und über zwei Zäune gewuchtet haben. Aber dieser feine Herr hatte etwas anderes verbrochen. Zumindest dieser Sache war er sich nun sicher:
»Ihre Plauderei in der Schenke drehte sich um das eroberte Sachsen, wie der Wirt gehört hat. Es ging um Fragen der Ausbeutung. Ist das so weit richtig?«
Amelang schien sich wieder zu fassen.
»Ganz recht. Ich führte mit Herrn Hamann ein theoretisches Fachgespräch über Währungspolitik. Ist das untersagt? Darf man in Preußen doch nicht so frei sprechen, wie man überall rühmt? Ist Berlin nicht die Metropole der deutschen Aufklärung?«
Amelangs Fistelstimme hatte einen gewaltigen, viel zu hohen Aufschwung genommen, der zusammen mit seiner theatralischen Gestik den Betrachter weit mehr zur Heiterkeit als zur Ergriffenheit stimmte.
»O gewiss«, beschied ihn Langustier lächelnd, »nur ist es auch die Metropole der Aufklärung schändlicher Verbrechen, und eines davon sehe ich mich gezwungen, Hamann und Ihnen anzulasten! Es erklärt Ihre Freigebigkeit und den Pomp Ihrer Staffage leider nur allzu gut.«
Sofern sich das Weiß in den Gesichtern noch um Gradationen aufhellen konnte, tat es dies nun.
»Die Bedeutung des Wortes ›Seigneuriage‹ brauche ich Ihnen allen wohl kaum zu erläutern – am allerwenigsten Ihnen, den ja schon die Kleidung als Grandseigneur ausweist.«
Er umschritt die braunseidene Jammergestalt Amelangs, als stünde sie bereits präpariert in einem Kabinett der berühmtesten Gauner und Verbrecher.
»Sie haben Hamann in der Mühle die neuesten Produkte Ihrer heimlichen Sonderprägestelle vorgeführt – prasselnde, blankeste Gold-Pistolen auf einem abgewetzten, grauen Bauerntisch! Dummerweise hat dabei eine die Flucht ergriffen, weil sie die ahnungslose Welt vor einem Betrug warnen wollte, einem Schwindel, den

Hamann und Sie gemeinsam ausgeheckt hatten und zunächst zu Lasten ihrer geschlagenen Landsmannen auszuführen trachteten: sächsische Goldmünzen im Besatzerland Preußen weit unter Wert produzieren, um sie dann bei den Besiegten zum Nennwert umzusetzen! Hamann scheint sich dieser Sache sehr sicher gewesen zu sein. Ich habe den Hofchymicus dieses Gold probieren lassen, und er fand ein geradezu lächerlich geringes Feingewicht. In der Meiereigaststube einen solchen August d'or springen zu lassen, war mehr als töricht.«

Noch das letzte Körnchen Farbe war nun aus Amelangs Gesicht gewichen, das nur mehr aschfahl wirkte. Knöffel hatte unterdessen neben Langustier Posten bezogen und bat um das genaue Ergebnis der Probe des Adepten. Als er die Zahl vernahm, verwandelte sich sein Entsetzen in Wut. Er ging zur Tür, um einen Amtsdiener zu rufen, und als er sie schwungvoll aufriss, wurde die gekrümmte Gestalt des Wardeins Kapellen sichtbar, dessen Ohr noch immer in Höhe des Schlüsselloches verharrte, und der sich erst erschrocken und verlegen gerade richtete, als Knöffel ihm mit dem Zeigefinger leicht auf den gebogenen Rücken tippte.

»Kanaille!«

Das Wort von Retzows, der Amelang gemeint hatte, auf sich beziehend, stammelte der ertappte Lauscher zur Entschuldigung, dass er nur hören wollte, ob er störe, bevor er klopfe.

»Was wollt Ihr, Wardein?«, fragte Knöffel barsch.

»Ich wollte nur fragen, ob ich von der Prüfung der Stempel für die August d'ors nun endgültig entbunden bin, oder ob man sie mir diesbezüglich aus der Sonderprägestelle herausreichen will?«

Die perfide Art, mit der er dies aussprach, machte die Wut in von Retzows Stimme nur allzu begreiflich.

»Ihr habt über diesen Punkt nicht weiter zu raisonnieren, Kapellen! Alles, was geschieht, geschieht auf des Königs Befehl! So seid Ihr freilich von allem entbunden, was man Euch nicht tun lässt.

Euer Tun oder Lassen ist klar geregelt, und Ihr solltet also künftig ohne zu fragen wissen, was Ihr zu tun und was Ihr zu lassen habt. Das Horchen an verschlossenen Türen oder auch das Durchspähen etwaiger Öffnungen in denselben gehören jedenfalls zum ›Lassen‹! Holt zwei Wachleute; damit sie mir dieses Subjekt sicher in die Hausvogtei verbringen.«

Kapellen verschwand katzbuckelnd, und Knöffel schloss, da von Retzow ihm das Befehlen abgenommen hatte, die Tür. Amelang war unterdessen auf einen Stuhl gesunken. Da er sah, dass Leugnen zwecklos war, sagte er zähneknirschend:

»Es war Hamanns Idee. Dieser Pfennigfuchser tat es aber nicht aus Gewinnsucht. Er werde es den Sachsen schon vergelten, hat er gesagt, dass sie ihn vor Jahr und Tag, als er noch wandernder Betteljude war, schnöde und gemein davongejagt hätten: aus Dresden, aus Meißen, aus Leipzig und aus Wittenberg. Schöne hohle Münzen werde er ihnen schlagen und sie ihnen gegen gutes Gold andrehen, auf dass sie allesamt bankrott gingen! Freilich war das, nebenbei bemerkt, sehr lukrativ, doch es handelte sich um kleine Mengen, gemessen an den übrigen momentanen Transaktionen.«

Von Retzow brüllte:

»Schweigt! Denkt an Euren Eid!«

Wie eine Natter war der General-Münz-Intendant auf Amelang zugeschossen und traf Anstalten, ihm an die Gurgel zu springen. Er wurde jedoch von Langustier zurückgehalten. Unsicher geworden, flüsterte der Verhörte:

»Ich habe ihm, wenn keiner mehr in der Münze war, heimlich die Arbeit gemacht. Die Wirkung unserer ersten Proben zu testen, bezahlte ich in der Wirtschaft – das war unüberlegt und dumm. Aber ich bin kein Mörder. Was hätte ich davon gehabt, meinen Geldgeber umzubringen?«

Ein nicht von der Hand zu weisendes Argument, dachte Langustier. Eine Krähe hackt der anderen kein Auge aus. Die Schwächlichkeit des Fälschers tat ein Übriges, ihn von der Wahrhaftigkeit des Geflüsterten zu überzeugen. Er vergaß jedoch nicht, das Wichtigste zu fragen:

»Wie lange waren Sie und Hamann in der Mühle? Wann trennten Sie sich, und unter welchen Umständen geschah dies?«

Amelang dachte kurz nach, bevor er sagte:

»Wir kamen gegen Viertel nach acht an der Mühle an, denn der Weg war sehr beschwerlich, und ich habe die Idee, ihm dorthin zu folgen, mehrmals lebhaft verflucht. Aber er wollte es so und fand, dass uns der Zufall sehr zu passe komme, indem er uns an diesen abgeschiedenen Ort verbannte, der besser gemacht wäre für konspirative Treffen als die an diesem Tag viel zu überlaufene Meierei. Leider war die Sache zu eilig, als dass wir sie auf einen späteren Zeitpunkt hätten verschieben können. Ich meinte, dass es schön wäre, den Ort der Konspiration lebend zu erreichen und auch lebendig wieder zu verlassen, aber er hat nur gelacht. Er zog eine Flasche Vin sec aus der Tasche. Er nahm sein schönes Messer mit der ziselierten Klinge, das angeblich aus Arabien stammte, und schnitt ein kleines Brot in Stücke, von denen er mir abgab. Wir tranken, aßen, besahen uns die Münzen und redeten etwa eine Stunde, bis gegen Viertel nach neun, dann nahm er die Lampe, und wir verließen die Mühle.«

Langustier schaute entsetzt:

»Sie verließen die Mühle?«

Wie hätte denn dann der Mord noch passieren können? Hamann wurde an der Mühle noch gebraucht!

Amelang hielt sich schützend die Hände vors Gesicht: Zwei Soldaten kamen in den Raum gestürmt und ergriffen den Geständigen an beiden langen Armen, um ihn mit sich zu ziehen.

»Gemach, gemach –«, sagte Langustier.

Erst auf einen energischen Wink von Retzows hielten die Männer inne und lockerten ihren Griff wieder. Amelang schnappte nach Luft und beendete seinen Bericht:

»Wir waren gerade glücklich in Sichtweite der Chaussee, als sich Hamann ärgerlich darüber beklagte, sein hübsches Messer auf dem Mühlentische liegen gelassen zu haben, mit dem er das Brot geschnitten hatte. Ich erbot mich, es für ihn zu holen, doch er winkte ab und meinte, diese kleine Mutprobe würde ihm nicht schaden – er meinte damit, den verschneiten Weg noch einmal zu gehen. Außerdem hätte er ganz vergessen, über die Leihsumme für die Mühle nachzudenken. Er leuchtete mir noch bis zum Weg, bevor er kehrt machte. Das war das letzte Mal, dass ich ihn lebend sah.«
Langustier war in Nachdenken versunken. Bevor die Soldaten jedoch ihres Amtes walten konnten, erheischte er noch zu wissen: »Hatte er den Beutel mit den Prägeproben von Ihnen entgegengenommen?«
Amelang nickte.
»Wenn Sie ihn nicht umgebracht haben, muss der Mörder spätestens zu diesem Zeitpunkt an, in oder bei der Mühle gewesen sein und gewartet haben, sonst wären Sie ihm über den Weg gelaufen. Apropos Weg – haben Sie beim ersten oder zweiten Mal irgendwelche Fußspuren im Schnee gesehen?«
»Sie werden entschuldigen, aber es war dunkel, trotz der Lampe konnte man schlechterdings kaum etwas erkennen, schon gar nicht, ob zwei oder drei Spuren im Schnee über- und durcheinander führten. Beim ersten Mal, glaube ich aber sicher sagen zu können, waren keine Spuren da. Ich ging zuerst neben Hamann, und später hinter ihm. Doch außer seiner Spur war da nichts. Ich war froh, noch rechtzeitig das Tor zu erreichen, um des Königs Einfahrt mitzuerleben, und ging die Chaussee an der Magistratsmeierei entlang, was im Übrigen viele Leute taten, denn Hildebrandt hatte seine Wirtschaft gerade zugemacht.«
»Das war wohl etwa gegen halb zehn. Warum schloss er so zeitig?«
»Ich nehme an, er wollte auch das Königseinholen mit ansehen.«
Da Langustier nichts weiter zu fragen hatte, wurde Amelang mit

ungelenk nachschleppendem Schritt mehr aus dem Raume geschleift, als dass er ging. Eilig reichte Knöffel noch ein nebenher aufgesetztes Schreiben an den Hausvogt nach, indem er es einem der abgehenden Soldaten unters Koppel klemmte.

»Jetzt würde mich nur noch eine Kleinigkeit interessieren«, flötete Langustier, als sich die Tür hinter den Abmarschierenden geschlossen hatte:

»Warum verwehren Sie dem Wardein Kapellen den Zutritt zu einem der Prägeräume? Was redete Amelang, der ja offenbar an dieser Prägestätte beschäftigt war, von den augenblicklichen besonderen ›Transaktionen‹? Sollten die sächsischen Pistolen, die Sie in Berlin prägen, etwa ebenfalls minderwertig sein, so wäre dies doch ein Fall für die Reichsexekutionskammer? Das Münzrecht im römisch-deutschen Reich stellt für sträfliche Abweichungen den Verlust des Münzrechts und die Zerstörung aller Münzstätten in Aussicht, wenn ich mich recht entsinne. Dies wäre ein recht beachtlicher Vorgang, den ich nachgerade kriminell nennen möchte, wenn Sie mich nicht anders unterrichten, meine Herren.«

Knöffel und von Retzow gerieten über seine Kenntnisse in preußischem und deutschem Münzrecht nicht schlecht ins Staunen. Auch nach eingehender flüsternder Beratung noch immer unschlüssig darüber, wie zu verfahren sei, erlöste sie eine Eilordre des Königs, »dem Langustié die geforderten Bescheide unter dem eidlichen Gebote des Stillschweigens zu erteilen«, die von einem – korrekt angemeldeten, indes mit allen erkennbaren Folgen von Hast und Eile eingetretenen – Boten hereingebracht wurde. Sie baten Langustier daraufhin, Platz zu nehmen. Knöffel klingelte nach einem deftigen Imbiss und einer Kanne Glühwein für den Gast und trug dem Diener auf, vor der Tür darüber zu wachen, dass ab sofort niemand mehr horche. Knöffel nahm Langustier das feierliche Versprechen unbedingter Verschwiegenheit ab und schob ihm dann das kleine, bislang abgedeckte Kästchen zu. Ein

August d'or lag darin, der dem in der Mühle aufgelesenen in allen Einzelheiten – auch in den irreführenden Prägedaten – glich. Langustier erinnerte sich des Zettelchens, das ihm Eller gegeben hatte. Beweisstück N° 1: »D 1754 = A 1757«.

Das Blut gefror ihm: Hatte eventuell der König seine Finger mit im Spiele gehabt? Doch das durfte er nicht einmal denken! Se. Königliche Majestät waren zwar oft rabiat in ihren Methoden, doch einen widerspenstigen Unternehmer beseitigen zu lassen, der königliche Vorgaben missachtete, das wäre zu weit gegangen. Der König war kein Verbrecher!

Von Retzow setzte zu einem Exkurs an:

»Dass der König momentan in einer schweren Lage ist, brauche ich Euch nicht zu sagen. Auch wenn in der Küche vielleicht zuletzt gespart werden wird, so gilt doch in allen Bereichen: Es ist kein Geld vorhanden!«

Langustier äugte derweil leicht abgelenkt mit begehrlichem Blick einem riesigen Teller Hirschgulasch mit Kartoffelklößen, würziger erdbrauner Tunke und Preiselbeeren entgegen, der aus der hauseigenen Küche von einem eilfertigen Berufskollegen heraufgebracht und ihm vorgesetzt wurde. Schon beim Herannahen der duftenden Riesenportion merkte er, was für einen Kohldampf er hatte. Wenn die königlichen Münzer über Hirschgulasch und Preiselbeeren verfügen konnten, mochte es mit dem Staatsbankrott noch eine Weile hin sein, dachte er. Von Retzows Stimme tönte weiter.

»Ihr wisst sicher, aus welchen Quellen der König sein Handgeld für die privaten Ausgaben schöpft?«

Langustier schüttelte den Kopf, während er sich auf das Zerteilen eines dicken Kloßes und das Aufpieken eines schönen Achtels davon konzentrierte. Diesen eingetunkt und ein Stückchen liebevoll gegarten Hirsch darauf balanciert – – – vollends überwältigend gestaltete sich der Geschmack in Verbindung mit den süßen Preiselbeeren!

»Nun, es waren bis zu Kriegsbeginn im wesentlichen vier Quellen: 1. die Kronprinzliche Kasse, also die jährliche Rente, welche noch vom Vater ihm verordnet worden war, 2. die Ertragsüberschüsse der Staatlichen Domänen, 3. Zinsen aus Kapitalien, die teils bei der ›kurmärkischen Landschaft‹, teils bei Privatpersonen belegt sind, sowie 4. die Biegensche Kasse – die Gewinne des Amtes Biegen –, macht alles in allem wenig mehr als fünfzigtausend Taler Taschengeld im Jahr.«
Bei dieser lächerlich kleinen Summe blieb Langustier ein widerspenstiges Stückchen Kloß im Halse kleben. Er hustete lange und innig und konnte nur mit der Gabel wedelnd Zustimmung signalisieren, als von Retzow hinzufügte:
»Damit lässt sich kein Krieg beginnen, geschweige denn führen und gewinnen, das werdet Ihr mir zugeben. Werfen wir nun einen Blick auf den Staatstresor. Die ersten beiden Kriege um Schlesien wurden fast ausschließlich mit Friedrich Wilhelms Ersparnissen bestritten. Dem Schatz des Soldatenkönigs entstammten neun Millionen Taler, hinzu kamen zwei Millionen aus den Generalkassen sowie anderthalb Millionen aus dem Einschmelzen diverser Gold- und Silbereinrichtungen des Schlosses, etwa der silbernen Trompeterempore. Aus Holz hat man die schweren Posaunenengel nachgeschnitzt, welches anschließend täuschend echt silbern angemalt wurde.«
Langustier konnte sich gut an die fragliche Nacht vor über zehn Jahren erinnern, in der diese Entweihung geschehen war. Zwölf königliche Heiducken hatten die großen Silbermassen aus dem Weißen Saal und anderen Zimmern in ein Schiff getragen, das sie direkt der Münze zuführte.
»Trotz gewisser Engpässe waren der Silbervorrat und der Staatsschatz jedoch niemals zu erschöpfen. Es steht urkundlich fest, dass mein Vorgänger Graumann noch nach dem zweiten Krieg Silberbarren verarbeitete, die der Soldatenkönig fünfzehn Jahre zuvor in den Schatz gelegt hatte.«

Langustier pfiff durch die Zähne, soweit die süßklebrigen Preiselbeeren dies zuließen.
»1751, nach dem Tod von Kriegsrath Cämmerer, unter dessen Nachfolger, dem Geheimen Rath Koeppen, waren schon wieder fünf Millionen Taler im Schatz, Mitte letzten Jahres sind es dann über vierzehneinhalb Millionen gewesen. Als der Krieg beschlossene Sache war, wurden bei der kurmärkischen ›Landschaft‹, einer Kreditanstalt für den Adel, noch dreieinhalb Millionen Taler Kredit aufgenommen, so dass der Schatz im Sommer rund achtzehn Millionen Taler betrug.«
»Kein Pappenstiel!«, grunzte Langustier, während er den Schatz auf seinem Teller rapide schwinden sah.
»In der Tat, Monsieur; doch hat der Hofstaatsrentmeister Buchholtz, der mit der Mobilmachung der Armee betraut ist, diesen Betrag binnen weniger Monate im Zuge der sächsischen Okkupation ausgegeben. Mit anderen Worten, Preußen wäre damit endgültig bankrott!«
Von Retzow goss sich einen großen Becher heißen Glühwein ein und leerte ihn in einem Zug, als handele es sich bei der Flüssigkeit um lauwarmen Tee oder Wasser. Langustier hatte gerade den letzten Würfel Hirschgulasch eingeschoben und betrachtete das letzte Kloßviertel wie ein äußerst traurig stimmendes Jagdstillleben. Da wurde ihm der Sinn des letzten Satzes erst recht klar: Preußen war pleite!
Jetzt wurde ihm auch der zerschossene und geflickte Zustand Sr. Königlichen Majestät am gestrigen Morgen verständlich. Angesichts leerer Kassen und achtzehn Millionen Taler Finanzbedarf im Quartal würde wohl jeder normale Mensch ebenso gut rechnen und überlegen, ob er sich wohl noch gerade jetzt einen neuen Rock leisten sollte. Von Retzow sprach locker weiter:
»Just in diesem Moment der absoluten Ebbe, Sachsen war gerade besetzt, kam Hamanns Idee, über das Münzregal Geld zu schöpfen, wie ein Fingerzeig des Himmels. Was soll ich Euch noch

weiter sagen? Wenn es nicht gelingt, rasch und sicher einige Millionen Taler Schlagschatz über die Ausprägung leicht wertgeminderter Münzen zu gewinnen, so können wir alle nur noch rasch unsere Bündel schnüren und verschwinden, bevor die Russen kommen oder die Österreicher.«

Langustier überlegte, dass ihm Flucht momentan sehr schwer fallen würde. Der Tellerinhalt setzte sich gerade in ihm ab, und das Gehörte wollte ebenfalls verdaut werden: Der König war ein Münzfälscher! Was zählte es da noch, wenn er kleine Münzbetrüger ihres Tuns überführte, die auf dem Trittbrett dieser Raubkalesche hatten mitfahren wollen? Wenn der Staat zum Betrüger wurde, war doch eigentlich allen alles erlaubt? Der Boden wankte unter ihm, als ihn die Erkenntnis ereilte, dass ihm diese Mitwisserschaft leicht Kopf und Halsbinde kosten konnte! Hatten nicht schon die babylonischen Herrscher Geheimnisträger liquidieren lassen, damit sie sich nicht verplauderten? Allerdings würden dann auch seine momentanen Gesprächspartner dran glauben müssen. Als wäre das eine große Beruhigung, entspannte er sich wieder und erkundigte sich:

»Bis zu welchem Grad geschieht derlei zur Zeit? Die Reduktion scheint nicht das Ausmaß der Hamannisch-Amelangschen erreicht zu haben, wenn ich mir Eure Bemerkungen in Erinnerung rufe.«

»So ist es. Eigentlich bewegen wir uns im Bereich der Bagatelle: ein Drittel unter Wert. Dieser Hamann ist dagegen ein rechter Filou gewesen! Sechzigtaler-Münzfuß! Da lässt sich der Goldanteil ja fast nicht mehr errechnen.«

»Man muss die seichten Münzen aufstöbern, dann hat man den Mörder!« Langustier hatte laut nachgedacht. Knöffel, der bis jetzt geschwiegen, gab zu bedenken:

»Aber der Schuft wird sich doch tunlichst zurückhalten, gleich jetzt mit seinem polierten Gold herauszurücken, wo er sicher sein kann, dass die Polizei ein Auge auf alles hat.«

»Die Polizei? Ein Auge? Auf alles?«, ließ sich Langustier ungläubig vernehmen. »Die hat, wenn ich Se. Königliche Majestät richtig verstanden habe, ihre Ermittlungsarbeit in diesem Fall bereits vorzeitig beendet. Dass heute früh der Sohn des Opfers verhaftet wurde, ist nur pro forma, aufgrund einer anonymen Anzeige geschehen, die völlig haltlos genannt werden kann.«
Er bedankte sich und verließ das Gebäude, in Leib und Geist schwerer als je zuvor.

VI

Einen zweiten Besuch bei Herrschel sparte er sich, da über dessen Motive zur anonymen Anzeige des jungen Hamann hinlängliche Klarheit bestand. Als Mörder schied der neue Münz-Entrepreneur des Königs ohnedies aus, weil er erstens zum fraglichen Zeitpunkt erklärtermaßen eine Rede im eigenen Hause gehalten und zweitens von dem Tod Hamanns keinen direkten Nutzen gezogen hätte. Die Ernennung zu dessen Nachfolger war ihm nicht sicher gewesen.
Langustier hastete keuchend vor Kälte durch den knirschenden Schnee. Er rieb sich die bewollhandschuhten Hände in den ineinandergestecken Ärmeln. Ob wohl die hübsche Frommet noch bei Marie auf ihn und auf Nachrichten von dem Frierenden in der Hausvogtei warten würde? Der Gedanke an diese Möglichkeit erwärmte nicht nur sein Herz und ließ imaginäre Lampen über dem trüben Schneeweg an der eisgrauen Spree erstrahlen, sondern beflügelte auch seinen Schritt. Einem halb erfrorenen Hermes gleich eilte er dem töchterlichen Herd entgegen, um seine frohe Botschaft so bald als möglich loszuwerden.
Zu seinem Missvergnügen fand er die junge Dame jedoch nicht mehr vor – sie hatte auf Maries Zureden wieder den Weg nach Hause gefunden, um einen klugen wie pragmatischen Separatfrieden mit ihrem Vater und der Welt zu schließen.

Ärgerlich, ohne recht zu wissen, warum, fiel er auf seinem Gästebett in einen kurzen, wenig erholsamen Schlaf und fühlte sich, als die Tochter ihn pflichtgemäß zwei Stunden später wieder wachrüttelte, als sei er zunächst unter einen voll besetzten Schlitten geraten und dann in ein verschneites Wasserloch gestürzt.

Widerwillig und schlotternd vor Kälte, machte Langustier sich in heilloser Düsternis um halb zehn Uhr des Nachts zum Schloss auf, das klobig und trostlos wie ein im Schnee liegender Kohlenkasten am Ende der Breiten Straße seiner harrte. Der König war bereits vorzeitig von der Redoute bei Ihrer Königlichen Majestät, der Königin, in Schönhausen zurückgekehrt, wie man der schnaubenden Geschäftigkeit im Marstallgebäude entnehmen konnte. Dutzenden von Rossknechten oblag die ehrenvolle Aufgabe, des Königs Zugpferde nach der strapaziösen winterlichen Nachtarbeit zu pflegen und zu füttern.

Der hohe Fahrgast hatte sich derweil in seinen Gemächern im ersten Stock des Spreeschlosses verschanzt. Da die anderen Familienmitglieder, namentlich seine Mutter, der Prinz Heinrich, seine Schwester Amalie und die Prinzen Wilhelm und Ferdinand, in Schönhausen geblieben waren, bewohnte er die riesige Zwingburg in dieser Nacht ganz allein. In dem runden Zimmer am Eck zwischen Spree und Schlossplatz im Schlüterflügel, wo sich seine Bibliothek befand, flackerte Kerzenlicht, als Langustier das erste Portal schräg darunter erreichte und eintrat. Er nahm zunächst den Eingang, den der König benutzte, wenn er das Schloss betrat und in seine Wohnung hinaufging. Dann aber begab er sich abwärts in die verwaiste Schlossküche. Verabredungsgemäß hatte der in Berlin gebliebene Hof-Zeremonienmeister von Pöllnitz einige gelehrte Herren am Wachposten vorbei in die Funktionsräume der Köche gelotst, die dem Zweiten Hofküchenmeister nun erwartungsvoll entgegensahen. Es waren dies die Herren Maupertuis, Eller, Euler und Fredersdorf. Besonders beim Geheimen Kämmerer bedankte sich Langustier über die Maßen, weil er ermessen konnte, welche Strapaze der Weg für ihn gewesen sein musste. Doch wollte er Fredersdorf, der das Schloss wie kein Zweiter kannte, bei der bevorstehenden Nachtwache unbedingt mit von der Partie wissen.

Maupertuis hatte seine akademischen Kollegen nicht lange um ihren wissenschaftlichen Beistand zu bitten brauchen: Eller, dem der Schalk fest im Nacken saß, mochte eine so hübsch exaltierte Unternehmung keinesfalls verpassen. Der glasäugige Euler hatte einen dicken Turban um den haarlosen Schädel geschlungen und trug einen dicken Schafspelz über dem indigoblauen Überrock. Eller dagegen entriet der Kappe und des Fellbehanges selbst bei der schlimmsten Kälte, denn er lebte nach dem ärztlichen Grundsatz: Was uns nicht tötet, härtet ab – er pflegte zur innerlichen Erwärmung lieber stets eine flache Bouteille des stärksten Kornbrandes in den weiten Taschen seines gefütterten, weißen Justaucorps parat zu haben, aus der er mit mechanischer Regelmäßigkeit kleine Schlucke nahm. Maupertuis, der Nordlandfahrer, trug seine alte Forscherkappe aus Wolfsfell und fühlte sich in seinem dicken Mantel aus rotem Polarfuchs selbst in der kältesten Küche und härtesten arktischen Nacht pudelwohl. Der alte und gebrechliche Fredersdorf schließlich, als Laie nicht der Akademie zugehörig, wiewohl in Naturforschungen eigener Art nicht unbewandert, hatte sich mehrere alte Soldatenröcke übereinander angezogen, da ihm das Tragen eines Fellmantels zu arge Beschwernis für die geplagten Knochen bedeutete. Im Gegensatz zu Langustier, der zu Rock, Mantel und Roquelor seine schwarze Pudelmütze trug, bestand die Kopfbedeckung des früheren Geheimen Kammeriers aus einem Dreispitz, der für winterliche Belange zwei wollene Ohrdecken besaß, die sich schützend über die Lauschorgane legten, wenn sie der Hutträger mit einer Schnur unterm Kinn zusammenband.

Langustier, am Herd stehend und diesen mächtig befeuernd, erwärmte einen großen Topf mit Gulaschsuppe, die sein Lehrling Splitgerber anderthalb Tage lang erfolgreich mit Zähnen und Klauen gegen zudringliche Köche, Küchenjungen, Schlosskatzen und Schlossmäuse verteidigt hatte. Der Eintopf ergoss sich wie heiße Lava in die Teller, und die Wissenschaftler stärkten sich ausgiebig, bis das metallene Kratzen der Schöpfkelle restlose Ebbe anzeigte. Immerhin erhielt auch der verspätet zur Truppe gestoßene Kammersekretär von Happenwalde noch einen gehörigen Anteil, was seine daniederliegenden Lebensgeister ungemein beflügelte. Mehrere Glasballons mit Glühwein wurden in Holzkästen gestellt und rundum mit Holzwolle ummantelt, auf dass die Hitze des Getränks für eine gute Weile gewahrt bliebe. Dann ging es in leiser Prozession die Stiege hinauf in die Königsetage, um einige Ecken bis in die runde Wohnstube des Kammersekretärs, die so dicke Mauern und Türen besaß, dass man sich gepflegt unterhalten konnte, ohne befürchten zu müssen, jemandem bemerklich zu werden – und vor allem nicht den König aufzuwecken, der nicht weit davon entfernt wohl inzwischen schon in voller Montur auf dem Feldbett ruhte.

Langustier ergriff das Wort, nachdem ein jeder sich mit einem Becher dampfenden roten Gewürzweines versehen hatte:

»Um den Glauben an Gespenster zu zerstören, bedarf es zwar für den Denkenden in unseren Tagen keines neuen Beweises; und bei dem, der bis heute nicht durch tausend Entdeckungen des Betruges und durch die auffallendsten Vernunftgründe von jenem Irrglauben zurückgebracht worden ist, dürfte auch ein Beispiel mehr oder weniger nichts wirken. Aber es könnte sein, dass bei diesem Betruge nebenher eine Entdeckung gemacht würde, die wohl eine schlaflose Nacht belohnte. Man braucht nicht Lehrer, sei es von Erwachsenen oder der Jugend, zu sein, um es zu erleben, mit welcher Macht sich ein einziges Beispiel dieser Art den einleuchtendsten Gründen entgegenstellt; und es gehört nur ein gewöhnlicher Grad von Liebe der Menschen und des Vaterlandes dazu, um sich bestimmen zu lassen, das Seinige beizutragen, dass solche Irrtümer sich nicht einschleichen oder in den neugierigen Köpfen für Wahrhaftigkeit durchsetzen!«

Sie stießen an und gaben einander die Hände darauf, alles, was ihnen etwa begegnen würde, mit einer ihnen wohl anstehenden Gelassenheit zu ertragen. Von Happenwalde gab einen knappen Bericht seiner Wahrnehmungen in den vergangenen Nächten, woraufhin Eulers gesundes Auge vor Witz und Unternehmungslust strahlte und Eller sich über eine schon jetzt rundaus vergnügliche Nachtsitzung freute. Langustier nutzte die Gelegenheit, eine kleine Geschichte loszuwerden:

»Wir sind drauf und dran, heute Nacht etwas zu sehen, was sich gewöhnlichen Augen in der Regel verschließt. Nun ging es, mit etwas anderem Beobachtungsgegenstand, einem Franzosen vor Jahren nicht viel anders. Dieser Mann, ein Monsieur Birot, kam eines Morgens in den Hundstagen nach Berlin, die bekanntlich von Ende Juli bis Ende August andauern, und war nur von einem Wunsche beseelt – Se. Königliche Majestät mit eigenen Augen zu erblicken! Ein komischer, aber ergötzlicher Kauz ist dieser Birot gewesen! Bei dem Spleen, der ihn die Hälfte des Jahres auf Trab hielt, hätte er eigentlich eher ein Engländer sein müssen. Seine Winter verlebte er nämlich stets in Marseille, während er im Sommer den Norden bereiste. Nun also kam er nach Berlin, und es war sehr drückend und schwül.«

Der Ex-Polarforscher Maupertuis hauchte in die eiskalte Schlossatmosphäre, so dass man einen feinen Nebel um seine Worte ziehen sah wie einen Geisterhauch:

»Das ist sehr nett, dass Sie uns dies gerade jetzt erzählen: Sie helfen uns, das Erfrieren zu vermeiden! Ich maß vorhin minus fünfundwanzig Grad Réaumur, was in Fahrenheits Säule minus vierundzwanzigeinviertel Graden entspricht!«

Eller und Euler amüsierten sich lautstark über diese meteorologische Rocaille und mussten durch Zischen und Finger-vor-den-

Mund-halten zur Ordnung gerufen werden. Langustier fuhr unbeirrt fort:

»Nachdem sich unser guter Advokat Birot schon acht Tage nutzlos in Berlin herumgetrieben hatte, begab er sich nach Potsdam, um endlich den Zweck seiner Reise zu erreichen. Den ersten Offizier, den er dort traf – es war Prinz August von Braunschweig –, ereilte das Los, von ihm nach dem besten Weg gefragt zu werden, den König zu sehen, wonach ihm so sehr der Sinn stand, dass er es kaum aushalten konnte.«

Die Herren gluckten.

»›Ich will gern tun, was ich kann, Monsieur‹, sagte der Prinz von Braunschweig, ›nur vermag ich Sie schwerlich unmittelbar in die Königskammern zu geleiten, denn das ist gegen die Etikette.‹ Er besann sich – so hat Birot es mir berichtet –, und dann führte er ihn zu mir in die Schlossküche neben den Pferdestall, wo ich ihm versprach, dass sein Wunsch über kurz oder lang zweifellos erfüllt würde.

Zwei Tage vergingen, und Birot hatte den König noch immer nicht erblickt, da er völlig abgeschieden in seiner kühlen Bibliothek am anderen Ende des Hauses blieb. Wenn er ausging, dann nur im Garten mit den Hunden, und bis Birot hinter irgendeinem Busch Stellung beziehen konnte, von mir oder Joyard geführt, waren Se. Königliche Majestät schon wieder verschwunden. Kurz gesagt, alles zeigte sich wie verhext. Aus Langeweile zählte Birot die Weinflaschen, die von den königlichen Tafeln zurückkamen, maß nach, wie viel an Inhalt sie verloren hatten, fragte nach der Zahl der Gäste, kostete meine Speisen und sagte insonderheit einmal von einer Suppe: ›Teufel auch, Monsieur Langustier! Wie können Sie eine feine Brühe derart verpfeffern? Wollen Sie denn, dass des Königs Schlund und Eingeweide in Flammen aufgehen?‹«

Eller und Euler gickerten, dass es jedes Gespenst auf zehn Meilen gehört hätte, weshalb eine ernstliche Ermahnung an sie erging, bevor Langustier seine Geschichte zu Ende bringen konnte.

»›Sie irren, Monsieur!‹, sagte ich. ›Mein Herr würde mich zur Strafe die ganze Terrine selbst auslöffeln lassen, wenn ich sie weniger pfefferte!‹ Er wollte schier nicht glauben, dass sich der König getrockneten Ingwer in die Schokolade löffelte und den Tee ohne ungarisches Rosen-Paprika zu nehmen außerstande war. Schließlich, am dritten Tag, hatte der Himmel ein Einsehen und ließ das Mirakel endlich geschehen, welches uns von dem lieben, aber auch lästigen Birot befreite: Auf dem Ehrenhof vor dem Schloss erschien ein Dutzend Rekruten, von denen sich der König zwei oder drei für sein Garderegiment aussuchen wollte. Ich stellte meinen Landsmann hinter einer Doppelsäule der Kolonnaden auf, wo man ihn nicht leicht bemerken, er aber ungetrübte Blicke werfen konnte – eine dumme Redensart, denn man bekommt ja den Blick eher von der Erscheinung zugeworfen, als dass man ihn wirft! Jedenfalls kam der König gut sichtbar wie ein echter Mensch aus Sans Souci heraus, prüfte mit aller Sorgfalt die Rekruten auf Gardetauglichkeit, schlug mit dem Krückstock auf Kopf, Beine, Gesäß und begab sich nach getroffener Auswahl zur Mittagstafel. Monsieur Birot aber war selig, denn er hatte den Regenten in aller ausführlichen Gemächlichkeit ebenso gründlich in Augenschein nehmen und prüfen können wie dieser seine Soldaten. Später gab Birot uns in der Küche seinen Befund: ›Herrliche und wahrhaft königliche Büste! Aber ein elendes und jämmerliches Beingestell! Der Kopf und die Brust sind über alles Lob erhaben, das andere ist unter jeder Kanone!‹«

Langustier hatte geendet, und die Herren hielten sich die Münder zu, um nicht in schallendes Gelächter auszubrechen, was ihnen auch halbwegs glückte. Sie leerten das erste Glühwein-Reservoir, wodurch eine generelle Erwärmung, aber zugleich eine gesteigerte wohlige Trägheit erreicht wurde, die es fraglich machte, ob fürderhin Kraft zu plötzlichem Handeln vorhanden wäre. Da es erstens noch immer nicht zwölf war, zweitens eine heftige Debatte über die Frage, welche Stunde man mit Fug und Recht die

Geisterstunde nennen müsste – die elfte oder die zwölfte – ohne handfestes Ergebnis geblieben war und weil drittens die Konzentration allseitig merklich nachzulassen drohte, erbot sich der weit gereiste Maupertuis, um die Herren der Kommission vielleicht auf diese Weise wach zu halten, nunmehr eine lappländische Gespenstergeschichte zu erzählen. Auf seiner berühmten Forschungsfahrt, so begann er, habe er selbige selbst erlebt. Da er allseits begeisterte Zustimmung fand, fuhr er fort:
»La Condamine und ich hatten bereits einen Tag und eine Nacht wandernd zugebracht, ununterbrochen um den Zusammenhalt unserer kleinen Expedition bemüht, die aus wenigen, schlechterdings faulen und unwilligen Trägern bestand, welche leider unsere gesamte, hoch wichtige Messausrüstung durch die unwegsame Tundra-Landschaft schleppten, so dass wir nicht auf ihre Hilfe verzichten konnten, wie gern wir sie auch zum Teufel gejagt hätten. Zu allem Überfluss mussten wir nun bei einem Wetter, das zwar kein Schneesturm war, aber an Widerlichkeit dem augenblicklichen nicht ganz unähnlich gewesen ist, feststellen, dass die ganze Truppe bis über beide Ohren im Aberglauben steckte und plötzlich in einem Nebelfeld mitten in der schrecklichsten Landschaft den Dienst versagte und die Packen absetzte. Vor uns, gab mir der Sprecher dieser zusammengewürfelten Bande von Halunken, Strolchen und Tagedieben, der selber der Durchtriebenste unter allen Gaunern war, zu verstehen, läge eine Geister- oder Totenstadt, und es sei undenkbar, einfach weiterzugehen und darüber hinwegzulaufen, da die Seelen der Toten dort Wache hielten und alle Lebenden narrten, wenn nicht gar um den Verstand brächten, welche die sterblichen Überreste mit Füßen träten. Ich war nun freilich gewiss, dass es sich hierbei bloß um eine List dieses Trägergesindels handelte, uns zu einer außerordentlichen Lohnzahlung zu zwingen, wozu weder ich noch mein Partner bereit waren. Am liebsten hätte ich ihnen entgegnet, dass dies wohl nur für La Condamine und mich von echter

Gefahr wäre, während sie sich um ihr bisschen Verstand keine Sorgen machen sollten, doch ich verkniff mir diese Wahrheit. Ich sagte nur, dass mich sehr nach einer solchen Erfahrung gelüstete; wer kein ganzer Mann sei, uns auf direktem Wege zu folgen, möge mit dem schweren Gepäck so weit um den Ort herumgehen, wie immer es ihm dienlich erscheine. Dieses nahm der Rädelsführer der Meuterer mit einem Knurren auf, und als er sah, dass wir beide unverdrossen weitermarschierten und allein darauf bedacht waren, in der dicksten Erbsensuppe von Nebel nicht über die großen Steintrümmer zu stürzen, die ungezählt zwischen Lapplandmoos, Heidekraut und Rentierflechten herumlagen, was wohl auf eine frühere menschliche Ansiedlung hindeuten mochte, befahl er seiner Meute mit einer Kaskade von Flüchen, die ich am Tonfall erkannte, uns in drei Teufels Namen zu folgen – Messieurs!«

Maupertuis machte eine höchst wirkungsvolle Kunstpause, in der jeder den dicken lappländischen Tundranebel durch das kleine, dunkle, runde Zimmer im ersten Stock des Berliner Schlosses wehen sah, das in kurfürstlichen Zeiten als Gefängnis gedient hatte.

»Wenn ich jemals erfahren habe, was es heißt, einen Horreur vor der eigenen Courage zu bekommen, so war es in den bangen Minuten, die nun folgen sollten!«

Eller, Fredersdorf, Happenwalde und Euler hatten gebannt diesen Worten gelauscht und sich im Geiste ganz und gar in die unwirtliche Tundra begeben. Umso schwerer war es jetzt sowohl für den Berichterstatter als auch für sein Publikum, die aufgeregten, wortlosen Gesten Langustiers zu deuten, der wild mit den Armen fuchtelte und dann den rechten Zeigefinger auf die Lippen legte, während er mit Daumen und Zeigefinger der anderen Hand seine Nasenflügel zusammenpresste, denn es roch mit einem Male ganz höllisch nach Pech und Schwefel! Abgelenkt durch diese Empfindung, drang den krampfhaft Schnuppernden erst mit dem Verklingen des letzten Schlages der Domkirchenuhr ins Bewusstsein, dass die Mitternachtsstunde gerade angebrochen war. Was hatte Maupertuis eben über die eigene Courage gesagt? Der Sinn seiner Worte wurde ihnen am eigenen Leib unmittelbar bewusst, als Langustier die beiden Lampen mit schwarzen Tüchern abdunkelte.

Sonntag, 9. Januar 1757

I

Unzweifelhaft hörten sie bei halb geöffneter Tür jetzt ein gespenstisches Tappen in der Ferne, das über die Königsstiege heraufkam und sich langsam näherte. In der runden Kammer herrschte absolute Stille, denn alle waren nun so auf die akustische Wahrnehmung konzentriert, dass sie selbst das laute Atmen unterdrückten. Happenwalde, Langustier und Maupertuis schlichen aus dem rundem Schlafgelass des Kammersekretärs den Gang rechts entlang, wandten sich erneut rechts in eine Dienstbotenküche, die sie durchquerten, um dann links in eine weitere, der Dienerschaft des großen Königs vorbehaltene, momentan aber unbenutzte Kammer zu gelangen. Sie kamen bis vor eine Tür, hinter welcher ein Raum lag, den man, von der Königsstiege kommend, zwangsläufig durchmessen musste, wenn man den Versammlungssaal der Geheimen Kabinettsräte passieren wollte. Eben dort hatte von Happenwalde das ihn verstörende Phantasma schon mehrere Tage hintereinander gesehen.

Sie fanden die Tür wie vorbereitet, nur angelehnt, so dass ihnen ein Spalt zur Beobachtung offen stand. Auf diese Weise hätten sie den Schreitenden, wer oder was immer es auch war, im Grunde unweigerlich zu Gesicht bekommen müssen, da sein Weg direkt vor dieser Tür vorbeiführte. Wie sie jedoch durch den Spalt lugten, sahen sie nichts außer einer schwächlich leuchtenden, stechend riechenden Dunstwolke. Nur mit eilends vor Mund und Nase gepressten Schnupftüchern konnten sie ein Husten verhindern. Was immer an diesem Ort umging, war schneller gewesen als sie.

Langustier fröstelte es bei dem Gedanken, jetzt die Deckung verlassen und dem unbekannten Wesen in die Dunkelheit folgen zu müssen. Wenn es von der anderen Seite aufgeschreckt würde, liefe es auf seiner Flucht direkt an ihnen vorbei – oder durch sie hindurch, was Gespenster angeblich gern bewerkstelligten. Meistens starben die Menschen, die sie berührten, an unsagbaren Formen der Auszehrung! Verflucht, er glaubte doch gar nicht an Gespenster!

Als Maupertuis ihn sanft am Ärmel zupfte, um ihn zum Vormarsch zu bewegen, zuckte Langustier so heftig zusammen, dass es für seinen Begleiter eine helle Freude war. Im fahlen Mondlicht glänzte das Grinsen auf dem Gesicht seines unerschrockenen Nebenmannes wie die Glasur auf einem Laib Brot. Happenwalde daneben sah bleich aus und aschfahl, als sei er bereits nicht mehr von dieser Welt.

Der Zweite Hofküchenmeister nahm sich endlich ein Herz und pirschte durch den kalten, nur von einer letzten noch brennenden Kerze beleuchteten Gang vorwärts. Was immer sich da vor ihnen bewegte – jetzt hatten sie es unweigerlich in der Zange! Eller, Euler und Fredersdorf waren sicher schon den kurzen Weg vom Rundzimmer nach links in die halbrunde Kammer gegangen, die von dem Saal nur durch eine dünne, nachträglich eingezogene Scheidewand getrennt war. Sobald sie die dortige Tür öffneten, mussten sie der Erscheinung unmittelbar gegenüberstehen.

Düster lag der Gang vor Langustier. Da er das abgedeckte Licht stehen gelassen hatte, um den heiklen Forschungsgegenstand nicht zu verscheuchen, hatte er sich behutsam, die Hände an der Wand, vorzutasten. Als der Weg eine kleine Biegung machte, stoppte er, so dass Maupertuis und von Happenwalde unsanft aufliefen. Aus der angelehnten Tür vor ihnen drang blakender Lichtschein. Und da war sie – die Erscheinung: die Weiße Frau!!!

Langustier war an Verstand und Einsicht in alle Naturdinge nicht leicht zu übertreffen – doch was seine Augen nun sahen, sprach jeglicher Vernunft, jeglicher Aufklärung Hohn! In einer Wolke des scheußlichsten Schwefelgestanks stand das garstige Gespenst genauso vor ihnen in der Aktenkammer, wie frühere Beobachter es beschrieben hatten. Mit sandsteinfarbenem Gewand à la Carmelit und einer schneeweißen Haube war es angetan. Der Schwefelqualm drang aus einer Öffnung am Rücken der Erscheinung, während sie sich im schwankenden Scheine eines Windlichts über einen Stapel frisch geschriebener diplomatischer Briefe hermachte. Vorsichtig erbrach das Gespenst nun auch das Siegel eines bereits verschlossenen ganzen Päckchens, faltete die vom König eigenhändig unterzeichneten Bogen auseinander, studierte scheinbar ihren Inhalt und schloss das Ganze wieder mit frischem Siegellack, den es an der mitgeführten offenen Lampe verflüssigte und in den es ein Siegel eindrückte, das ihm mit einem Bindfaden am Gewand baumelte.

Langustier wurde plötzlich stocknüchtern; alles Entsetzen war weit von ihm gewichen. So etwas taten Gespenster nicht! Und vor allen Dingen gebrauchten sie weder Lampen noch Siegellack!

Eller und Euler schienen am anderen Türspalt zur selben Einsicht gekommen zu sein, denn sie stürmten nun mit Kriegsgeschrei den Raum, worauf das Gespenst hell aufschrie, bevor es geistesgegenwärtig seine Lampe ausblies. Stühle flogen knirschend um, halblaute Seufzer waren zu hören. Papier flatterte in der Gegend herum. Die Stimme von Happenwaldes klagte laut:

»Heilige Mutter Gottes!«

Sei es, dass diese Anrufung dem höllischen Treiben Zügel anlegte, sei es aber auch nur, dass der plötzlich auflodernde Lichtstrahl, den der gute Fredersdorf aus einer der herbeigeholten Laternen in den unheilvollen Raum sandte, das Seinige tat: Mit einem Male lag die sandsteinfarbene Frau in Ellers Armen, der ihrer heftigen Gegenwehr eine eiserne Umklammerung entgegensetzte, woraufhin sich Fredersdorf getraute, näher hinzuzutreten und dem Gespenst die schneeweiße Haube herunterzureißen! Just in diesem Moment wurde eine Stimme hörbar, die den versammelten, teils am Boden zwischen zerbrochenem Gestühl herumkrauchenden,

teils erschöpft an der Wand lehnenden, teils würgend einander an der Kehle gepackt haltenden Herren das Blut ein zweites Mal in den Adern gefrieren ließ:
»Seindt Sie allesamt wahnwitzig geworden, Messieurs – oder wirre, spükende Nachtgespenster, die über ihr abscheuliches Lärmen auch noch einen widerlichen Pesthauch verströmen? Euler, seindt Sie es, die hier eine Säule umklammern, als wäre Gefahr, dass sie davonliefe – ist es Maupertuis oder dessen unruhiger Geist, der dorten am Boden kauert und die Hände über den Kopf verschränkt wie ein Überraschter auf dem Schlachtfeld, als wolle ihm gleich eine Kartätsche dreinfahren? Und – wäre es nicht mein Sekretär Happenwalde, wie es ihm nebenan fast gelingen will, meinen Hofküchenmeister Langustier zum Erwürgen, so müsste ich mir wohl eine Seh-Brille machen lassend! Fredersdorf, den ich mit blakender Laterne und einer Weibsperücke in der Hand erluge – erklärt mich, mein Guter: Was veranstaltet unser ehemaliger Leibchirurgus mit diesem nach Frauenzimmermanier drapierten Blondschopf für einen Ringkampf?«
Der König, der nicht seine Uniform, sondern einen roten Casaquin trug und statt Hut oder Perücke eine farblich zum Schlafrock passende Nachtmütze zur Schau stellte, bot mit der Kerze in der Hand ein so ungewohntes Bild, dass keiner der Überraschten im ersten Moment auch nur ein Wort herausbrachte.
»Sollte es also doch nur eine üble Nachrede sein, die dem Monarchen Soldatenmontur beim Schlafe andichtet?«, dachte Langustier, während er sich aus von Happenwaldes verzweifeltem Griff befreite und sich in eine der Erklärung des Sachverhaltes förderlichere Position begab.
»Sire, verzeihen Sie, wenn wir Ihnen die kostbare Nachtruhe störten! Das ist fürwahr ein rüdes Verbrechen, dessen Konsequenzen ich voll und ganz auf mich nehme. Eure Königliche Majestät seien versichert, dass wir keine Ausgeburten Ihrer Phantasie darstellen. Ich habe dieses Aufgebot an hilfsbereiten akademischen

Geistern zusammengetrommelt, um dem höchst hartnäckigen ephemeren Gespenst der ›Weißen Frau‹ aufzulauern, das sich nach den Observationen Ihres Herrn Kammersekretärs in den vergangenen Tagen wiederholt den Lagerplatz Ihrer Geheimpapiere zum Ort seiner mitternächtlichen Eskapaden gemacht hat. Doch ich fürchte, die Annalen der Akademie müssen auf unseren Beitrag zur spektralen Phänomenologie weiterhin warten, denn was dampfend und spukend wir stellten, war nur dieses höchst fleischliche, lebendige Mitglied der Bertrandschen Schauspielergesellschaft aus Leipzig, das sich seit Tagen für Eurer Majestät Gesandschaftspost interessiert und zur ungestörten Lektüre die Geisterstunde ausgesucht hat. Es hat sich hierzu standesgemäß eingekleidet und auch mit Höllenhauch aus schwelendem Schwefel versehen, um jeden Beobachter seines Tuns gehörig zu verschrecken!«
Der König trat hinzu und besah sich das kleine Räucherfäßchen, das unter dem nun recht albern anzuschauenden Gespensterhabit des vor Schreck wie gelähmten Übeltäters zum Vorschein gekommen war, um sich rasch mit heftigem Husten wieder abzuwenden. Die übrigen Anwesenden hatten sich langsam aus ihrer Starre gelöst und beeilten sich, es dem Monarchen nachzutun, um ihn nicht der Schmach auszusetzen, alleine die Torheit begangen zu haben, den üblen Theaterqualm eingeatmet zu haben. Langustier vervollständigte seinen Bericht:
»Ich berief diese Herren – im verwirrendsten Momente der Attaque bei völliger Dunkelheit von Ihnen überrascht und daher eine nicht eben wohlgeordnet erscheinende Kommission vorstellend – freilich nicht ohne einen Verdacht ein, dass es sich bei jenem Gespenste mit einer Vorliebe für Aktenstaub um ein möglicherweise politisches handeln könnte. Eine Beobachtung bestärkte mich hierin, die ich unlängst, nachdem Eure Majestät mich geruhten zu empfangen, machen musste. Spuren von Wachs auf einem königlichen Siegel legten den Verdacht äußerst nahe, dass hier ein dreister Spion sein Unwesen treiben würde.«

Der König musterte die vormals schreckliche, jetzt aber zum gewöhnlichen, üblen Spion und Schauspieler degradierte Erscheinung wortlos, bat um die Vorführung des Delinquenten am nächsten Morgen und verließ mit einem anerkennenden Kopfnicken an die Adresse seiner unermüdlichen akademischen Geisterjäger den Raum.

»Bonne nuit, messieurs!«

Dem blonden Spitzel waren über den unvermuteten Fährnissen dieser Nacht die Sinne geschwunden. Er musste von Langustier und Eller in ein sicheres Gelass im Untergeschoss getragen werden, wo man ihn bis zu späterer Morgenstunde leicht unter soldatische Bewachung stellen konnte.

Die gelungene Aktion stellte einen herben Schlag sowohl gegen die Gespenstergläubigen als auch gegen den Geheimdienst der antipreußischen Koalition dar. Ihren Erfolg rekapitulierend, saßen die streitbaren Aufklärer noch eine geraume Weile in der kalten Küche beisammen, innerlich durch den Inhalt des zweiten Ballons mit Glühwein ausreichend erhitzt, um dem Frost Paroli zu bieten. Nachdem sie einander mit dem heillosen Chaos aufgezogen hatten, das im Moment des königlichen Erscheinens zu sehen gewesen sein musste, sagte Langustier, indem er dem Adressaten seiner Rede einen dampfenden Krug Glühwein in die klamme Hand drückte:

»Ihr wurdet vorhin an einer recht spannenden Stelle von unserem falschen Gespenst unterbrochen, Monsieur de Maupertuis! So habt doch die Güte, den Rest nachzutragen, da unvollendete Geschichten gemeinhin ein regelrechtes Bauchgrimmen verursachen.«

Maupertuis nahm einen belebenden Schluck, dann knüpfte er an seine zuletzt gesprochenen Worte an:

»Wir hatten also – so nahmen wir zumindest an – über die Furcht oder den vorgehabten Betrug unserer Träger gesiegt und marschierten blindlings weiter durch die steiniger werdende Tundra.

Doch der Teufel wollte es, dass wir binnen weniger Minuten in der dichtesten Erbsensuppe steckten, die man sich vorzustellen vermag. Der Nebel war so dick, dass man die Position der eigenen Nasenspitze nur noch durch unbeweisbare Mutmaßungen angeben konnte und selbst die entzündeten Fackeln kaum weiterhalfen. In dieser vollends unsicheren Lage verschreckte uns mit einem Male ein tödliches Geschrei, das von einem der Träger zu kommen schien. Es bewirkte, dass auch andere zu schreien anfingen, woraufhin jeder kopflos sein Heil in blinder Flucht suchte. Doch flüchten Sie einmal, wenn Sie weder wissen, vor was, noch wohin, und Stock und Stein sich Ihnen in den Weg legen! Mehrmals war mir, als sausten Irrlichter über das Kraut, bis ich bemerkte, dass es wohl in Panik weggeworfene Fackeln der ängstlichsten Träger waren, die sich gegenseitig in die Furcht hineinsteigerten und damit für uns alle zur tödlichen Gefahr wurden. Denn nun begann die Tundra an allen Ecken und Enden um uns her zu brennen, und es schien nur eine Frage der Zeit zu sein, dass wir, wenn schon kein Opfer der Geister, so doch eines der vor Geisterfurcht entfachten Flammen oder des von ihnen genährten erstickenden Qualmes würden. Endlich gelang es Condamine und mir, aus dem dichtesten Nebel herauszukommen und uns von Rauch und Feuer zu entfernen, die das dürre Heidefeld überzogen.

Indessen, wie groß war später unsere Bestürzung, als wir feststellen mussten, dass nicht die grundlose Ängstlichkeit einiger abergläubischer Hasenfüße unter den Trägern die Ursache der Flammen gewesen war, sondern der Todeskampf ihres Anführers, der sich offenbar verzweifelt gegen eine ganze Übermacht ihn bedrohender unsichtbarer Feinde hatte erwehren müssen und in dieser Not tödlich unterlegen war? Nach dem Abzug von Rauch und Nebel fanden wir seine Leiche grauenhaft entstellt wie vom Anfall mehrerer wilder Bestien, jedoch ohne Brandstellen, auf einem kreisrunden, vom Feuer alleinig verschonten Fleckchen Tundra liegen. Die übrigen Träger trauten sich nicht näher als hundert Schritt an den Leichnam heran. Condamine und ich begruben den Toten, ohne dass uns einer der anderen geholfen hätte, eben dort, wo er gelegen. Wir haben den Trägern fortan alle Umwege verstattet und sind auf diese Weise zwar langsam, aber doch recht sicher und ohne neuerliche Verluste an unseren Zielort gekommen.«

Mit einem leichten Schaudern über die Gewalt der Phantasie, wenn sie einmal durch bloße äußerliche Umstände beflügelt und ihrer vernünftigen Grenzen beraubt ist, trennten sich die Herren. Von Happenwalde hatte Langustier umarmt und ihm nebst seinem Dank auch etwas ins Ohr geraunt, das den Geisterjäger zutiefst beglückte. Kurz nahm er zuletzt noch Eller beiseite:

»Se. Majestät wussten schon tags darauf, dass ich bei Ihnen in der Charité draußen war! Haben Sie mich etwa verraten?«

Eller versicherte hochheilig seine Unschuld, besann sich kurz, dann sagte er:

»Kaum waren Sie fort, stand Becker, der Polizeipräsident, in meiner Räuberhöhle. Ich muss einen reichlich eindeutigen Geruch verströmt haben, denn er riss sofort das Spitzentüchlein vor die empfindliche Nase. Auf seine Frage, was Ihr in der Charité gewollt hättet, log ich ihm vor, Euer Besuch hätte einem alten, chronisch kranken Freund gegolten, der aber schon verstorben wäre. Dieser parfümierte Narr hat Sie ganz offensichtlich im Auftrag des Königs beschattet.«

Blass wie ein Gespenst, indes weniger vor Angst, denn vor Anspannung und überdrehter Phantasie, sank der Geheime Sonderkommissär Sr. Königlichen Majestät gegen die zweite Morgenstunde in die Federn. Luise Leuchtenberg, der Name, den der Kabinettssekretär für ihn herausgefunden hatte, irrlichterte silbenweise durch seine aufgedrehte Phantasie.

II

Als Langustier fünf Stunden später in der Schlossküche mehr hing als stand, schienen sich alle Kellergeister gegen ihn verschworen zu haben. Sie trommelten von innen gegen seine Stirn, wie es kein Tambour besser gekonnt hätte! Kaum vermochte der Zweite Hofküchenmeister die Anerkennung des Königs zu goutieren, die ihm dieser durch den Flügeladjutanten von der Goltz hochoffiziell vor versammelter Küchenmannschaft mitteilen ließ. Ein beeindrucktes Raunen ging durch die Küche. Langustier fackelte nicht lange und schickte Splitgerber zum Laden seiner Tochter, um vom besten Champagner zu holen, nur müsse es, schärfte er ihm ein, weißer sein. Auch solle er nach Austern und Zitronen fragen, von denen Marie stets frische Lieferung aus Hamburg erhielt.

»Und zeig dem Wachhund vor der Küche nur ja die Rechnung!«, flüsterte er seinem Gesellen hinterher. »Der wird blöd genug gucken, wenn Du das Zeug hinein statt hinaus trägst!«

Der allgemeine Jubel der Küchenbelegschaft schmerzte höllisch in seinem Kopf.

»Was hat das Verhör der ›Weißen Frau‹ ergeben«, fragte Langustier von der Goltz, bevor dieser eilig an die Seite des Monarchen zurückeilte, der an diesem Morgen im nunmehr spitzelfreien Raum seine Minister zur Unterredung bestellt hatte, um ihnen die veränderte Situation in Kriegszeiten zu erläutern und Rechenschaft über ihre Tätigkeitsbereiche zu erhalten.

»Der ›Geist‹ war der beste Mime der Truppe, ein gewisser Valentin Schuch, der aus Geldnöten für die Königin von Ungarn spionierte.«

»Für Maria Theresia?«

»Genauer gesagt für einen gewissen Baron von Florensfelde, der sich wechselweise als Spion für alle möglichen Hoheiten verdingte und seine Kenntnisse verkaufte, wem immer an ihnen gelegen und wer immer genügend dafür zu zahlen in der Lage und willens war. Zu Zeiten des Porzellan-Fiebers vor sechs Jahren hat Florensfelde kurioserweise auch via Fredersdorf für Se. Königliche Majestät gearbeitet, was trefflich beweist, dass Spione keine Moral besitzen.«

Das Feld der Geheimdiplomatie war noch entschieden schlüpfriger als die vereisten Berliner Straßen, die Langustier um zehn bereits wieder entlangschlitterte. Immerhin hatten sich die Poltergeister in seinem Kopf nach dem Austernfrühstück etwas beruhigt. Es war ja eine alte, bewährte Rezeptur: Um einen veritablen Kater zu bekämpfen, fahre morgens mit dem Trinken fort! Eigentlich galt die Regel, hierzu den Verschnitt zu verwenden, der das Übel verursacht hatte – doch erfreulicherweise wirkte die Methode ebenfalls, wenn man den edelsten französischen Schaumwein gegen das Rumoren des übelsten, zu Glühwein verkochten Berliner Weins anwandte. Und das moussierende Wohlgetränk hatte noch andere erfreuliche Nebenwirkungen, vermochte es doch aufgrund seiner belebenden Spritzigkeit auch in scheinbar verstockte Kriminalermittlungen wieder perlende Bewegung zu bringen!

Voller Esprit stand Langustier dem ehemaligen Premierlieutnant von Puttkammer gegenüber, der mit Frau und Töchtern eine geräumige Wohnung am Neuen Markt bewohnte.

»Verzeihen Sie, wenn ich Sie am Sonntag störe, wo Sie wahrscheinlich gerade im Begriff sind, zur Parade im Lustgarten abzugehen?«

Von Puttkammer seufzte:

»Sie erraten gut die Vergnügungen eines alternden Soldaten in der Hauptstadt! Doch es bleibt uns noch ein Ausweg, den ich Sie ernstlich zu erwägen bitte. Sie könnten mich gut ein Stück Wegs begleiten und gerne Ihre Fragen bei dieser Gelegenheit vorbringen!«

Gegen diesen billigen Vorschlag wollte Langustier nicht das Geringste einwenden. Indem sie die Spandauer Straße entlanggingen, deren Bewohner in erfreulichem Maße dem Befehl zum »Schüppen« nachgekommen waren, fragte Langustier den stämmigen von Puttkammer, dessen Kriegsverletzung, jene abgeschossene linke Hand, die durch eine künstliche aus Holz ersetzt war, ihn freilich als Verdächtigen ausscheiden ließ, da sie ihm nicht erlaubte, einen toten Mann, und sei es auch nur ein ganz kleiner, zu verräumen:

»Ist Ihnen bei Auffindung des Toten am Meiereigartenzaun etwas Besonderes aufgefallen?«

»Außer dass es sich um den Bankier Hamann als ein Opfer der scheußlichsten Gewalt handelte, nicht, nein.«

»Und sie fanden den Leichnam, ohne dass sich vorher eine andere Person in seiner Nähe bewegt oder von ihm entfernt hat?«

»Allerdings!«

»Haben Sie unter den Festgästen in diesem seltsamen Dreieck vor dem Tor irgendwelche Angehörige der Judenschaft bemerkt?«

»Der Judenschaft?«

Von Puttkammer überlegte. Dann aber hellte sich seine Miene auf:

»Selbstverständlich, denn ich unterhielt mich sogar mit einem von ihnen. Da meine kleine Fabrik für Feuerwerkskörper immer besser in Flor kommt und das Fest zur Einholung des Königs mir wegen der dort abgehaltenen Demonstrationen der schönsten Raketen und Volcanes nicht wenige und nicht unvermögende neue Kunden zu bescheren versprach, beabsichtige ich, meiner werten Gattin zum bevorstehenden Wiegenfeste, das übrigens mit dem Sr. Königlichen Majestät auf den gleichen Tag fällt, etwas von bleibendem Werte zu verehren, das sie vollends davon überzeugt, dass die schweren Zeiten hinter uns liegen.«

Langustier sah sich um die wichtige, eigentlich erheischte Auskunft geprellt und daher gezwungen, seinem Begehr erneuten, gelinden Nachdruck zu verleihen.

»Dürfte ich Sie bitten, Monsieur, mir zu verraten, welcher Art dies Ihr anvisiertes Präsent und welches der glückliche Handwerker gewesen ist, mit dem Sie diesbezüglich in ernsthafte Verhandlungen traten?«

»Aber gewiss, Monsieur! Nichts würde mir verbieten, Ihnen darüber Rechenschaft zu geben, denn es ist ja nichts, was irgend sekretiert oder geheim zu halten wäre – mit der einen achtbaren Ausnahme, die ich auch Sie bitten muss, geflissentlichst zu respektieren –«

(er drohte Langustier mit dem ewig erhobenen Zeigefinger seiner hölzernen Hand, welcher daraufhin sehr bedächtig nickte und auf das nächste Wort wartete, das sich etwa aus dem von Puttkamerschen Mund herausstehlen würde)

»– dass Sie nämlich meiner Frau nichts davon erzählen dürfen, um ihr nicht die zugedachte und so wohlverdiente Belohnung für die Jahre der Enthaltsamkeit zu rauben, indem Sie Ihr das Wesentliche an jedem Geschenke nehmen, das seinen materiellen Wert vielleicht noch gar um ein unwägbares Maß übertrifft – nämlich die Überraschung!«

Langustier versprach alles. Er hatte in Puttkammer einen jener fürchterlichen Zeitgenossen kennen gelernt, die es auch ohne Daumenschrauben, Streckbank und Eiserne Jungfrau verstehen, ihren Gesprächspartner auf die Folter zu spannen.

»Sie können in Berlin suchen, aber schwerlich werden Sie einen Meister finden, der mit seinem edlen Werkstoffe nicht nur intaglio arbeitet, wie es die Italiener tun, sondern en relief wie die geübtesten der Franzosen!«

»Wer war es?«, fragte Langustier zum letzten Mal, fest entschlossen, den Geschwätzigen auf der Brüstung der Großen Pommeranzenbrücke, die sie eben über den Wallgraben erreicht hatten, in die Zange zu nehmen und ihm bei Androhung von Gewalt abzupressen, was er etwa noch zu sagen hatte. Die letzten Champagnerbläschen seines wiedererlangten Esprits waren an die Ober-

fläche des Hier und Jetzt hinaufgestiegen und schnöde geplatzt. Jetzt stand der kalte Spiegel und begann zu gefrieren wie der Fluss unter ihren Füßen. Von Puttkammer bekam plötzlich ein Einsehen und ergänzte rasch:
»Der Gemmen- und Kameenschneider Abramson war es freilich, von dem ich rede. Das ist doch seltsam, nicht wahr? Wo in der Synagoge der Juden-Gottesdienst stattfand. Er suchte jemanden, aber er wollte mir nicht sagen, wen.«
Langustier schnaufte.
»Das ist in der Tat bemerkenswert.«
Hatte nicht Abramson in dem Synagogendiener Meyer einen so unbeirrbaren Fürsprech gehabt? Hatte der ihm nicht hoch und heilig und beinahe, ohne danach gefragt worden zu sein, versichert, Abramson zur Mordzeit in der Synagoge gesehen zu haben? Sollte von Puttkammer wirklich über eine Kamee mit ihm verhandelt haben, so könnte Abramson sich schwerlich auf einen vielleicht existierenden Doppelgänger herausreden.
»Monsieur, ich danke Ihnen, dass Sie mir dies Geheimnis doch noch beherzt verraten haben! Ich wünsche Ihnen alles Gute und vor allem, dass sie mit Ihrer Überraschung – ob nun intaglio oder en relief – bei Ihrer werten Gattin Furore machen!«
Damit lupfte er seinen über die Pudelmütze gestülpten Dreispitz, auf dessen schwarzem Filz schon wieder Schneeflocken zur Landung ansetzten, und ließ von Puttkammer hinter sich am neuen Packhof zurück, dessen Kran am Sonntag stille stand und wie ein übergewaltiger, mit einer weißen Haube versehener Galgen aussah. Er eilte über die glitschige Kleine Pommeranzenbrücke auf das Exerzierplatzgelände des Lustgartens hinüber, wo zu eben jenem Zeitpunkt auch der König auf seinem Schimmel eingetroffen war, um vor seinen Soldaten Front zu machen. Gegen den schneeweißen Hintergrund des Bodenbelages und des fallenden Schnees sah es spaßigerweise kurz so aus, als bewegte sich die hakenartig gekrümmte blaue Figur nach Geisterart durch die Luft, bis die

blauen Soldaten dem Pferde ihres Herrn und Meisters wieder den nötigen Kontrast lieferten.
Flugs drängte Langustier an den Schaulustigen entlang und verschwand an der Domkirche in ihren Reihen. Die Menge jubelte beglückt, als sie den Monarchen erblickte. Lange hatte das Publikum dieses sonntägliche Schauvergnügen missen müssen, welches zwar nicht die Erhabenheit der militärischen Mai-Revuen auf dem Tempelhofer Felde erreichte, wo fünfunddreißigtausend Mann oder mehr in Reih und Glied exerzierten, aber doch ein beeindruckendes Exempel der preußischen Regelmäßigkeit und Ordnung abgab und für Jung und Alt daher höchst ergötzlich und vergnüglich anzusehen war. Selbst bei der arktischen Temperatur, die nicht wenig geeignet schien, Vögel im Fluge erfrieren zu lassen, war dies die schönste Lustbarkeit, die sich den Berlinern in diesen unruhigen Zeiten bot, sahen sie doch hier das Bild des Kriegs in der angenehmsten Gestalt, und jeder, der sich etwas Zeit abmüßigen konnte, war hergekommen, um dem Schauspiel beizuwohnen.
Langustier bedurfte dieser Anschauung selbstredend nicht, denn er kannte das wahre Antlitz des soldatischen Lebens und Sterbens viel zu genau, um sich von Paukenschlag und Hufgetrappel auf sauberem Schnee becircen zu lassen. Mit dem Krieg hatte dieses Flanieren zu klingendem Spiel absolut nichts zu tun.
Er betrat das Schloss durch den Apothekenflügel, und sein Herz schlug rascher, als er bei den zivilen Mimen vorbeikam, die in einer der Kammern im Parterre kampierten und sich nun bei dem Passanten lebhaft, aber vergeblich nach dem Schicksal ihres verhafteten Genossen Schuch erkundigten. Langustier bedauerte außerordentlich, dass ein so achtbarer Akteur, der sein Weben und Trachten der wahren Bühne, dem Theatro, widmen sollte, sein Talent so leichtsinnig auf der falschen, politischen, geopfert hatte, auf der es viel härter und gnadenloser zuging und wo kein Theaterblut, sondern nur echtes vergossen wurde. Über Schuchs

Zukunft konnte er ihnen nur die düstersten Andeutungen machen, denn der dreiste Spitzel leistete wohl jetzt bereits dem jungen Hamann in der Hausvogtei Gesellschaft.

Luise, die schöne Aktrice, hatte sich ihm genähert und sagte, indem sie ihn behutsam von der zurückbleibenden ratlos-betrübten Kollegengruppe weglotste:

»Der arme Vally! Wer hätte das von ihm gedacht? Ihr denkt hoffentlich nicht, dass wir anderen mit in diese Sache verwickelt sind?«

Ihre großen Augen offenbarten ehrliche Sorge, doch er sah nur ihre Schönheit.

»Wie könnte ich? Der König kennt die Auftraggeber des falschen Gespensts sehr gut, und – ob Sie's glauben oder nicht: Einer von ihnen hat auch schon für Preußen gearbeitet!«

»Ich hasse falsches Spiel.«

Sie hing sich bei ihm ein, und er spürte wohltuend die Wärme an seiner Seite. Was sollte er als nächstes sagen? Seine Kehle war wie zugeschnürt. Sie wandelten noch einige Schritte auf dem kalten Schlossgang, dann verlangsamte sie ihren Schritt und zwang ihn, ebenfalls stehen zu bleiben. Sie standen einander gegenüber.

»Sie sind sehr mutig, Monsieur!«

Er wiegelte geschmeichelt ab, seine Rolle als Chef der königlichen Spionageabwehr überdenkend. So mutig war das nächtliche Unternehmen nicht gewesen, bei Lichte besehen.

»Sie kochen nämlich, wie man sich erzählt, so scharf, dass dem König die Gedärme brennen!«, vervollständigte sie, worauf beide lachen mussten.

»Nur auf seinen Befehl, Madame. Meine süße Kunst dagegen verdirbt darüber ganz. Darf ich einen Kuchen backen, den wir gemeinsam ganz allein verzehren?«

Seine Augen feuerten wie Brillanten, während Lachfältchen ihre Mundwinkel umspielten.

»Aber keinen Pfefferkuchen!«

Das Hüsteln, mit dem ein Lakai wenig später den Gang entlangkam, ließ sie aus der Versunkenheit gemeinsamer, zuckersüßer Kuchenfantasien ins herbe Hier und Jetzt des kalten Schlosses zurückfinden.

»Wann wird es sein? Wann bäckst du für mich?«

Sie hatte die trauliche Anrede wie ein Bonbon auf der Zunge zergehen lassen. Ihm rann sie warm wie geschmolzene Butter den Rücken herunter. Seine Ohren glühten wie die eines Schuljungen.

»Sobald die kleine heikle Sache zu Ende ist, die ich noch zu erledigen habe.«

Er wusste, dass die Zeit rar wurde. Am Mittwoch würde er sich mit dem ganzen Getriebe der preußischen Kriegsvorbereitung schon wieder Richtung Dresden bewegen. Mein Gott, warum konnte er die Zeit nicht anhalten?

»Sei auf der Hut, was immer du auch zu tun gedenkst! Unsere Truppe geht wie der König nach Dresden – spätestens dort werden wir einander wiedertreffen!«, sagte sie. Dann löste sie sich von ihm und rauschte den Gang entlang. Er wähnte sich träumend, auch wenn ihm die leichte Koketterie in ihren letzten Worten einen Stich versetzte. Er musste sie ganz einfach vor der Abfahrt noch sehen!

III

Eine kurze Stippvisite in der Küche zeigte ihm, dass alles ruhig und geordnet auf den Mittag zusteuerte und man seiner eingreifenden Hand kaum bedurfte. Bei der Redoute des schafgesichtigen Prinzen Heinrich stand für den Abend sinnigerweise Lamm auf dem Plan. Zu allem Glück, das ihn wie ein perlender Champagner ganz eigener Qualität erfüllte, traf er an der mittäglichen Beitafel des Königs auf Adalbert von Becker, den Polizeichef. Durch königliche Ordre festgebunden wie ein Pferd an eine Linde, weigerte dieser sich beharrlich, auch nur für einen kurzen Moment seinen Erklärungen zu folgen und stutzte so das Wohlgefühl seines Gegenübers auf ein bedrückend irdisches Maß.

»Was habt Ihr, Herr Küchenmeister, noch immer herumzuspionieren? Ich hatte gehofft, dass Ihr das Vergebliche Eurer Mühen nun endlich würdet einsehen. Aber nein – Ihr zwingt mich ja, Euch immer weiter zu ... Ach was, das gehört nicht hierher.«

Langustier nutzte das Stocken der Beckerschen Rede, um ihn rasch mit seinem Anliegen zu konfrontieren:

»Monsieur, mit Verlaub. Wenn Sie geruhen, einen kurzen Blick auf diese kleine Aufstellung zu werfen, so werden Sie schnell einsehen, dass es in unserem Falle nicht genügt, eine Motivation zu konstatieren – wie Sie dies in betreffs des inhaftierten Hamann getan – und daraus die Fortbewegungen des Akteurs zu entwerfen, so wie man etwas aus einem allgemeinen Grundprinzip ableitet. Denn das lässt sich beliebig vornehmen – beliebig aber heißt auch leicht irrig!«

Becker schürzte die Lippen und gab sich ganz den Ausdruck eines jovialen Mannes. Er hatte es zwar nicht nötig, sich mit diesem Spaßvogel über seine Arbeit zu unterhalten, doch er wollte es aus purer Menschlichkeit und Gutherzigkeit nun kurzzeitig dennoch tun.

»Nun, so lasst einmal sehen! Habt Ihr das geschrieben? Schreibt doch nächstens größer, das kann ja keiner lesen, außer vielleicht der Marquis mit seiner dicken Brille.«

Langustier wartete geduldig, bis der rundliche Herr vor ihm einen Zugang zu seiner Handschrift gefunden hatte, die zwar tatsächlich mikroskopisch klein, aber deshalb nicht etwa unleserlich oder fahrig gewesen wäre.

Unter einem stilisierten Plan der Umgebung des Schlesischen Tores waren eine ganze Reihe von Namen aufgelistet, daneben in zwei weiteren Spalten Orte und Zeiten. Jedem, der einigermaßen im Lesen von Tabellen geschult war, musste auffallen, dass bei

Fleck, Hamann jr., Frommet Herrschel und ihrem Vater Levin Elias dünne Striche anzeigten, dass sie zum Zeitpunkt der Ermordung Josef Israel Hammans nicht vor dem Schlesischen Tor gesehen worden waren, weder auf dem kleinen Festplatz, noch in der »Ribbe« oder auf dem Weg dorthin, obwohl es Dutzende von Zeugen gegeben hätte, die sie unweigerlich erkannt haben würden.

»Hm, hm. Und was sollen dieser Ries, dieser Abramson und dieser Hildebrandt, dieser Bloch, dieser Chodowiecki, dieser Nicolai nun verbrochen haben – Nicolai, Nicolai, ist das nicht der Sprössling des alten Buchhändlers?«

»Exakt der. Nun waren diese Herren bezeugtermaßen alle in der Lage, den Mord zu begehen, denn nur sie waren zur rechten Zeit vor Ort! Das beste Motiv nutzt einem willigen Mörder nichts, wenn er aufgrund räumlicher Dislokation nicht an sein Opfer herangelangen und seiner Gurgel oder seines Herzens habhaft werden kann! Durch eigene Nachforschungen, die Ihnen nicht verborgen geblieben sein können, da Sie mich und meine Schritte bezeugtermaßen überwachten, bin ich zu dem Schluss gelangt, dass das Verbrechen nicht am Rande des Platzes vor dem Schlesischen Tor, sondern in der Hildebrandtschen Mühle begangen wurde!«

»Nun, nun!«

Von Becker hüstelte indigniert, entweder wegen der profanen Gesprächsgegenstände oder wegen der unbotmäßigen Entlarvung in seiner Eigenschaft als Observator.

»Kommt zum Punkt, Herr Küchenmeister. Könnt Ihr mit Euren hübschen Tabellen den Mörder ausknobeln?«

Langustier war am Ziel.

»Noch nicht ganz, aber fast. Eine kleine Untersuchung und eine kleine Unterredung, dann zwei Festnahmen und ein Verhör. Untersuchung und Unterredung bewerkstellige ich selbst – zu Festnahmen und Verhören bedarf ich Ihrer Beihilfe, werter Herr Präfekt. Hat mich mein Sinn nicht getrogen, werden Sie gegen Hamanns Entlassung nichts mehr einzuwenden haben. Und keine Sorge, ich sage Ihnen, wen sie verhaften sollen, noch an diesem Abend!«

»Na, na. Wenn Ihr Euch verspekuliert und mich blamiert? Was ist dann?«

»Wenn ich mich irre, bin nur ich blamiert, nicht Sie. Und Sie wissen, was eine Blamage vor dem König bedeutet.«

Von Becker machte eine wegwerfende Handbewegung.

»Just dies. Wer vor Sr. Königlichen Majestät falliert, der bekommt noch einen Tritt zum Abschied!«

Sie schieden im Einvernehmen darüber, dass der Polizeipräfekt seine Männer bis gegen acht Uhr im Hauptquartier der Gens d'armes, dem Großen Stall, in Alarmbereitschaft halten würde.

IV

In der »Ribbe« herrschte nicht gerade Hochbetrieb, als Langustier gegen vier Uhr eintrat. Seine Erinnerung hatte ihn nicht getrogen, wie ihm Hildebrandt, der Wirt, sogleich bestätigte: Heute traf turnusgemäß die »Beständigen Versammlung« erneut zusammen. Wiewohl es bis zum Beginn noch eine gute Stunde hin war, fanden sich bereits zwei Debattierer an ihrem Tisch: der Hofmeister Fleck und der Ichthyologe Bloch. Als sie Langustier bemerkten, hellten sich ihre Mienen auf, und sie hinderten nicht, dass der königliche Koch bei ihnen Platz nahm, nachdem er aus seiner gewaltigen Hülle geschlüpft war, um nicht zu zerschmelzen. Flecks aufgeregte Frage nach Hamann konnte nicht mit beruhigenden Auskünften beantwortet werden.

»Messieurs, ich will Sie keinesfalls von ihren Präparationen auf ihre heutige wissenschaftliche Sitzung abhalten; nur haben mich in den letzten Tagen verschiedene Erkenntnisse darin bestärkt, von Ihnen, lieber Hofmeister Fleck, noch einige erklärende Worte zu einem gewissen Ausflug Ihres Schutzbefohlenen Hamann zu verlangen. Nicht zuletzt in seinem Interesse sollten Sie mir nichts verhehlen, was an diesem Abend vorging. Solange der wahre Mörder nicht benannt ist, liegt die Schlinge um seinen Hals, und die besten Vernunftgründe werden ihn kaum retten können, wo einmal ein solch gravierender Vorwurf ausgesprochen wurde.«

»Ich war gar nicht hier, sondern zu Hause!«, begehrte Fleck auf, und Langustier beschwichtigte ihn sofort:

»Freilich nicht! Ich rede vielmehr davon, dass Sie den jüngeren Hamann eventuell an anderer Stelle getroffen haben.«

Fleck bat Bloch, sie kurz alleine zu lassen. Der stand auf und ging für den Augenblick in Richtung Schanktisch, um sich das dort an der Decke baumelnde Präparat einer gewaltigen Meeresschildkröte genauer anzusehen.

Langustier fragte Fleck, um die Prozedur abzukürzen:

»Hamann erzählte, dass Sie Frommet Herrschel und ihm Unterschlupf gewährt haben – entspricht das den Tatsachen?«

Fleck nickte.

»So sagen Sie mir bitte, wann die beiden kamen und wann sie gingen. Versuchen Sie sich möglichst genau zu erinnern, denn es ist von entscheidender Bedeutung für Hamanns Hals!«

»Ich versichere Ihnen, dass sie um sieben Uhr kamen. Wie lange sie blieben, kann ich nicht genau sagen, doch waren sie noch da, als ich das Haus verließ, nachdem ich die Hiobsbotschaft vernommen. Ich wollte nicht – bitte sehen Sie mir diese Feigheit nach – derjenige sein, der Hamann vom Tod seines Vaters unterrichtet, noch dazu in dieser Nacht …«

»Wann sind Sie gegangen?«

»Es schlug gerade Viertel vor elf. Ich hatte an einem Beitrag geschrieben, der am nächsten Tag fertig sein sollte, als mich Ries herausklopfte und mir von der grausigen Tat berichtete.«

»Und woher wussten Sie, dass die heimlichen Gäste noch da waren?«

»Ich hatte mit Hamann abgemacht, dass er mir den Schlüssel vor die Tür legen sollte, wenn er fortginge. Der Schlüssel lag noch nicht da. Ich habe auch kurz an der Tür gehorcht und gehört, dass drinnen leise gesprochen wurde.«

»Sind Sie sicher?«

»Vollkommen. Ich zog Ries, der von alledem nichts wusste, mit mir fort. Es war etwa Viertel nach elf, als wir bei Hamanns anlangten.«

Bloch und der soeben eingetretene Nebenerwerbskupferstecher Chodowiecki setzten sich an den Tisch.

Hildebrandt brachte eine Tasse heiße Schokolade für Langustier, die von allen so neidisch angestiert wurde, dass der königliche Ermittler lieber eine Runde spendierte. Zum Schanktisch getreten und seine Bestellung aufgebend, nahm er unauffällig ein primitives Garderobenbrett ins Visier, das im Durchgang zur Küche angebracht und nur von diesem Standort aus sichtbar war. Er verwünschte sich, dass er es bei seinem ersten Besuch nicht bemerkt hatte. Ohne dass ihn Hildebrandt sah, der sich mit einer Lieferung Glühwein zu drei Durchgefrorenen aufmachte, trat Langustier rasch in den Verbindungsgang, um sich die Jacke anzusehen, die dort hing. Einen auffallenden Einriss hatte sie! Es fehlte ein ganzes quadratisches Stück! Rasch holte er sein Notizbuch heraus und fingerte aus der hinteren Falttasche das Beweisstück N°·2, den Tuchfetzen heraus, und siehe da: er passte haargenau! Auch die Schuhe, die in der Ecke am Boden standen, waren einer eingehenden Betrachtung wert. Kleine dunkle Tröpfchen darauf rührten wohl schwerlich von Bratensauce her. Um keinen Verdacht zu erregen, schlich er rasch zurück, nachdem er ihre Maße mit Daumen und Zeigefinger abgenommen hatte. Auf dem Abort las er nach, was er sich an der Mühle notiert hatte: Auch die Schuhe passten von der Größe her ins Bild. Der Täter oder Leichentransporteur hatte sie getragen.

An den Tisch zurückgekehrt, fragte er Hildebrandt über die

dampfenden Schokoladenbehältnisse hinweg, die dieser inzwischen seinen Tischgenossen heranbrachte:
»Wann haben Sie eigentlich am Mordtag das Lokal geschlossen? Ein Zeuge hat Sie bereits kurz nach halb zehn Uhr den Torweg hinaufgehen sehen!«
Hildebrandt rieb sich die Hände an dem grauen Handtuch, mit dem er über den Tisch gefahren war.
»Das kann gut hinkommen. Ich habe um halb zehn die Tür abgeschlossen. Schließlich wird der König nicht alle Tage eingeholt, und es war ja dann auch ein rechter Spaß, wenn man von allem Übrigen an diesem Abend absieht.«
»Wie er sie alle überholt hat!«, prustete Bloch, und Chodowiecki lachte.
»Sind Sie und Ries gemeinsam gegangen?«
»Nein, denn er wollte noch jemanden treffen an diesem Abend. Da die Arbeit im Wesentlichen getan war und nur noch zwei Unentwegte – er schielte zu Bloch und Chodowiecki – hier saßen, ließ ich ihn gehen. So um neun muss das gewesen sein.«
»Hat er durchblicken lassen, wer derjenige war, den er noch unbedingt treffen wollte?«
»Nein. Aber ich vermutete, es wäre ein weibliches Wesen, und fragte daher nicht weiter.«
»Wem gehören eigentlich die zerrissene Jacke dort und die Schuhe im Durchgang zur Küche?«
Hildebrandt schien irritiert. Dann fasste er sich und sagte:
»Ach, das Gelump gehört mittlerweile zum Inventar. Die Jacke hängt schon seit bald einem Jahr dort, ohne dass sich ihr Besitzer gemeldet hätte. Hin und wieder benutze ich sie, wenn ich in den Bierkeller gehe oder einem der Kutscher beim Abladen helfe. Zerrissen ist sie? Das ist mir neu … Und die alten Schuhe gehören mir. Warum fragen Sie?«
Langustier versank in Gedanken, dann wandte er sich an Bloch und Chodowiecki, die ein angeregtes Gespräch über Probleme des

Mehrfarbdruckes begonnen hatten, da Bloch plante, den Künstler als Illustrator für sein geplantes Fischlexikon zu gewinnen.
»Verzeiht, Messieurs! – Sie waren Hildebrandts letzte Gäste und gingen somit etwas vor halb zehn aus dieser Tür dort. Ist Ihnen auf Ihrem Weg zum Tor jemand entgegengekommen? Er müsste Ihnen schon allein deshalb aufgefallen sein, weil zu diesem Zeitpunkt wohl alle Welt in die gleiche Richtung strebte, nämlich dahin, wo der Festzug wartete.«
Chodowiecki sah Bloch unsicher an. Normalerweise war er ein guter Beobachter, aber an diesem Abend hatte er ein wenig zu tief ins Glas geschaut. Er schüttelte bedauernd den Kopf. Bloch allerdings zermarterte sich sichtlich das Hirn.
Die Tür ging auf, und mit einem unangenehmen Schwall der allereisigsten Polarkaltluft traten die übrigen Mitglieder der Runde ein: Nicolai, Ries und Mendelssohn, dessen dünner Bart von Schnee- und Eiskristallen glänzte, als spannte sich ihm ein Brillantcollier übers Kinn.
Wie manchmal die lebhafteste Konzentration nicht zu Wege bringt, was in Momenten der Zerstreuung unserem Geiste keinerlei Beschwerung verursacht, so erfuhr auch Bloch nunmehr die Erleuchtung, während er auf Mendelssohns eigenartige Bartzier starrte:
»Aber sicher – jetzt fällt es mir ein – der Gemmenschneider Abramson aus dem Geckhol kam uns entgegen, als wir schon fast beim Festplatz waren! Er schien in der allerbedrohlichsten Eile, und ich glaubte, er wollte sich bei Hildebrandt noch rasch ein Gläschen genehmigen. Deshalb rief ich ihm sogar noch nach: ›Ihr kommt zu spät!‹ Aber er hastete einfach weiter.«
Langustier empfahl sich bei der ehrenwerten Gesellschaft. Er zahlte und kleidete sich an, wobei er hörte, wie Ries wegen seiner notorisch wechselnden Liebschaften von den Tischgenossen aufgezogen wurde.

V

Das ruinöse Haus in der Gipsgasse am Rande des Frischischen Maulbeergartens zu finden, in dem der geduldete jüdische Tagelöhner Ries wohnte, war nicht schwierig, schließlich gab es die Listen, auf denen alle Juden mit der Angabe ihres Status aufgeführt waren. Von Happenwalde hatte Langustier die gewünschte Adresse schnell herausgesucht. Schwieriger schon war es, in dieses Haus hineinzugelangen. Im Schutz der inzwischen über Berlin hereingebrochenen Dunkelheit, getarnt durch eine immer dichter werdende zweite Haut aus Schneeflocken, hatte sich Langustier vor die Tür geschoben und die Klinke probiert – vergebens. So heruntergekommen der Schuppen auch war, besaß die Pforte doch ein funktionierendes Schloss. Doch selbst wenn er ins Haus gekommen wäre – wie sollte er das fragliche Zimmer finden? Es half nichts: Er musste klopfen.

Nach einer geraumen Weile öffnete ihm ein vor Kälte schlotterndes Männchen, dem er irgendwie begreiflich machte, zu wem er wollte.

»Ries ist nicht da, mein Herr. Er arbeitet in der ›Ribbe‹.«

»Dann gestattet mir, auf ihn zu warten.«

»Mein Herr, das wird noch sehr lange dauern.«

»So führt mich kurz in seine Stube, damit ich ihm eine Nachricht schreiben und hinterlassen kann.«

Der Schlotternde vergaß zu schlottern, als er das blinkende Goldstück in Langustiers Hand sah, das sich anschickte, in seine zu wandern. Er umschloss es mit klammen Fingern wie das kostbarste Juwel. Eilig zog er Langustier ins Haus und schloss die Tür hinter ihm.

Eigentlich war Kammer eine noch viel zu vornehme Bezeichnung für das, was sich vor Langustier auftat. Er dankte für das Licht, setzte sich ans Fußende des Bettes auf das nur mit einem Leinentuch überspannte Stroh und machte Anstalten, eine Nachricht für den Abwesenden zu schreiben. Der seltsame Hausmeister schien das Interesse verloren zu haben oder doch für sein Nichtinteresse hinlänglich entlohnt worden zu sein, denn er zog sich auf einen Wink des Schreibenden hin in seinen eigenen Verschlag zurück.

Langustier besah sich den Raum genau: die beiden schiefen Bücherregale, die Bettstelle, die kleine lederne Truhe für Wäsche, einen alten, brüchigen Koffer, ein kleiner Tisch mit einem siebenarmigen Leuchter aus Eisen. Stück für Stück des Inventars tastete er mit den Augen ab, ohne dass ihm eine Erleuchtung zuteil geworden wäre. Er stand auf, nahm die Wände in strengsten Augenschein, hob einige lose Dielen an, rückte einen uralten gerahmten Einblattdruck an der Wand zur Seite, auf dem die Explosion eines Pulverturms anno Domini 1720 abgebildet war. Außer etwas Staub und rieselndem Kalk konnte auf diese Weise nichts aufgestöbert werden. Schweren Herzens ließ er sich wieder aufs Stroh nieder und spürte einen seltsamen Widerstand. Er stand wieder auf, sich mit beiden Händen abstützend, und drückte dann mit den Handflächen den knisternden Belag zusammen. Etwas Hartes befand sich zwischen den Halmen.

Als er wenig später an dem verdutzten Hauswart vorbeiging und seinen Hut lupfte, um in heulenden Wind und Schneegestöber hinauszutreten, stand ein zufriedenes Lächeln auf seinem Gesicht. Auf dem Zettel, den er auf dem Bettstroh zurückgelassen hatte, standen nur drei lateinische Worte: »Dubium initium sapientiae«, was soviel hieß wie: Ohne Zweifel keine Weisheit!

Der unvermutet reich gewordene Türöffner tanzte durch seine Bruchbude; er hielt den späten Gast für einen Zauberer oder Goldmacher. In den seltsamen Buchstaben auf dem Papier vermutete er einen Bannfluch oder Schlimmeres und verrammelte Riesens Kammer, um sich in seine eigene einzusperren. Der Fremde war ein Beherrscher kabbalistischer Künste und hatte sicher ein Zauberbuch bei Ries gesucht. Morgen würde er seinen

Untermieter vor die Tür setzen; egal ob es stürmte oder schneite. Misstrauisch beäugte er sein Goldstück, entschloss sich aber dann, es für nicht verzaubert zu halten.

VI

Die Wachen am Tor der Hausvogtei staunten nicht schlecht über den Betrieb, der plötzlich auf dem Vorplatz herrschte. Im weichen, gelben Schein der Laternen, durch das sich Wirbel von Schneeflocken drehten, waren ein halbes Dutzend Soldaten, zwei an den Händen gebundene Delinquenten, der Polizeichef von Becker und eine dicke, vermummte Figur unbekannter Identität zu erkennen, die zwei Schlitten entstiegen und auf den Eingang zukamen. Die Wachen salutierten, rückten ihre Gewehre fester an die halb erfrorenen Schultern, dann war die Gruppe auch schon vorbei und drinnen, während sie weiterhin im nächtlichen Eiskeller standen.

Wille, der Hausvogt, erschien und beredete sich mit von Becker. Gemeinsam gingen sie mit Langustier und den Gefangenen in einen Kellerraum, wo schon allein beim Anblick von Spanischen Kragen, Streckbank und Daumenschrauben jeden Eintretenden, dessen Gewissen nicht rein war wie der helle Mondenschein, Mut und Hoffnung verließen.

Doch weder der Tagelöhner Ries noch der Gemmenschneider Abramson zeigten sich verstockt, so dass der Hausvogt keinem der beiden eines der zahl- und einfallsreichen Folterinstrumente eigens vorweisen musste, um ihn zum Reden zu bewegen.

»Zuerst zu Euch, Monsieur Abramson!«, sagte Langustier, nachdem er Ries von dieser Vernehmung ausgeschlossen hatte. »Ihr habt Euch vom Synagogendiener Meyer gegen ein Schmuckstück ein Alibi verschafft. Am fraglichen Abend seid Ihr durch die halbe Stadt gelaufen, um nach Hamann zu suchen. Warum?«

Abramson, der mit gesenktem Kopf dastand, antwortete mit leiser Stimme, die zu seiner stämmigen Gestalt schlecht passen wollte:

»Es war meine letzte Chance, mit Hamann noch ins Reine zu kommen. Am fünften Januar lief meine Zahlungsfrist ab, und ich hatte ihn schon zweimal vergeblich um Verlängerung gebeten. Er hatte mir noch am Dienstagmorgen erklärt, dass er all meine Steine und sämtliche fertigen oder halbfertigen Schmuckstücke einkassieren und mich unweigerlich beim Gericht als Bankrotteur anzeigen würde. Ich wollte einen letzten Versuch machen, ihn umzustimmen. Zu diesem Behuf hatte ich eine Eingabe an Se. Königliche Majestät aufgesetzt, in der ich untertänigst um eine gnädige Unterstützung bat. Schließlich musste auch dem König an meinem Verbleib in Berlin gelegen sein, wo ich doch einige Meisterstücke von Tabatièren gearbeitet hatte, die sich in seinem Besitz befanden.«

Langstier ermunterte den Zitternden zum Weitersprechen.

»Nun wollte ich ihm auf diese Eingabe hin ein zweites Schriftstück vorlegen, das er unterschreiben sollte, um mir einen Monat Frist zu gewähren oder mir die Schuld wenigstens zu stunden. Doch es gelang mir nicht, ihn nach dem Verlassen der Synagoge abzupassen. Ich sah ihn nur von weitem, als er mit seinem Sohn zu Herrschel ging. Da ich ihn aber allein sprechen wollte, schien mir das Hochzeitshaus keineswegs der geeignete Ort für eine Begegnung. Wie ich schon den Abend verwünschte und vor dem Haus auf und ab ging, trat sein Sohn heraus und verschwand. Schließlich kam auch der alte Hamann wieder zum Vorschein und ging ziemlich schnell in Richtung Schlossplatz davon. Ich lief ihm nach und rief ihn an, doch er wehrte mich ärgerlich ab, er müsse sich eilen, denn er gedenke noch eine wichtige Verabredung einzuhalten. Wir seien fertig miteinander, es gäbe nichts mehr zu bereden. Ich erzählte ihm von meiner geplanten Eingabe, die sicher nicht abgeschlagen würde und daher eine Sicherheit darstellte, doch er schien mich überhaupt nicht zu hören, sondern stieg in eine Kutsche und fuhr davon. Ich war niedergeschmettert, aller Hoffnung beraubt und wurde zugleich von einer steigenden Wut ergriffen.

Ich ließ mich auf Verdacht zum Hamannschen Haus fahren, doch auf meine Frage hin wusste man nichts über den Verbleib des Hausherrn. Ich kehrte zum Standplatz der Mietkutscher zurück, um auf die Rückkehr jener Kutsche zu warten, die Hamann befördert hatte. Mir war natürlich der Verdacht gekommen, Hamann könnte zum Schlesischen Tor aufgebrochen sein, wo man den König erwartete. Aber ich wollte mich in dieser Frage keinesfalls irren. Endlich erschien der Kutscher wieder, der Hamann gefahren und danach noch eine Odyssee durch die Cöpenicker Vorstadt hatte machen müssen. Gegen ein unverschämtes Lösegeld erhielt ich die gewünschte Auskunft und ließ mich nun von ihm ebenfalls zum Schlesischen Tor bringen, wo zu diesem Zeitpunkt, gegen neun Uhr, aber schlechterdings keine Durchfahrt mehr möglich war, so dass ich mich gezwungen sah, zu Fuß bis zur Meierei zu laufen, wo der Kutscher erklärtermaßen Hamann und seinen mir unbekannten Begleiter abgesetzt hatte. Es wollte mir nichts gelingen an diesem Abend, denn kaum war ich vor dem Tor, lief ich dem geschwätzigen Raketenfabrikanten von Puttkammer in die Arme, der mich eine geschlagene Viertelstunde wegen einer Kamee beschwatzte, die er für seine Frau hergestellt zu haben wünschte. Als ich mich endlich von ihm losmachen konnte, hatte ein Meldereiter bereits das baldige Herannahen des Königs angekündigt. Ich hastete in Richtung Meiereigaststätte, doch die schadenfrohen Zurufe einiger gegenläufiger Gäste deuteten darauf hin, dass ich wohl zu spät kommen würde. Immerhin musste mir nun ja notgedrungen auch Hamann begegnen, der sich die Einfahrt des Königs bestimmt nicht entgehen lassen würde!«

Langustier half dem vom vielen Sprechen Ermatteten noch einmal mit einem ermunternden Blick und ließ ihm auch ein Glas Branntwein vorsetzen, damit sich seine Zunge weiter löste und das Zittern verschwände, das nicht von Furcht, sondern von Kälte herrührte.

»Und er begegnete mir schließlich auf unerwartete Weise. Ich sah ihn, als ich noch etwa hundert Meter von der ›Ribbe‹ entfernt war, mit einem merkwürdigen Menschen am Zaun von der Windmühle her kommen, sich plötzlich verabschieden und kehrt machen. Warum auch immer er wieder Richtung Mühle ging, ich weiß es nicht. Aber ich fühlte, dass dies meine letzte Chance war, wenn ich ihn vor Ablauf meiner Frist noch zum Unterzeichnen bewegen wollte. Ich musste es einfach versuchen, vielleicht würde er mich nun anhören. So lief ich in halsbrecherischem Tempo den verschneiten Pfad entlang auf die Mühle zu, hinter deren Fenstern plötzlich Licht aufschien.«

Abramson schwieg erschöpft, als sei damit schon alles berichtet. Doch schließlich ergänzte er:

»Als ich an die Tür kam, sank mir der Tote entgegen. Und im Türrahmen erschien schreckensbleich und wie gelähmt – Raphael Ries. Sie werden sich fragen, woher ich ihn kenne, doch es mag zur Erklärung genügen, dass er Jude ist wie ich. Mir war sofort klar, was geschehen war, obzwar ich bis heute nicht den Grund dafür errate. Ich stammelte etwas in der Art von ›Ich verrate dich nicht!‹, weil ich fürchtete, dass er mir sogleich ebenfalls ein Leid antun würde. Dann drehte ich mich um und lief davon. Mehr vermag ich nicht zu sagen – mehr *weiß* ich nicht zu sagen, und ich schwöre, das ist die Wahrheit.«

VII

Der Hausvogt ließ Abramson in den Zellentrakt bringen, denn er war wohl schuldig geworden, indem er einen Mörder gedeckt und eine Unterschrift gefälscht hatte – auf Hamanns angeblicher Erklärung über die Verlängerung seiner Zahlungsfrist. Der Zweite

Hofküchenmeister bedachte den Abgeführten mit dem geflüsterten Rat, seine bereits präparierte Eingabe an den König um ein diesbezügliches Gnadengesuch und vielleicht eine Tabatière zu ergänzen:

»Beschreibt die Gewissensnot, für Euren König keine Tabaksdosen mehr fertigen zu können! Und wie Ihr von Ries mit dem Tode bedroht wurdet!«

»Messieurs!«, begann Langustier anschließend seine Erklärungen gegen Wille und von Becker: »Ich bin mir bewusst, als ein blutiger Laie vor zwei erfahrenen Männern des Gesetzes zu stehen. Doch in Anbetracht der Tatsache, dass der König mir verstattete, was er Ihnen untersagte – nämlich in der Hamannschen Sache frei zu operieren –, werden Sie mir einige kurze Bemerkungen sicher verzeihen.«

Von Becker nickte militärisch kurz, aufrecht hinter einem Tische stehend und die Hände auf die Rückenlehne eines einfachen Stuhles gestützt, wohingegen Wille sich auf einen Vorsprung der »Eisernen Jungfrau« gesetzt hatte – eines berüchtigten Folterinstrumentes, das aus zwei menschengroßen, mit Eisenstacheln ausgekleideten Halbschalen bestand, die genau aufeinander passten und nichts Lebendiges zwischen sich duldeten.

»Selbstredend kann ich Ihnen den Grund für Sr. Majestät Zurückhaltung in diesem Falle nicht verraten, denn das käme eben dem Hochverrate gleich, dessen ich mit einer kleinen Gruppe von Gelehrten einen Mimen der Schuchischen Schaustellertruppe überführte, und ließe mich schneller an den Galgen wandern, als mir lieb wäre.«

Er schluckte bei dieser Vorstellung und beeilte sich fortzufahren. Von Becker mochte innerlich grollen, weil einem königlichen Koch mehr preußische Staatsgeheimnisse bekannt waren als einem preußischen Polizeichef. Wille allerdings griente: Dieser Langustier gefiel ihm.

»Nachdem ich eine gute Weile im Dunkeln tappte, indem ich den

Täter im familiären oder geschäftlichen Kreise vermutete, führte mich die nüchterne Erkenntnis, dass keiner meiner ersten Verdächtigen am Ort des Geschehens aufgetaucht war, zu dem Schluss, in der Nähe des Mord-Ortes zu suchen. Wie ich Ihnen, Monsieur Becker, schon ausführlich dargetan habe, war der Zeitplan des Verbrechens höchst gedrängt, so dass am Ende nur wenige Augenblicke den Tathergang umrissen und den am Tatort oder in seiner Nähe agierenden Personen für ihre Handlungen zur Verfügung standen.

Die Zeit, welche eine wichtige Nachricht braucht, sich in einer Metropole wie Berlin zu verbreiten, ist an einem sonnigen Sommertage sehr gering, wenn Hunderte oder gar Tausende auf den Straßen unterwegs sind. In der Nacht auf den Mittwoch dagegen war es kalt und unbelebt auf den Straßen: fatal für eine brisante Nachricht, die sich verbreiten soll! Fleck und Ries waren bezeugtermaßen die Ersten, die mit der unheilvollen Kunde zu Hamanns kamen. Das war um Viertel nach elf. Der Judenälteste berief seinen Rat erst gegen Mitternacht ein, von Hamann junior zur Eile angehalten, den die Nachricht auf der Herrschelschen Hochzeit erreicht hatte, auf der er mit Frommet etwa um halb zwölf eingetroffen war.«

Raphael Ries wurde wieder hereingebracht. Langustier schaute ihm ins Gesicht, worauf er den Blick senkte. Langustier sagte:

»Eine herrenlose Jacke und die Arbeitsschuhe seines Wirts und Arbeitgebers anzubehalten, die man am nächsten Tag wieder zurückbringt, ist kein großes Vergehen, vorausgesetzt, man schreitet damit nicht zu schwersten Verbrechen! Es hätte nicht viel gefehlt und der gute Hildebrandt säße unschuldig hier. Doch die Tatsache, dass man ihn auf der Straße sah, als der Mord geschah, widersprach diesem Verdacht. Mitunter gab es schon Verdächtige, die mit dem blutigen Messer in der Hand neben der Leiche standen, und doch unschuldig waren. Gesteht!«

Raphael Ries ergriff mit leiser, aber fester Stimme das Wort.

»Als ich zu Hamann und seinem Begleiter an den Tisch trat, um ihnen ihre Zeche abzufordern, erblickte ich das Säckchen voller Gold-Pistolen in der Hand des Missgestalteten. Mein Verstand setzte aus – eine unstillbare Begierde danach ergriff mich. Ich ersann tausend Listen, wie ich es anstellen könnte, in den Besitz dieses Schatzes zu gelangen. Heimlich blickte ich den beiden am Fenster nach und konnte sehen, dass sie gemeinsam zur Mühle hinübergingen.«

Langustier unterbrach ihn, einen Eintrag in seinem Notizbuch suchend.

»Das war, wenn ich Chodowieckis Aussage richtig erinnere, der zu diesem Zeitpunkt draußen an der ›Ribbe‹ lehnte und die Abmarschierenden in sein Tagmühlenkonterfei hineinschmuggelte … Ah, hier ist's! Gegen acht.«

»Das mag wohl sein, ich hatte keine Uhr, um darauf zu schauen. Ich sah während der nächsten Minuten ab und zu hinaus und konnte bald sicher sein, dass es sich die beiden Mühleninspektoren bei aller Kälte da drüben gemütlich gemacht hatten. Ein schwacher Lichtschein war zu erkennen, der vom Mühlenfenster ausging, und dicker, schwarzgrauer Qualm quoll aus dem Schornstein, was auf eine längere Sitzung hindeutete. Dennoch wurde ich in der folgenden Stunde immer unruhiger, denn es konnte nicht ewig dauern, bis sie sich wieder entfernten. Mir wollte partout keine Möglichkeit einfallen, wie ich an das Geld gelangen könnte. Es war nicht zu erwarten, dass sich die beiden rasch trennen würden; mit einem Wort, ich war verzweifelt, weil mir nichts einfiel. Aber wenigstens hinüber und sie belauschen wollte ich, denn es kam mir seltsam vor, dass sie dort so lange verweilten. Irgendetwas steckte dahinter, aber ich wusste nicht was.«

Langustier sagte:

»Sie haben sich daraufhin etwa um neun bei Hildebrandt abgemeldet, sich die alte Jacke genommen, die vor der Küche hing, und die Schuhe, die darunter standen, und sind hinüber. Was haben Sie gesehen und gehört?«

»Nein, Monsieur, es war schon später, ungefähr Viertel nach neun, als ich endlich bei der Mühle ankam. Ich schlich über die Brücke an das hintere, spreewärtige Fenster, wo ich leider erst anlangte, als die beiden gerade dabei waren aufzubrechen. Somit hatte ich rein gar nichts über den Inhalt ihrer Verhandlungen mitbekommen. Allerdings konnte ich gerade noch sehen, wie der Ungestalte Hamann den Goldsäckel übergab. Hamann verwahrte ihn sorgsam und vergaß darüber seinen hübschen Dolch, der, neben einer Champagnerbouteille und von dieser für Hamann halb verdeckt, noch auf dem Tische lag. Die beiden gingen rasch über die kleine Brücke und verschwanden in Richtung Chaussee, wie ich sehen konnte, als ich mich langsam um die Rundung des Gebäudes herumtastete und schließlich in die unverschlossene Mühlenkemenate eintrat, wo es noch anheimelnd warm war.«

»Wie fiel Euch jetzt noch bei, den Königlichen Münz-Entrepreneur zu erdolchen? Wollt Ihr am Ende behaupten, es gar nicht gewesen zu sein? – Redet endlich, Schurke, denn ich möchte nicht in diesem schändlichen Loch erfrieren! Muss ich Euch erst in diesen Stachelsarg sperren?«

Der Polizeichef, dem die Kälte offenbar zusetzte, machte in seiner Ungeduld Anstalten, Ries beim Schlaffittchen zu packen und in die Eiserne Jungfrau zu verfrachten, doch Langustier konnte es verhindern, indem er den Ungehaltenen am Ärmel zupfte, was Becker sich schnaubend verbat.

»Ich tastete mich zum Tisch vor und spürte den feinen Dolch in meiner Hand. Wenigstens diesen wollte ich an mich nehmen, unentschlossen noch, ob ich ihn behalten oder seinem Besitzer zurückgeben und auf eine Belohnung hoffen sollte.«

»Schamlose Heuchelei!«, donnerte von Becker, und Ries zuckte zusammen.

»So hatten Sie den Dolch als Waffe in der Hand, als Hamann zurückkam, um ihn zu suchen?«, half Langustier nach.
Schlotternd nickte Ries.
»Ich hatte aus dem Fenster geblickt und mit Schrecken das erneut auf die Mühle zukommende Licht gesehen. Da der Mond sehr hell schien, konnte ich deutlich erkennen, dass es nur eine Person war, die sich näherte. Kurz dachte ich, dass es Hildebrandt sein könnte, hörte aber bereits das Knirschen des Schnees auf der Brücke und drückte mich an die Wand seitlich der Tür. Es war Hamann, der hereinkam, mit seiner Laterne auf den Tisch leuchtend, und natürlich war mir klar, was er suchte. Da kam es über mich: Ich trat hinter ihn, kitzelte ihn mit seinem eigenen Dolch und verlangte mit verstellter Stimme das Goldsäckchen.«
Ries beschwor die ihm nun gebannt Zuhörenden:
»Ich habe ihn nicht töten, ja ihn nicht einmal verletzen wollen. Doch dann drehte er den Kopf, erkannte mich und sagte: ›Ries, du hast die längste Zeit in Berlin schmarotzt. Ich zeige dich beim Oberlandrabbiner wegen deiner Bücher an, und der wird dich auf der Stelle ausweisen!‹«
Er stockte.
»Hätte ich ihn doch nur gewähren lassen. Lieber ausgewiesen wegen ein paar Büchern, als gehängt wegen Diebstahl und Mord. Doch dann dachte ich daran, dass mich ohne Geld wohl niemals eine Frau anschauen würde, dass man mich über kurz oder lang ausweisen würde, wenn es mir nicht gelänge, auf eigenen Füßen zu stehen und ein einträgliches Gewerbe zu beginnen. Ich dachte an die ›Beständige Gesellschaft‹, an Fleck und alle, die ich verlieren würde – und da ist in meinem Kopf etwas gerissen. Ich war kein Schmarotzer, wollte keiner mehr sein, und dann war da nur noch eines: das Gold! Nur noch das Gold! Und so stach ich zu …«
Die Tränen liefen Ries über die Backen. Er schluchzte auf, fasste sich aber sofort wieder.

»Was blieb mir übrig, als den unvermutet auftauchenden Abramson mit dem Tode zu bedrohen, wenn er den Mund aufmachen würde? Verstört rannte er davon, und ich kümmerte mich nicht weiter um ihn. Er schien mit seinen eigenen Problemen beschäftigt. Eine Kälte war über mich gekommen, wie ich sie kaum beschreiben kann. Sie hatte nichts mit der Hundekälte vor der Mühle zu tun, sondern kam aus mir selbst heraus. Ich dachte klar und gerade, wie es mir selbst beim Philosophieren selten gelang. Ich musste die Leiche von dieser Stelle fortschaffen, um den Verdacht möglichst weit von mir und meiner Arbeitsstätte wegzulenken. Für einen Moment dachte ich daran, Hamann in die Spree zu werfen, doch dies war keine befriedigende Lösung. Wer wusste, ob und wann er gefunden würde? Man hätte ihn für vermisst erklärt, seinen Weg nachvollzogen und wäre über kurz oder lang auf die ›Ribbe‹ und die Mühle gekommen. Man musste ihn noch in derselben Nacht finden, an einem Ort mit vielen Verdächtigen: So kam ich darauf, ihn durch den Meiereigarten zu schleppen, so nahe an der Innenseite des Zaunes entlang, dass man die Spur schwer erkennen konnte. Es war keine einfache Prozedur, doch ich konnte sie erfolgreich beenden, just als der König eingeholt wurde. Ich hoffte, dass neuer Schneefall alle Fuß- sowie etwaige Blutspuren an der Mühle zudecken würde, und nahm mir vor, so bald als möglich bei Lichte nachzusehen. Sie sind mir zuvorgekommen, Monsieur.«
Langustier und Ries tauschten einen letzten, traurigen Blick. Während der Hausvogt anordnete, den überführten Mörder in Hamanns Zelle zu bringen und befahl, diesen zu entlassen, wies Langustier das Säckchen mit Goldmünzen vor, das er in Riesens Zimmer sichergestellt hatte. Nachdem der Inhalt gezählt und mit dem Ergebnis das Protokoll geschlossen worden war, nahm von Becker es in Verwahrung.
Hamann war ein Schatten seiner selbst, als er vor die düstere Hausvogtei trat. Wie einem Familienangehörigen fiel er Langus-

tier in die Arme. Dieser ließ eine Kutsche rufen, um den glücklich Befreiten, der zur Freude fast zu schwach war, an den heimischen Ofen zu bringen. Auf der Fahrt zum Berlinischen Fischmarkt brach sich das ganze Elend der letzten Tage in Hamann Bahn, und es kostete Langustier alle Kraft des Zuspruchs, ihn wieder notdürftig aufzurichten.
Mutter und Schwester bereiteten ihm einen überschwänglichen Empfang. Doch als seine geliebte Frommet, die während der letzten Tage im Hamannschen Hause gewesen war, ihrem künftigen Bräutigam freudestrahlend entgegenstürmte, wusste Langustier, dass alle Strapazen sich gelohnt hatten.
»Mein Vater ist einverstanden – er lässt uns heiraten!«, sagte Frommet zu Langustier, als sie sich nach glücklichen Minuten wieder aus Abrahams Armen löste, der sich jetzt niederlegen und mit einer heißen Brühe stärken musste. Langustier hatte derweil die Gelegenheit genutzt, der Hausfrau ein Rezept zu entlocken, dessen er in den kommenden Tagen dringend bedurfte.
Der königliche Sonderkommissär überließ die Wiedervereinten ihrem Glück und schlenderte in Richtung Rossstraße davon. Für kurze Zeit zeigte sich zum ersten Mal seit der Mordnacht der bestirnte Himmel, dem Motto der Königlichen Akademie zur späten Legitimation verhelfend: Das Wissen führte zu den Sternen!
Beim Anblick des blitzblanken Achtzehngröschers, den er dem Chauffeur einhändigte, als der Mietschlitten in der Rossstraße hielt, ermahnte er sich, Marie gleich zu raten, alle sächsischen Pistolen und Friedrichs d'or in holländische Gulden einzutauschen.
»Stimmt etwas nicht mit dem Geld, Monsieur?«, fragte der Droschkenkutscher. In seinem gegerbten Gesicht nagten Zweifel. Er drehte die unschuldige Münze hin und her, konnte aber kein Fehl an ihr finden.
»O – nein, nein, Monsieur!«, flötete Langustier. »Das ist schon alles ganz en ordre …«

Dienstag, 11. Januar 1757

»Die Hamann-Amelangsche Konsoziation seindt mir eine verruchte, schwärende Konspiration gewest, Messieurs! Unter die Münzer dürfen keine schwachen Charaktere dreingelassen werdend! (In verändertem Tone zu von Retzow:) Mon petit Colbert, dafür haftest du mich mit deinen hübschen Kopf, compris?«

Was in dieser Weise gesagt war, besaß Befehlsstatus, weshalb sich von Retzows Miene auch abrupt in Stein verwandelte. Der König beendete seine Konferenz mit Herrschel, Knöffel und von Retzow im Konfidenztafelzimmer. Man wechselte zur Abendtafel in den Parole-Saal, wo für die engsten Vertrauten Sr. Königlichen Majestät gedeckt war. Langustier versah das Amt des kulinarischen Eckenstehers ganz allein, da Joyard die Versorgung der Gäste der Königinmutter überwachen musste, die zur letzten Redoute in den Alabaster-Saal geladen hatte. Der König würde sich später dort noch zeigen müssen.

Da Langustiers kriminalistische Nebenbeschäftigung erneut eine so glückliche Wendung genommen hatte, verzieh ihm der König den eingelegten Urlaubstag und honorierte den Erfolg seines Sonderkommissars – dem auch der geladene Polizeichef von Becker sein Lob nicht verwehren konnte –, indem er ihn wiederholt vertraulich zu sich winkte, um kleine Sentenzen mit ihm auszutauschen. Langustier hatte ihm eine wunderschöne Abramsonsche Tabatière aufgetischt, deren exorbitante Feinheit den König in Erstaunen versetzte: Sie war aus einem einzigen Stücke Rosenquarz geschnitten und schlechterdings vollkommen, was den Gedanken an Gnade, Vergebung und großzügige Hilfe im Regenten wachrief.

Er hatte seinem »Gefilten Fisch« mit herzlichem Appetit zugesprochen und bewilligte schließlich gern das ihm von Langustier übermittelte zweite Gesuch des Ichthyologen Bloch, indem er seinem Adjutanten von der Goltz, der nie ohne Schreibgerät zugegen war, diktierte:

Nun kriecht er doch Füsch, sofiel er wil, weil mich der Hofküchenmeister, auf dessen Recommendation ich Ihn schreip, überzeugt das es Wünschens wert seindt die Grätens-Füsche besser zu erkennen, umb sich an die ohne Grätens zu halten.

Friech

Über die jüdische Fischzubereitung indes bemerkte der König, nachdem er sich die Lippen getupft und einen tiefen Zug vom Bourgogner getan hatte, dass es höchst »bizarre und zeitverschwendend seindt, einen Fisch durchzumahlen, um ihn anschließend wieder in die eigne Fasson zu füllen«.
Plötzlich fragte der König Langustier mit bedeutsamer Miene:
»Mein lieber Langustier, kann Er den Pharo spielen?«
Langustier dechiffrierte den Gegenstand dieser königlichen Frage unschwer als ›Pharao‹, welches der Name eines während des Karnevals verbotenen Glücksspieles war, und da er wusste, wie verächtlich der Monarch für gewöhnlich von Hazardeuren dachte, fand er sich in einiger Verlegenheit und begann stammelnd:
»In meiner Jugend ...«
Der König aber versetzte:
»Ach was, so weiß Er doch, was Vabanque ist – den hab ich gespielt, als ich Ihn den Fall Hamann übertrug! Und wie es aussieht, hat mir der Einsatz nicht ruinieret: Mes felicitations, Monsieur! Dem Abramson, damit er propper immer weiter so schöne Juwels für mich schnitzend, soll seine Tabatière recht wohl honorieret

werden! Das mag ihn helfen, den jungen Hamann zu saturieren. Der mag von mir aus mit Herrschel ins Consortium gehen, wenn er ihm die verordneten kalten Nächte nicht krumm nimmt. Und für Ihn, mein lieber Langustier, sei das hier ein kleines Souvenir, für die erlegte Dame in meinem Geheimkabinett.«

Mit beiläufiger Geste gab er ihm einen Beutel von beträchtlichem Gewicht. Der neben dem Monarchen sitzende Maupertuis bemerkte, die vorherige königliche Bemerkung aufgreifend:

»Ist es nicht immer ein Spiel um alles oder nichts, wenn man es mit Mord und Totschlag zu schaffen hat? Und ist es im Felde nicht genauso, wo mit dem Leben vieler Soldaten wie auf dem Schachbrett gespielt wird? Hat nicht auch der Schlachtenlenker, selbst wenn er seine Züge vorausplant, am Ende doch auf das Rad der Fortuna zu vertrauen?«

Hierob lächelte der König fein und wechselte abrupt das Thema. Während er von den Segnungen der Mahónnaise sprach, von der er sich nun munter einen weiteren Löffel genehmigte, ließ er sich den von Sello erfundenen Kaffeeersatz aus Zichorie eingießen, der ihm umso mehr mundete, je genauer er sich ausrechnete, was man bei der Einführung dieses Getränks bei Hof an kriegswichtigen Geldern sparen könnte. Er entließ Langustier, nicht gering belustigt über das »o«, das dessen Mund im Angesichte seiner Belohnung noch während des dienernden Rückzugs formte. Der Beutel war voller falscher August d'ors!

In der Schlossküche hatten Joyard, die Köche und Küchenjungen ein fürstliches Abschiedsessen für Langustier bereitet: Kaninchen elsässisch, nach seiner eigenen Art, trefflich imitiert und variiert. Die nächtlichen Kombattanten Eller, Euler, Maupertuis, Fredersdorf und von Happenwalde, die zugegen waren, wurden eifrig zum Zuspruch ermuntert, während er selbst sich nach wenigen Bissen wortreich entschuldigte. Verschmitzt nahm er ein sorgsam verschnürtes Päckchen von dem treuen Küchenjungen Splitgerber in Empfang und schaffte es beim Hinausgehen, den Wachsoldaten durch einen interessierten Blick an die Decke von dessen Pflicht abzulenken. Eilends verschwand der dreiste Küchendieb in Richtung Apothekenflügel, wo unterm Dach die Schauspieler untergebracht waren.

Auf leises Klopfen hin öffnete sich nach kurzem bangen Warten eine Tür: Luises Augen blinzelten hinter braunen Locken hervor, und mit theatralischem Seufzen wurden Hofküchenmeister nebst Kuchen im nächsten Moment von der Dunkelheit der Kammer verschluckt.

Die Schneeflocken umwirbelten Langustier, doch er achtete ihrer ebensowenig wie der Kälte, als er am Morgen in die Rossstraße eilte, um sein Bündel zu schnüren. Er blickte zwar auf seine Taschenuhr, ohne jedoch groß darauf zu sehen, was ihm die Zeiger bedeuten wollten – die fünfte Stunde, in der die Abfahrt anberaumt war, nahte unbarmherzig. Es lohnte kaum, sich noch zur Ruhe zu begeben. Er hätte sie auch schwerlich gefunden. Vollendete Seligkeit lenkte seine Schritte. Und er dachte nur eines, aber dieses ganz: Luise!

Epilog

Ries ereilte der Tod am Galgen vor dem Hamburger Tor. Nur wenige Zuschauer trotzten der anhaltenden Kälte. Sichtlich bewegt blieb Judith Hamann zurück, von Wilhelm Fleck gestützt und getröstet. Schluchzend barg sie ihr Gesicht an seiner Brust, als der Scharfrichter den Schemel umstieß. Nicht die Ruhe auf dem Judenbegräbnis neben der Sophienkirche in der Hamburger Straße erwartete seinen toten Leib, sondern der Anger für die Mörder und Diebe neben der Ludergrube bei der Scharfrichterei.

Dreizehn Tage lang soll sich übrigens, »bevor die Königinmutter Sophie Dorothea am 28. Juni 1757 in ihrem geliebten Monbijou die Augen für immer schloss und in aller Stille und Bescheidenheit in der neuen Domkirche am Lustgarten beigesetzt wurde, während der König in Leutmeritz bei seiner Truppe weilte, auf dem Gebiete des Lustgartens und in den großen Sälen des Schlosses das höchst achtbare und schreckliche Totengespenst der sogenannten ›Weißen Frau‹, teils hysterisch und in heftiger Auflösung erscheinend, teils stumm und in trauriger Manier daselbst einhergehend, erneut gezeiget und einen Pagen so erschrecket haben, dass er darob für Wochen erblindete und nachhero zum ordentlichen Verrichten seines Dienstes im Schlosse nicht länger disponieret gewesen, so daß man ihn zuerst hat in anderen Diensten unterbringen, dann jedoch, da jede Verbesserung ausgeblieben, gänzlich und für immer verabschieden müssen«.

Historische Stichworte

Berliner Gelehrte Gesellschaften

Neben der Königlichen Akademie, die ein sehr elitärer, wenig innovativer Verein war, gab es im Berlin des 18. Jahrhunderts verschiedene Zusammenkünfte von Privatgelehrten – Künstlern, Schriftstellern, Philosophen und Verlegern –, in denen lebendige »Aufklärung« stattfand. Außer dem »Mathematischen Kaffeehaus« im Haus des Seidenfabrikanten Isaak Bernhard war die Nicolaische Buchhandlung ein Zentrum dieses bürgerlichen Geisteslebens. 1758 übernahm Friedrich Nicolai (1733–1811) die Geschäfte seines Vaters, nachdem er schon mehrere Jahre Lehrzeit hinter sich hatte. Lessing, Mendelssohn und Chodowiecki fühlten sich bei ihm als Freund wie als Verleger zu Hause. Gemeinsam mit Mendelssohn und (dem damals in Leipzig weilenden Lessing) begann Friedrich Nicolai 1757 mit der Herausgabe der »Bibliothek der schönen Wissenschaften«, 1759 mit den Furore machenden »Briefen, die neueste Literatur betreffend«.

Daniel Chodowieckis Anfänge

Der 1726 in Danzig geborene Kornhändlerssohn lernte von seinem Vater das Zeichnen und übte sich darin fleißig während seiner Danziger Handelslehre. 1743 kam er nach Berlin, wo er sich, neben Lehre und Handelstätigkeit als Miniatur-Porträt-Maler fortbildete. 1755 heiratete er Jeanne Barez aus der französischen Kolonie. 1756 unternahm er erste Radierversuche in Crayonmanier, Aquatinta und Schabkunst. 1757 entstand seine erste datierte Radierung.

Friedrich II. und seine »Münz-Juden«

1752 schrieb Friedrich II. über die jüdischen Gewerbetreibenden: »Man muss verhindern, ... daß sie Unternehmungen im großen machen und darauf sehen, dass sie nur Kleinhändler bleiben.« Obwohl er die jüdischen Unternehmer für die Hauptfeinde des christlichen Handels hielt, hat der König seine besten Geschäfte mit jüdischen Kaufleuten gemacht, und zwar mit solchen, die aufgrund ihres Reichtums im größten Stil zu handeln und zu planen in der Lage waren.

In Anbahnung der Münzbetrügereien zur Kriegsfinanzierung war der König ab 1755 bestrebt, nur noch Großaufträge an Konsortien aus fähigen Geschäftsleuten zu vergeben. So wurden auch die preußischen Münzstätten in Berlin, Breslau, Cleve, Aurich, Königsberg, Magdeburg und Stettin, die wie Fabriken arbeiteten und betrieben wurden, nicht mehr an Einzelunternehmer verpachtet. Zwei konkurrierende Lager jüdischer Kaufleute warben um die königliche Gunst; die eine bestand aus Daniel Itzig, Moses Isaac, und Herz Moses Gompertz; die zweite aus Veitel Heine Ephraim und Moses Fränckel.

Am 6. Oktober 1755 wurde in Potsdam ein Generalpachtvertrag für alle Münzstätten mit Itzig & Co. abgeschlossen, die das Schlagschatzangebot von Ephraim und seinem Schwager Fränckel überboten hatten. Als Sachsen besetzt und auch die Münzen in Dresden und Leipzig zur königlich preußischen Disposition standen, entbot sich Ephraim, für 200000 Taler die Ausprägung von einer Million Taler in reduziertem Münzfuß (d. h. weniger Gold bei gleichem Raugewicht) zu bewerkstelligen. Am 13. November 1756 schloss Friedrich II. mit Ephraim den Vertrag für Sachsen, der in vereinbarter Weise erfüllt wurde. Eine Krise im Jahr 1758 deutet auf Unregelmäßigkeiten in Ephraims Wirtschaft, die zwischenzeitlich die Zusammenarbeit mit dem König beendeten. Nach dem Tod seines Schwagers Gompertz gelang es Ephraim jedoch, mit Itzig und Issac ein neues Konsortium

(Ephraim & Co.) zu bilden, das fortan sämtliche Münzaufträge des Königs erfüllte. Itzig und Ephraim gingen als Gewinner aus dem Krieg hervor, nachdem sie in königlichem Auftrag Hunderttausende durch Münzverschlechterungen ins Elend gestürzt hatten. Das allmähliche Bekanntwerden der geringeren Edelmetallgehalte führte zum rapiden Verlust der Kaufkraft des Münzgeldes.

Der König stellte Ephraim, Itzig und Isaac 1761 nebst anderen jüdischen Bankiers und Kaufleuten auf Antrag den christlichen Kaufleuten gleich, was sie zum Erwerb von Grundstücken und Häusern berechtigte. Ephraim erwarb 1766 am Schiffbauerdamm ein großes Gelände, auf dem er fortan seine Silberraffinerie betrieb.

Schlau und perfid enthielt sich der König jedes direkten Eingeständnisses seiner dunklen Geschäfte mit Ephraim & Co. Er unterzeichnete die Münzkontrakte nicht selbst und verbot den Geschäftspartnern bei öffentlichen Prozessen, die Verträge bekannt zu geben. Vor der Verzweiflung und Wut des Volkes, das sich längst mit dem Vers »Außen gut, innen schlimm, außen Friedrich, innen Ephraim!« Luft machte, nahm Friedrich II. seine »Münz-Juden« nicht in Schutz.

(Empfehlenswerte Lektüre: Carl-Josef Virnich: Die Berliner Hofjuden, 1997; Vivian B. Mann/Richard I. Cohen: From Court Jews to the Rothschilds, 1996.)

Friedrich II. wütet in Sachsen

Die beschriebene Verheerung, die Friedrich II. eigenhändig im Brühlschen Palais in Dresden anrichtete, ist historisch bezeugt. Sein Verhalten gegen die Gemahlin Augusts von Sachsen wird nach Augenzeugenberichten wiedergegeben, die bei Rudolf Augstein: »Preußens Friedrich und die Deutschen« (1986) im Anhang abgedruckt sind.

Gasthaus »Zur Ribbe«

Angeblich bestand das Wirtshauszeichen dieses zerstörten Gasthauses am Molkenmarkt 13 aus dem Schulterblatt und der Rippe eines jener Riesen, die früher die Mark Brandenburg besiedelt haben sollen – so zumindest berichtet es die 1831 gedruckte Sage in Alexander Cosmars Sammlung »Sagen und Miscellen aus Berlins Vorzeit«. In Wahrheit handelte es sich um Schulterblatt und Zahn eines zwischeneiszeitlichen Urwals, die im Märkischen Museum erhalten blieben. Am wiedererstandenen Gasthaus »Zur Ribbe« im Nikolaiviertel hing zeitweilig eine Nachbildung der Petrefakte aus Kunststoff; momentan allerdings nicht mehr. Ob es einen Ausschank in der Magistratsmeierei vor dem Schlesischen Tor gab, ist fraglich; doch ganz bestimmt hieß die Schänke nicht »Ribbe«.

Geheimordre und Spitzelwesen

Friedrichs II. »Geheime Instruktion für den Grafen Finck von Finckenstein« datiert realiter vom 10. Januar 1757 und ist authentisch. Die Historiker rühmen an diesem Evakuierungsbefehl – die königliche Familie und die königliche Geldbörse betreffend – besonders die Geringschätzigkeit, die der König dem eigenen Leben gegenüber an den Tag legte. Spionage war im 18. Jahrhundert das allergewöhnlichste Informationsmittel. Da es noch keine andere Methode der Datenübermittlung gab, mussten stets Menschen gefunden werden, die sich an Orte begaben, an denen es etwas zu erfahren gab. Und mit einer abgeschriebenen »Geheimordre« wie der besagten war an geeigneter Stelle gutes Geld zu verdienen.

Gelehrte Spukbeobachter

Eine wissenschaftliche Kommission zur Gespensterobservation wurde im Berliner Schloss niemals tätig, wohl aber 1797 im »Diensthause des Herrn Oberförsters Schulz in Tegel«, das damals noch anderthalb Stunden von Berlin entfernt lag. Dem Te-

geler Poltergeist wurde von mehreren Mitgliedern der 1773 gegründeten »Gesellschaft Naturforschender Freunde«, darunter Professor Bode, Prediger Herbst, Kirchenrat Meierotto, der Geheime Postsekretär Otto sowie der Herr von Burgsdorf, herb ein Bein gestellt; nachzulesen in: »Berlinische Blätter«, Blatt 6, 8. November 1797, S. 161. Goethe nahm in »Faust I« den Spuk noch für bare Münze: »Ihr seid noch immer da! Nein, das ist unerhört. / Verschwindet doch! Wir haben aufgeklärt. / Das Teufelspack, es fragt nach keiner Regel, / Wir sind so klug, und dennoch spukt's in Tegel.«
Realer Geist war ein Jägerbursche, der durch seine »Spuk-Imitation« die abergläubischen Eltern geneigter machen wollte, ihn doch ihre Tochter heiraten zu lassen: Gebt sie mir endlich, damit der Spuk ein Ende hat ...
Der damalige Herausgeber der »Berliner Morgenpost«, Friedrich Nicolai, wurde zwei Jahre später, 1799, von mehreren »Phantasmen« oder Bildern Verstorbener heimgesucht, die erst verschwanden, nachdem er sich Blutegel an das verlängerte Rückgrat setzte. Goethe, der hiervon erfuhr, verewigte den ihn verschiedentlich kritisierenden oder persiflierenden Nicolai in »Faust I« als »Proktophantasmist«, was soviel bedeutet wie »Steißgeisterseher«.

Geckhol und Gemmenschneider
Abramsons historisches Vorbild, Jacob Abramson, lebte ein halbes Jahrhundert später und avancierte 1782 vom Münzstempelschneider zum »königlich-preußischen Medailleur«; 1723 als Sohn eines Hofjuden in Mecklenburg-Strelitz geboren, hatte er als Dreizehnjähriger in Polnisch-Lissa das Handwerk des Steinschneiders und Graveurs erlernt und war 1752 an die Neue Münze gekommen.
Das »Geckhol«, wo (in der Romanfiktion) Mendele Moche Abramson wohnte, war die Verlängerung der ehemals noch an der Marienkirche vorbeiführenden Klosterstraße von der Papen-

straße bis an die Neue Friedrichsstraße; es kreuzte die heutige Rochstraße etwa bei der dortigen Schule. Das Neutrum bedeutet, dass es sich um ein äußerst schmales Gässchen handelte.

Hausvogtei und Münze

Auf dem Gelände des heutigen Auswärtigen Amtes befanden sich bis 1794 das Werdersche Rathaus und, bis 1750, nebeneinander Münze und Hausvogtei – das Gefängnis für Juden und Personen, die der Hofgerichtsbarkeit unterstanden. 1750 wurde die Münze, die vor 1704 erst im Douilhacschen Haus in der Poststraße, dann seitlich des Schlosses und zuletzt auf dem Schloss im Münzturm untergebracht gewesen war, um das Gebäude des Gefängnisses erweitert. Über einen länglichen Zwischentrakt konnte die Prägestätte auch vom Werderschen oder Kälber-Markt aus betreten werden; der Eingang zu diesem Verbindungsgebäude lag zwischen Rathaus und Fürstenhaus.

Die Hausvogtei fand 1750 in den Räumen des Jägerhofes am Jerusalemer Platz – dem späteren Hausvogteiplatz – neue Räume. Als 1794 das Werdersche Rathaus am Kälber-Markt abbrannte, das kirchenartig isoliert neben dem Fürstenhaus gestanden hatte, erhielt die Münze einen prachtvollen Neubau – vis à vis vom Vorgängerbau der Schinkelschen Friedrichswerderschen Kirche, einer sehr langen, weil einen französischen und einen deutschen Teil aufweisende Kirche, die auf dem Gelände des ehemaligen Reithauses 1669 nach Grünbergs Entwurf von Simonetti errichtet worden war und 1821 wegen Baufälligkeit abgerissen werden musste.

Herrschels Haus

Vorbild für die Beschreibung des Herrschelschen Palastes und seines Standortes am Mühlendamm oder »Berlinischen Fisch Marckt« war das originale Ephraim-Palais, das in Wirklichkeit erst 1766 gebaut wurde. Die Säulen vor dem Eingang sind angeb-

lich Kriegsbeute aus dem Siebenjährigen Krieg. Sie sollen vom Brühlschen Schloss Pförten bei Forst stammen, welches Friedrich II. 1758 hat plündern und in Brand stecken lassen.
Das heutige Ephraim-Palais ist eine leicht ortsversetzte und in Teilen freie Rekonstruktion mit originalen Fassadenelementen aus den achtziger Jahren des 20. Jahrhunderts. Die Frontverkleidung des 1936 zwecks Straßenverbreiterung abgerissenen Hauses hatte eine Odyssee durch halb Berlin hinter sich, als der Ostberliner Magistrat den historisierenden Nachbau des schmucken Gebäudes im Rahmen des Nikolaiviertelprojekts beschloss. (Empfehlenswerte Lektüre: Rolf-Herbert Krüger: Das Ephraim-Palais in Berlin. 1987.)

Jüdisches Leben im Berlin des 18. Jahrhunderts
Neben wenigen Generalprivilegierten, die de facto normale Bürgerrechte genossen, gab es ordentliche Schutzjuden mit Geleit oder Schutzbrief (Eheleute, die das Recht hatten, ihren Schutzbrief auf maximal drei Kinder zu übertragen zu je 1000 Reichstaler Vermögen), sowie außerordentliche, auf Lebenszeit geduldete Schutzjuden, die ein Kind mit 1000 Reichstalern Vermögen ansetzen durften. »Publike Bediente« in jüdischen Gemeindeämtern – Ärzte, koschere Bäcker und Metzger – waren außerordentlichen Schutzjuden gleichgestellt. Kinder von ordentlichen und außerordentlichen Schutzjuden, die nicht den Schutzbrief des Vaters erben konnten, waren »geduldet«, ebenso alle Privatdienstboten und Talmudschüler, solange jemand für ihren Unterhalt aufkam.
Privilegien und königlichen Schutz gab es nur gegen ein nach Vermögen bemessenes Schutzgeld: Reiche Judenfamilien mussten sechs Mark Feinsilber von zwölf Talern die Mark, arme vier bezahlen; auch hatten sie nach 1768 bei Heirat, Todesfall oder Geburt einen Ladenhüter der Porzellanmanufaktur zu kaufen, meistens einen Affen, von denen Tausende vorrätig waren. Geld war

des Weiteren der Schlüssel zur Umgehung so mancher strikten Klausel des Gesetzeswerkes. Wer als fremder Jude nach Berlin kam und zehntausend Taler mitbrachte, konnte sich bei den preußischen Behörden erkundigen, »was alsdann an Chargen-Juribus zu erlegen sey«, um nicht doch ein Plätzchen unter den Geduldeten zu finden und einzuheiraten. Außer zu den Jahrmärkten, lautete eine Bestimmung, sollten fremde Juden darüber hinaus nur in die Stadt einrollen dürfen, wenn sie »Bruch-Gold und -Silber« einführten. All diese lukrativen wirtschaftlichen Erwägungen sprachen den Worten des »Politischen Testamentes« Hohn, in dem der König 1752 festgestellt und verfügt hatte: »Die Juden gehören von allen Glaubensrichtungen den gefährlichsten an, denn sie beeinträchtigen den Handel der Christen, und sie sind unnütz für den Staat.«

Das Generalprivilegium für die Vermögenden wurde erst nach dem Siebenjährigen Krieg auf den Erwerb von Grundbesitz und Fabriken etc. ausgedehnt.

(Empfehlenswerte Lektüre: Brigitte Scheiger: Juden in Berlin. In: Von Zuwanderen zu Einheimischen. Hugenotten, Juden, Böhmen, Polen in Berlin, hrsg. von Stefi Jersch-Wenzel und Barbara John. Berlin: Nicolai, 1990. S. 153–488.)

Königliche Liquiditätsprobleme

waren zu Kriegszeiten nie wirklich bedrohlich. Selbst gegen Ende des Siebenjährigen Krieges lagen noch Silberbarren im Tresor, und auch »entbehrliches Schlossgeräth« zum Einschmelzen wäre noch in Hülle und Fülle da gewesen. Erst nach dem Krieg kam die Dürre – 1765 mussten laut der Tresorrechnung sogar die goldenen Knöpfe von den Kleidern Friedrichs I. dran glauben. Sie wurden eingeschmolzen und in Friedrichs d'ors umgewandelt.

(Empfehlenswerte Lektüre: Adolph Friedrich Riedel: Der brandenburgisch-preußische Staatshaushalt, 1866.)

Lex Fredersdorf
Fredersdorfs Anordnung betreffend den Diebstahl der Köche datiert in Wahrheit vom 13. Januar 1756 und ist in Potsdam »ergangen«. Der Diebstahl in den Schlossküchen war ein altes Thema zwischen Friedrich II. und seinem Geheimen Kammerier. Der König dachte insonderheit von den Köchen nicht besonders hoch, wie die Randverfügung auf einem Küchenrapport über den in einem Monat verausgabten Wein belegt: »Küche mus kein Wein kriegen, die Schurken die Köche besaufen sich sonsten.« Die Hofküchenmeister waren von dieserart Tadel freilich ausgenommen ... Die Dresdner »Wurst-Affaire«, die im Text anekdotisch leicht abgewandelt berichtet wird, ist historisch bezeugt.

Magistratsmeierei
Vor dem Schlesischen Tor und den Stadtmauern der Cöllnischen Vorstadt legte der Cöllnische Bürgermeister Bartholdi 1684 einen weitläufigen Garten und Wirschaftsgebäude an. Sein Sohn, der Staatsminister von Bartholdy, erweiterte die Anlagen und baute eine Windmühle. Seine Erben verkauften die Meierei inklusive Brauhaus, Branntweinbrennerei, Gebäuden zur Viehzucht sowie Baum- und Küchengarten dem Magistrat, der sie erst verpachtete, später an den jüdischen Münzunternehmer Daniel Itzig verkaufte.

Mörderische Kälte
gab es 1757 leider nicht – bei 25 Schneetagen, übers ganze Jahr gezählt, betrug die tiefste Temperatur, abgelesen auf dem 1714 erfundenen Fahrenheitschen Thermometer und in die hundertjährige Wetterchronik des Pfarrers Karl-Ludwig Gronau übertragen, gerade mal 4 °F, bzw. minus 15,6 °C. Ein wirklich kalter Berliner Winter, der kälteste im achtzehnten Jahrhundert, den Gronau registrierte, war dagegen der von 1788/89 mit minus 14 °F, d. h. minus 25,6 °C. Den meisten Schnee hatte der Winter von 1770/71 mit 47 verschneiten Tagen. Hohe Kältegrade und anhaltende Käl-

tedauer wiesen die Winter der Jahre 1709, 1716, 1729, 1740, 1755, 1758, 1768, 1784, 1785, 1789, 1795, 1799 und das Jahr 1800 auf.

Münzfälschungen auf königlichen Befehl

Bereits vor Beginn des Siebenjährigen Krieges ließ Friedrich II. Münzen fälschen, um Schlagschatzgewinne zu erzielen: In mehreren Kabinettsordern wurde dem Münz-Rendanten Fink im März 1753 befohlen, unter größter Geheimhaltung Stempel zum Prägen holländischer Gold-Dukaten mit Jahreszahlen der letzten Jahre nachgravieren und mit diesen in der Berliner Münze heimlich eigenes Gold ausprägen zu lassen. Die bei der Münzherstellung beteiligten Arbeiter wurden besonders bewacht und vereidigt, und nicht einmal der General-Münz-Direktor Graumann hatte Kenntnis von diesen Fälschungen, die immerhin vollwertig ausgemünzt und von so großer Präzision waren, dass der Unterschied zu den Vorbildern nicht ausgemacht werden konnte. Etwa ein halbes Jahr fälschte man munter fort und kaufte mit den hochwertigen Münzen, die international verbreitetes, angesehenes Zahlungsmittel waren, ungarische Husarenpferde sowie polnisches Vieh zur Truppenverpflegung ein. Für die gleiche Menge vollwertiger Friedrichs d'ors hätte man viel weniger bekommen.

Mit Kriegsbeginn stieg der Geldbedarf rapide an. Friedrich II. nutzte nun alle Gelegenheiten, durch Münzfälschungen und -verschlechterungen aus der gleichen Edelmetallmenge mehr Profit »herauszuschlagen«. Der Betrug mit den holländischen Dukaten wurde fortgesetzt. Überdies wurden die 1756 in Sachsen erbeuteten Münzstempel nach Berlin gebracht, wo man zwischen 1758 und 1760 so genannte »Mittel August d'ors« mit gleichem Raugewicht und falscher Ortsangabe (D = Dresden statt A = Berlin) prägte, die nur 2/3 des früheren Feingewichts (d. h. Goldes) aufwiesen. Für die Friedrichs d'ors galt von 1758 bis 1763 ein Gleiches. 1761/62 wurden sogar Pistolen mit 1/3 der ursprünglichen Goldmenge ausgebracht.

Ephraim & Co. verschlechterten von 1758 an in Sachsen das Silbergeld besonders drastisch, das deshalb auch mit zunehmender Bekanntwerdung des Betrugs nur noch als »Ephraimiten« kursierte. Nach dem Ende des Krieges schmolz man in Freiberg umgerechnet 251 1/4 Tonnen minderwertige Silbermünzen – Taler, Dritteltaler (= Achtgroschen, Zwölfmariengroschen), Sechsteltaler (= Sechsmariengroschen), Zwölfteltaler, Vierundzwanzigsteltaler (= Groschen), Achtundvierzigsteltaler (= Sechspfennig), Achtzehngröscher (= Achtzehnkreuzer) – ein. Vor allem die als »Tymphe« bekannten und beliebten Achtzehngröscher waren bis zu einem 60-Taler-Münzfuß verflacht worden, so dass niemand sie mehr annehmen wollte.

Während des Siebenjährigen Krieges wurden durch Münzverschlechterungen insgesamt knapp 31 Millionen Taler Schlagschatz für des Königs Kriegskasse ergaunert. Somit konnten etwa 22 Prozent der preußischen Kriegsausgaben im Siebenjährigen Krieg durch Münzbetrug im königlichen Auftrag finanziert werden – auf Kosten der Einwohner aller vom Krieg betroffenen Länder, deren Währungen durch die Geldentwertung systematisch ausgelaugt worden waren. Friedrichs Plan, mit dem schlechten Geld nur die besetzten Länder zu überschwemmen, war fehlgeschlagen.

Trittbrettfahrer in anderen Ländern versuchten, an dem ertragreichen Fälschungsgeschäft teilzuhaben, und schlossen gar mit preußischen »Münz-Entrepreneurs« Kontrakte ab. Ende 1758 verkaufte Ephraim dem Fürsten von Anhalt-Bernburg gegen 200000 (gute) Taler das Recht, in der Münze Harzgerode mit sächsischem Stempel Acht- und Viergroschen zu prägen, welche noch geringhaltiger waren als die preußisch-verschlechterten Münzstücke. Friedrich II. billigte diese Abmachung, wahrscheinlich gegen Beteiligung am Gewinn. (Empfehlenswerte Lektüre: Jürgen Koppatz: Zur Schlagschatzbildung durch Münzverschlechterungen und -fälschungen unter König Friedrich II. In: Jahrbuch für die Geschichte des Feudalismus 3, 1979, S. 417–441.)

Politische Kannegießer
Der Siebenjährige Krieg hatte auch in Berlin eine allgemeine Verschmälerung des kulturellen Lebens zur Folge, weshalb das Publikum anfing, sich durch die Lektüre der österreichisch-preußischen Staatsschriften (etwa gebündelt im Hertzbergschen »Memoire«) zu zerstreuen. Der Chronist König schrieb 1757: »Seit dieser Zeit scheint der Hang und das Behagen der Berliner an politischen Dingen entstanden zu sein, welche in der Folge lästig wurden und die Bürger bei einem Glase Bier zu Schiedsrichtern der europäischen Händel gemacht hat.« Der Däne Ludvig Holberg verulkte diese bis heute virulente Unsitte in seiner Typensatire »Der politische Kannegießer«. (Bier wurde bekanntlich im 18. Jahrhundert kannenweise verzehrt.)

Preußische Fischforschung
Markus Elieser Bloch (1723–1799), Sohn armer Leute aus Ansbach, war zuerst als Hauslehrer bei einem jüdischen Wundarzt tätig, wobei er Deutsch und Latein lernte. Er studierte anschließend in Berlin Medizin und Naturgeschichte, promovierte in Frankfurt/Oder und erhielt 1765 in Berlin die Konzession zum Praktizieren. Er war Mendelssohns Hausarzt bis zu dessen Tod 1786. Sein Hauptinteresse neben der Medizin galt der Ichthyologie oder Fischkunde. Obwohl ihn der Preußenkönig nicht unterstützte und ihm als Jude der Eintritt in die Akademie der Wissenschaften verweigert wurde, stammt von ihm die erste wissenschaftliche Beschreibung der nutzbaren deutschen Fischwelt: »Oekonomische Naturgeschichte der Fische Deutschlands«, deren drei reich illustrierte Bände 1782–84 erschienen sind. Seinen Antrag wegen der Fischlisten stellte er realiter erst viel später, nämlich am 25. März 1781. Blochs umfangreiche Fischsammlung bildete den Grundstock der ichthyologischen Abteilung des späteren Zoologischen Museums und ist weitgehend erhalten geblieben. Viele Fischarten tragen noch heute die Blochschen Namen,

bezeichnenderweise auch der Goldfisch: »Cyprinus Auratus«. (Empfehlenswerte Lektüre: Regina Mahlke [Hg.]: Der reale Nutz: angewandte Wissenschaft in Preußen im 18. Jahrhundert, 2001.)

Sachsens Hofküche

In der Küche wie auch bei der übrigen Hofhaltung konnte Preußens Glanz mit Sachsens Gloria nicht mithalten. Die im Text erwähnten, allesamt authentischen Spezialitäten sind nur die Spitze eines Berges von Herrlichkeiten. (Eine detailliertere Bestandsaufnahme mit Rezepten findet sich bei Mario Süssenguth: Der kulinarische König. Essen und trinken wie August der Starke, 2002.)

Speiseinnovationen

Dass Not erfinderisch macht, hat sich im Jahre 1756 deutlich gezeigt. Die Erfindung des Zichorienkaffees, eines kaffeeähnlichen Gebräus aus der getrockneten Wurzel der Wegwarte (Cichorium intybus) durch den Potsdamer Hofgärtner Sello belegt dies ebenso wie die Erfindung der Mayonnaise durch Marschall Richelieu, einen Großneffen des berüchtigten Kardinals, bei der Belagerung von Port Mahón/Menorca.

Synagoge in der Heidereutergasse

Es gab im Berlin des 18. Jahrhunderts kein Getto in einem einzigen Straßenzug wie etwa in Frankfurt am Main. Die meisten Juden wohnten in der Nähe des früheren Judenhofes. 1714 wurde die Synagoge in der Heidereutergasse eingeweiht, die (nach Umbauten im 19. Jahrhundert) noch die Nazizeit unbeschadet überdauerte, bevor sie ein alliierter Bombenangriff kurz vor Kriegsende 1945 zerstörte. Der letzte Gottesdienst in der alten Synagoge fand 1942 statt. Im Jahr 2000 wurde ein Teil der Fundamente freigelegt und dauerhaft präpariert. Diese Spurensicherung ist auf einer kleinen Grünfläche neben dem »Alexanderpalace« in der Rosenstraße zu sehen.

Weiße Frau
Das berüchtigte Berliner Schlossgespenst zeigte traditionsgemäß den Tod eines Mitgliedes der Hohenzollernfamilie an. Es soll sich um den unruhigen Geist der Gießmeisterstochter Anna Sydow, der Geliebten des Kurfürsten Joachims II., gehandelt haben. Joachims Sohn Johann Georg hatte die Mätresse des Vaters nach seinem Machtantritt in die Spandauer Zitadelle verbringen lassen, wo sie binnen Jahresfrist gestorben und seither an der Stelle ihres vormaligen Wirkens umgegangen war. Eine konkurrierende Deutung will in der Geistin die Witwe des Grafen von Orlamünde erkennen, die ihre Kinder hat ermorden lassen, um in den Augen Albrechts des Schönen von Nürnberg heiratswürdig zu erscheinen. Trotz ungeklärter Identität spukte die »Weiße Frau« vor allem im frühen 17. Jahrhundert recht erfolgreich, etwa vor dem Tod Johann Sigismunds 1619, der sich so ängstigte, dass er noch totkrank das Schloss verließ und bei seinem Kammerdiener in der Spandauer Straße einzog. Der Domprediger Berger berichtete: »Es hat sich die Weiße Frau in leidtragender Gestalt auf dem Churfürstlichen Schlosse sehen lassen vor Personen allerhand Standes und Alters, daß also an ihrer Erscheinung nicht zu zweifeln ist.« (Empfehlenswerte Lektüre: Inge Kiessig: Berliner Sagen. Berlin-Information, 1990.)

TOM WOLF

Geboren 1964 in Bad Homburg, Studium der Neueren Deutschen Literatur, Älteren Deutschen Sprache und Literatur sowie der Philosophie in Mainz, Bamberg, Marburg und Tübingen (1999 Dr. phil.). Arbeitete von 2000–2001 als Lektor bei der Edition Vincent Klink in Stuttgart und redigierte die literarisch-kulinarische Vierteljahresschrift »Häuptling Eigener Herd«. Seit 1984 veröffentlichte er zahlreiche belletristische Beiträge in Anthologien, Zeitschriften und Zeitungen und verfasste wissenschaftliche Bücher (u. a.: »Einmal lebt' ich wie Götter!!!« Nachforschungen zu Arno Schmidts »Gelehrtenrepublik«. Frankfurt am Main, 1987; Die Dimension der Natur im Frühwerk Alfred Döblins. Regensburg, 1993; Pustkuchen und Goethe. Die Streitschrift als produktives Verwirrspiel. Tübingen, 1999; Brüder, Geister und Fossilien. Eduard Mörikes Erfahrungen der Umwelt. Tübingen, 2001.)
Im berlin.krimi.verlag erschienen sind bislang die Honoré Langustier-Bände »Königsblau – Mord nach jeder Fasson«, 2001; »Purpurrot – Tödliche Passion«, 2002; »Rabenschwarz – Zepter und Mordio«, 2002.

Sie wissen immer vorher,
wer der Täter ist?

Sie wollen immer wissen,
wie alles kommen wird?

Wollen Sie wissen, was aus
Ihnen einmal werden wird?

Hier geht der Punk ab!

»›Filmriss‹ liest sich munter herunter, hat einen lakonischen Witz und ist gute Unterhaltung. Launig, sympathisch, gut.«
Neue Westfälische

»Guter Krimi und witzige Interna der Filmszene.«
Prinz